RUBEM
FONSECA

1988 VASTAS EMOÇÕES E PENSAMENTOS IMPERFEITOS

AGIR

VASTAS EMOÇÕES E PENSAMENTOS IMPERFEITOS

Rubem Fonseca

Coordenação da edição
Sérgio Augusto

Revisão
Flávia Midori
Maria Clara Jerônimo
Maria Cristina Jerônimo

Capa
Retina 78

Texto estabelecido segundo o Acordo Ortográfico da Língua Portuguesa de 1990, em vigor no Brasil desde 2009.

CIP-BRASIL. CATALOGAÇÃO NA FONTE
SINDICATO NACIONAL DOS EDITORES DE LIVROS, RJ.

F747v
2.ed. Fonseca, Rubem, 1925-
Vastas emoções e pensamentos imperfeitos / Rubem Fonseca.
2.ed. - Rio de Janeiro : Agir, 2010.

ISBN 978-85-220-1092-9

1. Romance brasileiro. I. Título.

CDD 869.93
10-0715 CDU 821.134.3(81)-3

Agir é um selo da Editora Nova Fronteira Participações
Rua Nova Jerusalém, 345 – CEP 21042-235 – Bonsucesso – Rio de Janeiro – RJ
tel.: (21) 3882-8200 fax: 3882-8212/8313

1

Acordei tentando me segurar desesperadamente, tudo girava em torno de mim enquanto eu caía sem controle num abismo sem fundo. Procurei fixar minha visão na faixa de luz da madrugada que entrava por entre as cortinas. O risco leitoso tremia rapidamente. Mover a cabeça na direção da luminosidade da janela tornara minha queda ainda mais vertiginosa. Fiquei imóvel, o olhar fixo na linha de luz, esperando a crise passar.

Eu ia mudar de casa naquele dia. Depois do que acontecera, não queria viver ali nem mais um dia. Ouvi a campainha. Deviam ser os homens da mudança. Se o surto não passasse eu não poderia sair da cama. Os homens iriam embora sem fazer a mudança.

Mantendo imóvel o corpo estendi a mão e apanhei o remédio sobre a mesinha de cabeceira. Mastiguei a pílula até que se tornasse uma pasta repugnante que engoli com dificuldade, sentindo ânsias de vômito, que felizmente não passaram de violentos engulhos que fizeram meu corpo tremer, aumentando ainda mais minha tontura. O remédio algumas vezes fazia efeito rapidamente, outras não. Duas horas depois, ao engolir, com os mesmos sofrimentos nojentos, a segunda pílula, o ataque passara. Pude então levantar-me e abrir a porta.

Os homens estavam sentados no chão do corredor da área de serviço, esperando. Começamos a mudança.

O novo apartamento ficava no quarto andar de um prédio sem elevador. Sem elevador: isto era importante. Eu estava tirando Ruth da minha memória, depois de tê-la tirado da minha vida.

A mudança terminou às onze horas da noite. Mandei os homens embora. Móveis, livros, objetos e roupas ficaram espalhados desordenadamente pelo novo apartamento. Separei do meio da confusão o cavalo de Rouault, a mala com o diário e as coisas de Ruth; fui para a cama e deitei-me, com o diário de Ruth sobre o peito. Não tive coragem de abri-lo. Apaguei a luz. Qual seria o sonho daquela noite? As vertigens voltariam? Liliana dizia que eu parecia um morto quando dormia (e sonhava) de olhos abertos. Ruth dizia o mesmo. Não, não quero falar de Ruth. Ainda não.

Agora, que nenhuma mulher me espreitava, eu podia parecer um morto sem que me importunassem.

Sonho com uma mulher alta, que para me beijar tem de curvar o corpo. Mas não vejo mulher alguma, pois meus sonhos não têm imagens. Para um cineasta isso não deixa de ser estranho. Sei que há essa mulher no sonho, sei que usa um chapéu largo, antigo, preso nele um véu que lhe cobre inteiramente o rosto, tudo branco, luminoso, fosforescente — porém nada vejo. Sei que seus olhos são amarelos, é como se visse a mulher, porém não a vejo; nem ouço suas palavras, mas é como se as ouvisse. Eu possuo o saber, sem os sentidos, o conhecimento, sem percepções visuais. Meu sonho é feito de ideias.

Acordei com a campainha da porta da rua.

Levantei-me e fui até o interfone. “Quem é?”

Era a voz de uma criança: "Socorro, socorro, eles vão me pegar!".

Apertei o botão que acionava a fechadura da portaria. Abri a porta do apartamento. Do pequeno hall olhei para as escadas embaixo.

"Alô, há alguém aí?", gritei.

"Estou indo", a voz infantil veio do fundo das escadas, agora mais fina.

Ouvi o barulho dos passos subindo as escadas, lentamente.

Ela demorou a aparecer no patamar do terceiro andar. Subiu o último lance de escadas ainda mais devagar. Quando chegou aonde eu estava, sorriu. Tentou falar sem conseguir. Colocou no peito as mãos que seguravam um pequeno embrulho de papel pardo, enquanto respirava com dificuldade. Fiz um gesto para que entrasse.

Chegando à sala, jogou-se sobre uma das poltronas. Olhou para mim, como se pedindo que tivesse paciência e lhe permitisse recuperar o fôlego.

"Muito obrigada", arquejou afinal. "Meu nome é Angélica."

Calou-se. Eu, também calado, sentei-me ao seu lado. Aos poucos a respiração de Angélica foi voltando ao normal.

"Quem estava perseguindo você?"

"Não posso dizer." Sua voz de menina não estava mais ofegante.

"Por que não pode?"

"Eles me matam."

"Vou telefonar para a polícia."

"Não!", gritou com sua voz esganiçada. "Pelo amor de Deus!"

"Então acho melhor você ir embora."

"Não faça isso comigo."

"Vai embora", eu disse.

Angélica, fazendo com os lábios um biquinho de quem está prestes a chorar, tentou levantar-se da poltrona e não conseguiu. Segurei-a pela mão, ajudando-a. As mãos de Angélica eram macias, quentes, úmidas. Ficou em pé, bem próxima de mim. Pude ver os fios de cabelos espalhados no seu queixo, a barba de um adolescente.

Angélica era uma mulher gorda, imensa; subitamente pareceu ficar ainda maior — como uma grande bola de plástico que tivesse sido inflada naqueles minutos em que havíamos estado juntos — e ao mesmo tempo, por ter inchado, tornou-se frágil e desamparada. Num impulso, eu disse: "Está bem, você pode ficar aqui até amanhecer."

Angélica, ainda segurando minha mão, emitiu um pequeno soluço que fez balançar seu peito amplo. Seus olhos verteram grossos pingos de lágrimas. "Obrigada, obrigada!"

"Deita aí nesse sofá", eu disse secamente, procurando impedir que a cena dramática se tornasse muito piegas.

Ela esticou o imenso corpo no sofá, ocupando-o por inteiro.

"Eu não poderia morar no quarto andar de um prédio sem elevador. Morreria no fim de uma semana", disse.

"Eu vim morar aqui exatamente porque não tem elevador."

"De quem é esta cadeira de rodas?"

"É minha", eu disse, sentando-me na cadeira. Eu trouxera a cadeira de rodas. Então? Na verdade eu não queria esquecer?

"Você está triste?", perguntou.

"Estou." Para aquela mulher monstruosa eu não tinha vergonha de confessar que estava triste.

"Normalmente os homens não ficam tristes. Pelo menos os que conheço. Por que sua casa está tão bagunçada? Meu Deus! Parece que um tufão passou por aqui."

Logo que acabou de dizer isso começou a dormir, sem me dar tempo de responder. Roncava, zumbindo como um besouro.

Fui para o quarto, fechei a porta e me deitei sem tirar os sapatos. Ruth detestava que eu me deitasse de sapatos. Peguei um livro, abri aleatoriamente. Não sei quanto tempo fiquei olhando para as páginas, sem ler.

O dia raiou. Fui até a sala, ver Angélica.

Fora embora. Não sei como saiu tão silenciosamente. A porta do apartamento estava apenas encostada. Deixara o embrulho de papel pardo sobre a mesa e um bilhete, escrito na folha de rosto que arrancara de um livro. Não era um livro ao qual eu desse importância especial, mas aquele gesto predatório me deixou muito irritado.

"Meu amigo", a letra de Angélica era miúda e difícil de ler, "muito obrigada por ter salvo a minha vida. Neste mundo cruel e egoísta de hoje é uma surpresa encontrar um homem tão generoso como você. Guarde por favor este embrulho para mim, esconda bem, um dia passo aí para apanhar. Sua amiga Angélica."

Minha amiga Angélica. Olhei para o embrulho. O que fazer com aquilo? O melhor seria jogar no lixo. Quando ia com o embrulho em direção à lixeira lembrei-me do produtor alemão que ia se encontrar comigo naquela tarde. Precisava reler a carta com a proposta dele. Coloquei o embrulho de volta onde ele estava antes, em cima da mesa, e fui procurar a carta de Dietrich.

O encontro era à tarde, mas saí de manhã, deixando o apartamento inteiramente desarrumado. Gostava de perambular pelas ruas, para ver as pessoas. Mas naquele dia não olhava ninguém, pensava em Ruth, em Liliana, no trabalho infame que estava fazendo para meu irmão televangelista, nas dificuldades que estava enfrentando para arranjar financiamento para um novo filme. Além disso, pela primeira vez em minha vida sentia uma espécie de desconfiança, e até mesmo receio, das pessoas que passavam — homens embuçados atrás das barbas, mulheres camufladas por cosméticos e perucas, crianças que pareciam anões, ou vice-versa. Os automóveis faziam um barulho irritante e soltavam uma fumaça preta, pareciam dispostos a me atropelar. Até o céu, sem uma única nuvem, exibia um azul falso, de Fra Angelico mal restaurado. Que diabo estava acontecendo comigo?

Mais tarde senti fome e fui a um restaurante. Havia perto uma banca de jornais. Comprei uma revista de cinema.

Poucas mesas estavam ocupadas. Qualquer pessoa, seja quem for, consegue prender minha atenção, mas naquele dia, logo que sentei, abri a revista e comecei a ler sem olhar para os circunstantes. Fiz o pedido ao garçom e continuei a ler, enquanto aguardava que fosse servida a comida. Mas, ao levantar, em certo momento, os olhos da revista, senti que alguém me observava. Olhando para o lado notei que um homem me vigiava dissimuladamente. Neste instante, eu e ele desviamos os olhos, rápidos, como se sentíssemos medo um do outro.

Voltei a ler. Mas a todo momento o sujeito me lançava olhares furtivos. Irritado, encarei-o de forma acintosa. O homem, também de maneira desafiadora, respondeu ao meu olhar.

Então notei que o sujeito parecia meu pai, em seus últimos dias no leito do hospital, os ossos aparecendo na face cinzenta agonizante. Senti, inesperadamente, uma dor tão grande que meus olhos se encheram de lágrimas. Percebendo que o sujeito da mesa ao lado testemunhava meu sofrimento, perguntei-lhe com brutalidade:

"Quer falar comigo?"

Parei no meio da pergunta, e ele também, enquanto nossos olhos se cruzavam surpresos. Naquele restaurante com as paredes cobertas de espelhos, eu não olhava sujeito algum numa mesa próxima: olhava-me, a mim mesmo, refletido. Era eu, aquela pessoa macilenta que parecia meu pai. Meu coração ficou gelado. Meu pai ao morrer tinha quase quarenta anos mais do que eu! Era então minha aquela cara velha devastada!

"O senhor não vai comer?", perguntou o garçom, apontando o prato à minha frente. Eu havia ficado um tempo enorme pensando, sem tocar na comida.

Voltei a andar pelas ruas. Que diabo estava acontecendo comigo?

Meu pai era um homem bonito com muitas namoradas, jogava tênis, nadava, nunca pegara uma gripe — até ter um derrame cerebral. Vivia envolvido com "sirigaitas", como minha mãe as chamava, e com fracassos comerciais crônicos. Tivera uma peleteria, numa cidade onde fazia um calor dos infernos quase o ano inteiro. Claro que foi à falência, mas suas freguesas nunca foram tão bonitas, embora tão poucas. Antes tivera uma chapelaria e as mulheres haviam deixado de usar chapéus. No fim tinha um pequeno armarinho — sempre tivera lojas que fossem frequentadas principalmente por mulheres — na rua Senhor dos Passos. Minha mãe costumava aparecer na loja, para ver se alguma sirigaita andava por lá. Às vezes eles discutiam na hora do jantar, na verdade minha mãe brigava com ele, que ficava calado; se ela não parava de brigar ele se levantava da mesa e saía para a rua. Minha mãe ia para o quarto chorar, nesses dias. Eu ia para a janela, cuspir na cabeça das pessoas que passavam e olhar para o letreiro luminoso de néon da loja em frente. Essa é uma luz que até hoje me atrai e que não foi ainda captada nem pelo cinema nem pela televisão. Quando meu pai voltava, bem mais tarde, o desespero da minha mãe havia passado e eu a via ir à cozinha preparar um copo de leite quente para ele. Um dia ele me disse que era uma pena que os homens tivessem que ser julgados como cavalos de corrida, pelo seu retrospecto. "O problema do seu pai", minha mãe me disse certa ocasião, "é que ele é muito bonito." Ela não o viu ficar paralítico, nem teve que limpar as fezes e a urina que ele fazia na roupa, nem teve de suportar a tristeza incomensurável do olhar dele pensando nas sirigaitas. Sim, meu pai ainda era um homem bonito quando minha mãe morreu.

A impiedosa lucidez com que eu agora pensava em meu pai encheu-me de horror — não podemos ver as pessoas que amamos como elas realmente são, impunemente. Pela primeira vez eu vira o pungente rosto dele, naquele espelho, o rosto dele que era o meu. Como podia eu estar ficando igual a meu pai, aquele, o doente?

Cheguei ao Copacabana Palace pontualmente às três horas. Liguei para o quarto do Dietrich e combinamos que nos encontraríamos no bar da piscina. Eu ainda não o conhecia. Fiquei imaginando como seria a cara dele.

Ele veio com a mão estendida, dizendo "I'm Dietrich", acompanhado de uma mulher que carregava um livro.

“Sei que você é um homem muito ocupado, eu também sou e vamos logo ao que interessa”, disse, depois que pediu refrigerantes. Falávamos em inglês. “Vimos seu filme *A Guerra Santa*, que vai para o Festival Latino-Americano, em Berlim Oriental, e queremos que você participe do nosso projeto.”

Havia transcorrido dois anos desde que eu terminara *A Guerra Santa*. Os financiadores do filme ainda não tinham conseguido recuperar o investimento.

“Você viu o meu filme?”

“Vi”, disse ele. “Gostei muito.”

A assistente de Dietrich parecia indiferente à conversa. Olhava, interessada, as pessoas na piscina.

“O que achou da nossa proposta?”

A proposta deles, que eu recebera antes, por carta, era para filmar a *Cavalaria Vermelha*, de Isaac Bábel, na Alemanha.

“Ainda não tenho uma resposta. Tenho andado muito ocupado.”

A mulher empurrou em minha direção o livro que estava à frente dela. Afinal não estava tão alheia quanto parecia.

Olhei o livro. *Collected Stories. Isaac Bábel.* Na capa havia um homem robusto, quase gordo, olhando de lado, com um barrete de pele na cabeça, vestindo um dólmã com galões de fios dourados entrançados, de mangas largas com tiras, também douradas. Parecia um sujeito vestido para um baile de carnaval dos anos 1920. Eu já vira aquele rosto. Quando vejo um rosto nunca mais o esqueço, mesmo em fotografia.

“Esse é o Bábel. Isso é praticamente tudo o que escreveu.”

“Eu sei. Posso ficar com o livro? Acho que perdi o meu, ou pelo menos não sei onde está.”

“Trouxemos para você. Gostaríamos que fosse a Berlim conversar com nosso pessoal. Você planeja ir para o Festival?”

“Ainda não recebi uma confirmação dos organizadores... Não recebi o programa, ainda não tenho a passagem...”

“Colocaremos uma passagem a sua disposição, na Lufthansa. Conexão em Frankfurt, para a Panam. A Lufthansa não entra em Berlim. Velhas sequelas da guerra.” Riu. “Gostaríamos que você fosse logo. Para discussões preliminares. Todas as despesas por nossa conta, é claro.”

“Tenho algumas coisas para terminar.”

“Podemos esperar alguns dias.” Disse isto se levantando. Me deu um cartão. “Telefona avisando o dia da chegada. Irei esperá-lo no aeroporto, em Berlim.”

2

Dietrich me deu a impressão de ser um sujeito sério. Ao receber a carta da Alemanha eu não dera muita importância à proposta dele, ainda que estivesse ansioso para voltar a filmar. Mas depois da nossa entrevista a proposta adquirira idoneidade e passara a me interessar.

Tranquei-me no apartamento lendo e relendo Bábel e fazendo anotações. Inicialmente minha motivação resultava apenas da vontade de filmar depois de dois anos parado, dirigindo filmes de publicidade para a TV. Mas à medida que relia os contos de Bábel meu interesse foi aumentando.

Estava escrevendo a parte do roteiro que descreve a morte de Dolguchov, para ter uma ideia das potencialidades do texto de Bábel, quando meu irmão José, o televangelista, telefonou para mim. Queria falar sobre o filme que eu estava fazendo para seu programa semanal na TV. Diariamente me telefonava para dar sugestões.

"Tenho que chegar ao coração dos fiéis. Você fez um bom trabalho", ele disse, "mas acho que devo ser direto, como os americanos, dizer que preciso do dinheiro para as creches, o asilo de velhos..."

Uma conversa detestável. Concordei em passar na sua casa, em Ipanema, às nove horas da noite.

Voltei à morte de Dolguchov. Bábel não diz como o cossaco Afonka dá o tiro de misericórdia em Dolguchov. A cena foi descrita por Bábel assim: "Eles falaram rapidamente. Nenhuma palavra chegou a mim. Dolguchov entregou seus papéis ao comandante do esquadrão. Afonka guardou-os em sua bolsa e deu um tiro na boca de Dolguchov." Isto era muito melhor do que a cena que eu roteirizara. O leitor não precisava saber como foi que Afonka deu um tiro na boca de Dolguchov, não precisava de detalhes para ver e sentir, enfim, imaginar o que estava acontecendo. Não era dito ao leitor como estava o rosto de Afonka, ou o de Dolguchov, no momento do tiro, mas o leitor estava sabendo tudo o que importava naquele instante, à maneira própria dele, leitor. No filme eu podia, por exemplo, colocar a câmera enquadrando Liutov e o tiro de misericórdia ficaria apenas em áudio, porém isto tiraria a força da narrativa. Podia, ainda, mostrar a paisagem, o céu ou lá o que fosse, enquanto se ouvia o tiro. Seria um pífio truque sintático que enfraqueceria ainda mais a cena e privaria o espectador da tensão criada por Bábel. Mas isto teria alguma importância? Quem, entre os milhões de semianalfabetos fabricados pelas instituições de ensino, consumidores de uma arte cômoda representada pela música pop, pelo cinema e pela televisão, conhecia Bábel? Tudo que saberiam de Bábel seria o meu filme. Ou seja, muito pouco.

Estava na hora de ir ver meu irmão. No táxi fui pensando: Afonka dá um tiro na boca de Dolguchov. Muito bem. Dá um tiro de quê? De fuzil? Bábel não diz. Eu fizera Afonka usar um revólver. Como seria a cena com um fuzil?

Já passava das onze horas quando cheguei à mansão de José, uma das últimas que ainda restavam em Ipanema.

Ele assistia, sozinho na sala, ao vídeo que eu havia feito. Estava sem a cinta que costumava usar para que os fiéis não vissem o volume de sua barriga. "Você se atrasou", disse com suavidade. Odiava esperar, mas aprendera a controlar sua exasperação. Guardava-a para as prédicas, quando invectivava o pecado e o demônio. "A Gislaine já foi dormir." Gislaine era a mulher com quem se casara, ainda no tempo em que vendia carros usados.

Rebobinou o vídeo. "Eu gosto do filme, sabe. A fotografia é linda, eu estou bem. Gostei dessa ideia de colocar esse casal, a moça acreditando desde o início no que eu digo e o rapaz duvidando e então, no fim, quando termino minha oração, o rapaz convencido, meneia a cabeça concordando com o que digo."

"Você encontra isso nos filmes publicitários de qualquer televangelista", eu disse, sabendo que ele não gostava de ser chamado assim. Mas José fingiu ignorar minha observação.

"Apenas aqui, neste trecho perto do final, podíamos acrescentar aquilo que eu lhe falei." José imobilizou a imagem. "Aqui eu poderia fazer um apelo direto, cândido, aos membros da congregação, para que eles contribuam para a propagação da nossa Igreja e para a manutenção das suas obras sociais. Sem hipocrisia. Como disse o profeta Malaquias: 'Levai todos os vossos dízimos ao meu celeiro e haja mantimentos na minha casa, e depois disso fazei prova de mim'. Uma coisa direta."

A Igreja dele era a Igreja Evangélica de Jesus Salvador das Almas. Mais de dez mil pessoas contribuíam todo mês para a Igreja, voluntariamente, com parte de seus salários. A maioria empregadas domésticas e trabalhadores que recebiam salário mínimo.

"Malaquias...", eu disse.

"O nome significa Anjo do Senhor. É o último dos doze profetas menores."

José sabia vender. Deixara de estudar, ainda menino, para vender coisas. Fora camelô, vendendo bugigangas contrabandeadas, depois vendera enciclopédias de porta em porta, depois carros usados, agora vendia a salvação das almas.

Vimos o filme várias vezes. Quando obteve de mim a promessa de que eu acrescentaria as partes que queria, convidou-me para tomar um uísque. Então perguntou-me o que eu achava dele se candidatar a senador nas eleições que se aproximavam. "Nós, evangelistas, precisamos de uma representação forte no Congresso. Mas tenho dúvidas se isso, no momento, não prejudicaria minha Igreja. Estamos crescendo muito, talvez este não seja o momento de eu dispersar meus esforços."

Parou de falar e tomou um gole de uísque. Fiquei calado. Senti um brilho de conivência em seu olhar. "Vou surpreender você", disse, tomando outro gole. Percebi que hesitava; mas já havia iniciado sua revelação: "Meu irmão, não está longe o dia em que teremos um pastor na Presidência deste país."

Saí da casa de José deprimido, como sempre acontecia quando o visitava. Ele não possuía as qualidades essenciais — amor, compaixão, caridade, tolerância. Não amava o próximo, o que não impedia, ao contrário do que se supõe, que amasse muito a si mesmo.

Era tarde da noite, porém ainda havia muita gente no baixo Leblon. Fui até a Pizzaria Guanabara e comi uma pizza em pé, no balcão da Ataulfo de Paiva, junto com motoristas de táxi, um par de homossexuais, uma prostituta. Depois atravessei a rua e fui andando para minha casa. Passei por vários jovens sentados nos degraus da porta de um banco, moças e rapazes, alguns drogados, esperando o traficante, outros esperando o freguês, esperando Godot, esperando o filme (eu, certamente), esperando acabar a noite, acabar a vida. Estava eu no meio dessas elucubrações quando uma menina se levantou dos degraus do banco, e veio em minha direção. Usava jeans apertados, suas pernas eram grossas e os braços finos. A pintura da boca e dos olhos, os cabelos escuros, davam ao seu rosto muito branco uma fragilidade mórbida.

"Oi", disse ela.

Afastei-me. Veio atrás de mim e segurou-me pelo braço enquanto caminhávamos.

"Eu disse oi e você não me respondeu."

Parei. Olhei bem para ela. Teria no máximo dezesseis anos.

"O que você quer que eu diga?"

"Diga oi também, pelo menos."

"Oi."

"Você não quer me pagar um rango no Guanabara?"

Fiquei calado, pensando.

"Depois vou para sua casa, se você quiser."

O rosto da moça era decente e digno, ainda que pervertido, talvez fosse uma estudante que se prostituía para comprar drogas. Fosse lá o que fosse, prometia alívio e carinho.

"Qual é o teu nome?"

"Dani."

"Vamos", eu disse. Atravessamos a rua, de volta para o lado onde estava o Guanabara.

"Posso pedir um filé com fritas?"

"Pode pedir o que você quiser."

Quando chegou o prato dela, Dani perguntou: "Você não vai comer nada?".

"Estou sem fome."

Comeu com voracidade. Entre uma garfada e outra parava gentilmente e sorria. Mastigava, ora de um lado, ora de outro, algo harmônico, saudável, bovino, perfeito, invejável.

"Então?", ela disse.

"Então o quê?"

"E agora?"

"E agora o quê?"

"Agora."

"Agora o quê?"

"Agora."

Estávamos em pé na calçada.

"Boa noite", eu disse.

Segurou-me pelo braço. "Tenho camisinha, não precisa ter medo."

"Não é isso. Estou cansado."

Quando cheguei em casa sentei-me numa poltrona e fiquei olhando para o teto. O diário de Ruth continuava no chão. A desarrumação das coisas parecia ter aumentado.

Voltei a trabalhar no roteiro, precisava decidir o que responder ao Dietrich, ele me dera apenas uma semana.

Reescrevi a cena, a partir do momento em que Dolguchov é encontrado por Liutov e Grishchuck, caído, apoiado numa árvore. Está de pernas abertas, estendidas, as botas sujas e rotas; seu ventre está rasgado e as tripas aparecem, e também o coração, batendo. Dolguchov pede a Liutov que o mate: "Os poloneses vão voltar e fazer seus truques sujos. Aqui estão os meus papéis. Você vai escrever e dizer a minha mãe como as coisas aconteceram." Porém Liutov não tem a coragem de matá-la e esporeia o cavalo, afastando-se. Dolguchov deita-se ao comprido, depois de olhar a palma azulada de sua mão. "Muito bem, fuja então, seu porco." Então chega Afonka e pergunta o que está acontecendo.

O texto que escrevi ficou assim:

Afonka aproxima-se de Dolguchov. Salta do cavalo. Os dois homens conversam, o que está em pé, sujo de pólvora, emanando força, e o moribundo, estendido no chão. Liutov, que os contempla de longe, não ouve o que dizem. Dolguchov dá seus papéis a Afonka. Afonka guarda-os na bolsa. Vai até onde está seu cavalo e retira o fuzil do arção da sela. Com passos lentos porém firmes, caminha de volta para perto de Dolguchov, tendo a luz do pôr do sol às suas costas. Dolguchov, apoiando-se sobre os cotovelos, levanta um pouco a cabeça e olha para Afonka. Afonka coloca o cano do fuzil na boca aquiescente de Dolguchov e dispara.

Era tarde quando apaguei a luz para dormir. Dormir, para mim, era, era — o quê?

Sonho. Uma mulher sem rosto, ao meu lado com os lábios cheios de espuma branca, exala um odor forte de presente embrulhado, com frinchas escuras no centro do corpo. (Na verdade não vejo isto, mas é o que está acontecendo.) "Você tem vergonha de dançar na minha frente", pergunto-lhe — e Ruth a mulher sem rosto? —, "vergonha de mim que tenho calos nas mãos e cicatrizes no pau e bailei na rua Vieira Fazenda em cima do chão de azulejos beijando uma moça de pivô escuro na boca?" Ferro e fogo na minha cabeça, brasa nas retinas, saliva e suor, merda e mijo, ossos, músculos. São três horas, a vizinhança dorme em frente à televisão colorida. Uma voz: "Cuidado com a ferida na testa!". A foto da minha mãe, num porta-retratos debruado de madrepérola, ocupa toda a tela invisível.

3

A campainha do telefone me acordou.

Reconheci logo a voz dela: "Foi o senhor o moço que me ajudou naquela noite, quando uns meliantes me perseguiam? Foi o senhor que abriu a porta para mim?".

"Angélica?"

"Ah, você lembra meu nome? Olha, estou te ligando por causa daquela caixinha que deixei aí. Você guardou ela para mim, direitinho?"

"Está aqui, em algum lugar."

"Em algum lugar!? Meu Deus, em algum lugar! Você perdeu a caixinha?" Ela gritava, em pânico. "São coisas de estimação, vê se acha, por favor."

Pedi que esperasse um pouco. Fui à sala. O embrulho de papel pardo estava no mesmo lugar onde Angélica o havia deixado.

"Está aqui, não se preocupe", eu disse.

Angélica deu um gritinho fino, de alívio.

"Olha, não deixa a caixinha assim não, abandonada. Sua casa está muito bagunçada. Não que tenha dentro da caixa alguma coisa de valor, é uma bobagem, mas seria melhor que você guardasse direitinho para mim. Alguém pode passar aí e apanhar." Sua voz ficou dengosa. "Guarda ela pra mim, guarda... Promete..."

"Não quero me responsabilizar por essa, esse — que diabo tem dentro desse embrulho, afinal?"

"Pequenas quinquilharias. De estimação. Qualquer dia desses passo aí. Mas guarda para mim. Põe numa gaveta. Promete que põe numa gaveta. Em algum lugar desse pandemônio aí deve ter uma gaveta."

Para encerrar o assunto prometi que punha numa gaveta.

"Você é um anjo", despediu-se Angélica.

Passei a noite inteira lendo o Bábel. A toda hora, porém, lembrava-me de Ruth. Eu havia mudado de casa para esquecê-la, mas trouxera a cadeira de rodas comigo. Mas não quero falar sobre isso. Agora não.

Depois, liguei a TV para ver o jornal do meio-dia e tomei conhecimento de uma notícia que me assustou.

Não gosto de televisão. Admito que talvez a televisão seja o meu futuro e o de todos os cineastas, lamentavelmente. Cenário sombrio: a televisão, depois de assegurar sua posição de principal veículo de lazer e informação, torna-se o único meio de comunicação de massa, mantido por cretinos e/ou aproveitadores sinistros, que produzem uma gratificação espúria e emocionalmente deletéria para um público passivo e apático, facilmente manipulável por demagogos; todas as pessoas, de todas as classes sociais (os ricos usando telas imensas, do tamanho das telas dos antigos cinemas, que não existem mais, viraram farmácias, agências de bancos), veem televisão durante a maior parte do tempo, uma média de doze horas por dia — muitos deixam a televisão ligada até para dormir.

Não gostei do cenário. Reforçava o preconceito existente contra a cultura de massa. Para que falar mal da cultura de massa? Ela reflete e expressa valores morais e estéticos da maioria dos indivíduos, influenciando, por seu turno, ideias, sentimentos e comportamentos destas mesmas pessoas, numa circularidade corrupta. Evidentemente os empresários da cultura de massa só pensam em lucro. Mas não é essa a melhor maneira de produzir qualquer coisa? Batatas, computadores, cerveja, livros? E quem é que não pensa em lucro? Qual o artista, pensador, cientista que não pensa em alguma forma de lucro ao exercer sua atividade? A produção de bens culturais, modernamente, por ter deixado de ser uma atividade condenada à catarse ou ao diletantismo, não se tornou necessariamente uma coisa desprezível. O artista é um profissional como qualquer outro. Mas eu não devia perder tempo pensando nisso. Tinha outros cenários a escrever.

A notícia que me deixou preocupado era sobre o assassinato misterioso de uma mulher chamada Angélica Maldonado. Angélica Maldonado, dizia o telejornal, ganhara notoriedade em desfiles de fantasia de luxo, na época do carnaval. Seu corpo mutilado fora encontrado pela empregada. A polícia acreditava que ela fora torturada antes de morrer. Um sujeito de nome Áureo de Negromonte, "famoso carnavalesco e campeão de desfiles", segundo a TV, afirmava que a morte de Angélica era uma perda irreparável para o carnaval brasileiro. O desfile de carnaval daquele ano, segundo Negromonte, estava irremediavelmente prejudicado. Havia uma foto de Angélica com um vestido de cauda longa, coberto de pedrarias e muitas plumas.

Eu a reconheci, excitado. Era a mulher gorda que havia estado em minha casa. "Eles estão atrás de mim", Angélica dissera naquela noite. Fossem quem fossem, "eles" haviam conseguido pegá-la.

Procurei na lista telefônica o número da polícia. Disquei 190. Uma voz feminina atendeu: "Radiopatrulha, boa tarde."

Hesitei. O que eu ia dizer? Certamente não seria a dona daquela voz feminina quem iria ouvir minha história. Ela me passaria para outra pessoa, que me passaria para outra, e para outra. Imaginei homens ameaçadores, de blusões de couro e gorros de lã na cabeça, segurando escopetas de canos serrados, invadindo minha casa e levando-me, no meio da noite, para depor numa delegacia sinistra. Além disso, nada sabia sobre aquele caso, nem mesmo o que havia no embrulho de papel pardo que Angélica deixara na minha casa e me pedira para guardar.

"Desculpe, é engano", eu disse.

Apanhei o embrulho na gaveta de camisas. Ouvi um chocalhante ruído cristalino, que não havia percebido antes. Apanhei uma faca e cortei o barbante que amarrava o embrulho.

Era uma caixa de papelão, onde estava escrito *Casa Turuna — Tecidos Cama e Mesa — Armarinhos — Artigos para Carnaval e Umbanda*. Abri a caixa. Dentro havia inúmeras pedras azuis, verdes, vermelhas, de vários tamanhos. As quinquilharias mencionadas por Angélica. Coloquei uma delas contra a luz. Pelo brilho parecia uma pedra preciosa. Imaginei, por instantes, que eram esmeraldas e rubis valiosos. Ao pegar outra pedra na caixa, vi os dizeres em tinta azul, *Artigos para Carnaval*. Deduzi, sensatamente, que deviam ser algumas das pedras ordinárias que Angélica usava em suas fantasias carnavalescas, afinal eram todas coloridas. Mesmo assim continuei colocando as pedras contra a luz, cada vez mais fascinado com o brilho de todas elas. E se fossem verdadeiras? Lembrei-me de um amigo, Maurício, que era proprietário da Florentino, uma das maiores empresas de comercialização de pedras preciosas no Brasil.

Não era fácil chegar até o escritório de Maurício na Florentino. As medidas de segurança eram muito rígidas. Embaixo ficava a loja, que ocupava todo o andar térreo do prédio. Em frente à loja havia vários seguranças à paisana, que olhavam atentos para quem entrava. Na portaria do prédio recebi um crachá, depois de ter deixado a carteira de identidade com o porteiro. Um segurança armado subiu comigo no elevador. Dentro do elevador e em todos os locais por onde transitei até chegar ao escritório de Maurício havia câmeras de televisão registrando minha caminhada.

Tive que passar por várias portas, uma só abrindo quando a outra fechava, até chegar ao Maurício.

"Como são as esmeraldas?", perguntei.

"Esmeraldas?"

Riu. Devia estar surpreso com a minha consulta. "É para um filme que estou fazendo", acrescentei.

"Bem... são verdes...", brincou.

"Que são verdes eu sei. Quero saber, estou interessado, mesmo, em pedras preciosas."

"Quer saber tudo? É muita coisa."

"O máximo possível, para um leigo."

Maurício riu. Ele sempre tivera um senso de humor que não me agradava, detesto as pessoas irônicas e me irrito comigo mesmo quando me descubro agindo dessa forma, mas era meu amigo e deixei passar.

"Estou falando sério, foi por isso que vim até aqui tomar seu tempo."

"Você quer saber o máximo possível?" Outro sorriso. "As esmeraldas fazem parte do grupo do berilo. Na tabela de dureza de Mohs elas têm o índice 7,30-8; a densidade relativa é de 2,67-2,78; fratura: concoide, irregular, estilhaçada; sistema cristalino hexagonal, prisma de seis lados, cristais alongados; índice de refração 1,576-1,582; birrefringência — 0,006; dispersão 0,014; pleocroísmo definido: verde, azul-esverdeado, até amarelo-esverdeado; espectro de absorção..."

"Chega", eu disse.

"Em linguagem de ignorante, as esmeraldas têm, naturalmente, uma forma sextavada. Todos os cristais, de um determinado mineral, apresentam o mesmo tipo de simetria."

"E os diamantes? Não me fale em birrefringência e essa merda toda."

"Os diamantes cristalizam-se isometricamente, formando um hexaedro regular, ou então com oito lados triangulares, em forma de poliedro."

"E os rubis?"

"É o coríndon, vermelho, muito valioso. Sistema cristalino hexagonal, ou trigonal, prismas de seis faces, romboedros."

"São grandes, as esmeraldas?"

"No museu de Leningrado há uma que pesa mais de dois quilos. No Peru havia uma, do tamanho de um ovo de avestruz, que os indígenas adoravam e chamavam de *Madre de las Esmeraldas*."

"Existem muitas esmeraldas no Brasil?"

"Existem. Mas as melhores são da mina de Muzo, na Colômbia. Existem ainda boas esmeraldas em outros lugares, no Zimbábue, na Índia..."

"Esmeralda é a mesma coisa que água-marinha?"

"Água-marinha, esmeralda, morganita, é tudo berilo, mas o pleocroísmo, o espectro de absorção, a iridescência, a opalescência, o asterismo, o brilho são diferentes, estabelecem características estéticas próprias para cada uma delas. Uma Esmeralda é uma Esmeralda, uma Água-Marinha é uma Água-Marinha. Entendeu? Uma Rosa é uma Rosa é uma Rosa."

Ficamos calados algum tempo. Havia alguma coisa em Maurício que estava me deixando inquieto, mas eu não sabia o que era.

"Se o filme for passado no Brasil é melhor que as pedras sejam águas-marinhas. As mais importantes jazidas dessa pedra estão no Brasil. Se você está muito interessado eu te mostro as pedras, para você ter uma ideia melhor."

"São caras, as esmeraldas? Sabe por que pergunto? Acho que tenho uma esmeralda em casa."

"Você tem uma esmeralda em casa. E daí?"

"Acho que tenho também um diamante. Fale-me mais sobre os diamantes. Não me diga aquelas coisas todas. Diga apenas coisas simples como, por exemplo, eles são incolores e brilham muito."

"Eles brilham muito, mas nem sempre são incolores. Podem ser amarelos, verdes, azuis, avermelhados e negros. Não há nada comparável a sua dureza. Dez, na escala Mohs. Sua clivagem é perfeita."

"Como posso saber se essas pedras em meu poder têm ou não valor? Acho que tenho também um rubi."

"Você não pode saber."

"O diamante tem maior valor porque é mais duro e brilha mais?"

"Mais ou menos isso."

"Dureza e brilho como parâmetros de valor. Como as pessoas. Interessante", eu disse. Até que o Fleming escolheu um bom título, *Diamonds are Forever*, pensei, mas o filme de Guy Hamilton era medíocre.

"Você tem mesmo essas gemas ou são imitações? Traz aqui para eu examinar. Um vidro ordinário feito de cristal de rocha pura, chumbo vermelho e carbonato de potássio pode enganar muito otário. Outro dia mesmo um cliente nosso comprou uma partida de rubis que na verdade eram pedras fundidas de óxido de alumínio. Pode-se fazer um rubi sintético usando-se a técnica Czochralski, desenvolvida pelos Laboratórios Bell, dos Estados Unidos. Fica quase igual a um Mogok." A cara de Maurício estava diferente. Ou melhor, a maneira como me olhava agora era diferente, não demonstrava simpatia, como eu supusera antes. Aquilo me deu uma sensação de desconforto. "Gostaria de ver essas gemas", ele disse.

"Vou trazê-las, um dia desses."

"Mas traz mesmo." Pausa. "Olha, aquela coisa da Ruth. Eu senti muito, viu?"

"Sim, obrigado." Para obter a opinião de Maurício eu precisaria ouvi-lo falar de Ruth? "Não quero falar sobre isso."

"Desculpe", disse Maurício. Ficamos num silêncio constrangedor. Ele procurou alguma coisa para dizer e afinal achou: "Você sabe por que minha empresa se chama Florentino?".

"Não."

"Você se lembra um dia em que conversamos sobre sonhos? Você me disse que sonhava de uma maneira esquisita."

Será que falo dos meus sonhos para todo mundo?

"E eu lhe disse que também tinha um sonho esquisito. Lembra?"

Eu não lembrava.

"É sempre o mesmo sonho. Com o diamante *Florentino*. Comecei a sonhar com ele ainda no tempo que trabalhava na H. Stern. Existem diamantes mais famosos que o *Florentino* — o *Cullinam*, o maior de todos, que adornava o cetro de Eduardo VII e hoje se encontra na Torre de Londres; o *Dresden*; o *Hope*; o *Koh-i-Noor*, que significa Montanha de Luz, nome que lhe foi dado pela xá da Pérsia em 1739; o *Nassak* que foi roubado de um templo de Shiva pelos ingleses, em 1918. Todos têm história e paradeiro conhecidos. Mas o *Florentino* está envolto em mistério. Em 1657 estava de posse da família Medici, de Florença — daí o seu nome. Talvez tivesse pertencido primeiro a Cosimo, o amante das artes, patrono de Donatello, Brunelleschi, Della Robia, ou talvez ao seu neto Lorenzo, poeta e assassino, fazedor de papas, mecenas, tirano imoral que fez de Florença o Estado mais desenvolvido da Idade Média. Não sabemos. O certo é que quem se desfez da pedra só pode ter sido Cosimo III — fraco, vaidoso, hipócrita — ou então seu filho Giovan Gastone, um gozador, mais dissipado que o pai, submisso ao clero e aos países estrangeiros e que acabou de arruinar a casa dos Medici e o seu país. Entre 1723, quando Giovan Gastone assumiu o trono, e 1737, data da sua morte, o diamante *Florentino* deixou de integrar os bens dos Medici e passou a fazer parte da coroa dos Habsburgo, mais especificamente da coroa de Carlos VI, feito imperador da Áustria em 1711. O *Florentino* ficou com os Habsburgo quase duzentos anos, até o fim da Primeira Guerra. Então o presidente Wilson, dos Estados Unidos, exigiu que fossem respeitados os direitos dos povos do então Império Austro-Húngaro. Polônia, Tchecoslováquia, Iugoslávia passaram a existir como Estados soberanos. No dia 11 de novembro de 1918 o imperador Carlos I renunciou ao trono e a República foi proclamada no dia seguinte. Então aconteceram vários episódios: os Habsburgo foram banidos em 1919, Carlos I voltou por um período a ser imperador da Hungria e morreu em 1922. Durante esse período o *Florentino* desapareceu. Como pode ter sumido um diamante tido como perfeito, de 137,27 quilates, de valor incalculável?"

"Cortado em pedaços?"

"Nenhum lapidador no mundo teria coragem de cometer um ato tão selvagem, tão brutal, tão estúpido." Maurício fez uma careta de horror. "Agora, entra o meu sonho. Nele, eu sei onde o *Florentino* está. Num enorme baú cheio de quinquilharias, no sotão de uma mansão grande e antiga."

Maurício agarrou-me o braço, com força.

"Vejo tudo, no sonho, a fachada da casa no alto da qual, entre duas górgones repulsivas, está escrito num ressalto semilunar: 1831. Vejo as janelas com vitrais coloridos, a porta enorme de madeira. A casa fica num vale cercado de montanhas de pedras. O *Florentino* está lá no sótão dessa casa, dentro do baú, flawless, indestrutível, eterno, rutilando indomável."

Maurício ficou olhando para mim com um sorriso indecifrável.

4

Ao retornar do escritório de Maurício, um sujeito parado na esquina me espiou de maneira esquisita, dissimulada, enquanto o porteiro abria a porta da rua. Era um dia quente, mas o homem usava uma capa comprida, fechada.

Já no apartamento, olhando pela janela, notei que o homem de capa falava com outro sujeito, como se lhe desse instruções.

Fui ver se a caixa estava onde a deixara. Abri a caixa para olhar as pedras. Não pareciam ter nenhuma das qualidades que Maurício mencionara. Deviam ser imitações baratas. De qualquer forma, quando tivesse um tempo disponível, iria levá-las para o Maurício examinar. Diria: "Não quero conversar sobre Ruth, está bem? Agora examina estas pedras."

A campainha do interfone tocou. O porteiro, com voz preocupada, me disse que um detetive queria falar comigo.

"Ele mostrou a identidade?"

"Não."

"Então como você sabe que ele é da polícia?"

"Ele disse."

"Só deixa ele entrar se mostrar a carteira."

Pouco depois o policial chegou. Era um homem gordo, que não parecia muito saudável. Mostrou a carteira. Detetive Sarraceno. Disse que estava investigando o assassinato de uma mulher chamada Angélica Maldonado.

"Encontramos seu endereço e o telefone no caderninho da morta."

"Sim?"

A brevidade da resposta interlocutória pareceu perturbá-lo.

"O senhor mora aqui?"

"Moro."

"Conhece essa mulher? O nome dela é Angélica Maldonado."

Mostrou o retrato.

Sem hesitação: "Não, não sei quem é." De qualquer forma, o retrato não parecia nem um pouco com a Angélica que havia estado em minha casa.

"Mas seu endereço estava no caderninho dela."

"É um mistério que o senhor talvez possa me explicar."

Não era um imbecil. Olhou em volta, uma pan pela sala.

"E essa cadeira de rodas?"

"Era da minha mulher."

"Ela era uma famosa carnavalesca. A morta. Nunca ouviu falar nela?"

"Como é mesmo o nome?"

"Angélica Maldonado."

"Carnavalesca. Como? Porta-bandeira?"

"Não. Desfile de fantasias."

"O senhor a conhecia?"

"Eu?", disse Sarraceno surpreendido.

"Sim. O senhor."

"Eu não gosto de carnaval. Uma exceção", disse com um sorriso infeliz, "os tiras costumam gostar de carnaval."

"Eu também não gosto."

Pousou os olhos no meu rosto por alguns segundos, procurando descobrir, talvez intimidar.

"Mais alguma coisa?", perguntei.

"Não, não. O senhor podia me arrumar um copo d'água?"

Quando o tira saiu, apaguei as luzes e fui até a janela. Ele entrou num carro da polícia parado à porta. Logo que o carro se afastou o homem da capa surgiu das sombras e olhou muito rapidamente na direção da minha janela. Tive a sensação de que me vira, naquele rápido olhar. Recuei assustado. Corri até a porta e verifiquei se estava fechada. Encostei o ouvido na porta, procurando algum som suspeito. Nada. Não! O que era aquilo? Sons de passos, leves sons de passos nas escadas, que pararam à minha porta!

As batidas na porta me assustaram. Prendi a respiração. O porteiro não deixava ninguém entrar sem avisar pelo interfone, o que teria acontecido? Era melhor fingir que não havia ninguém em casa. Mas o sujeito de capa me vira, sabia que eu estava ali, atrás da porta. Ele pode dar um tiro e me atingir, através da madeira, pensei, afastando-me e grudando-me na parede.

Novamente a batida. Ele sabia. Era melhor enfrentá-lo. Detesto sentir medo. Têm ocorrido na minha vida episódios de coragem pessoal que na verdade resultaram da minha incapacidade de sentir medo. Prefiro enfrentar a pior ameaça do que ficar sentindo medo.

"Quem é?", perguntei, notando com alegria que minha voz estava firme.

"Sou eu, idiota. Abre logo."

Era Liliana. Abri a porta.

Entrou rapidamente.

"Um sujeito com uma cara sinistra estava lá embaixo, quando entrei", disse ela.

"Um sujeito de capa?", perguntei.

"Isso mesmo. Um sujeito de capa. Parecia um estuprador." Fez uma pausa. "É bem verdade que os homens, em sua maioria, olham para mim como se fossem estupradores. Quem é esse cara? É amigo seu? Você sempre teve uns amigos muito estranhos."

Fui até a janela, mas não vi sinal do sujeito.

Por que não mandava Liliana embora?

Percebi que ela olhava o embrulho de Angélica em cima da mesinha.

"A história desse embrulho é engraçada", eu disse.

Contei o episodio da visita de Angélica, sem falar da morte dela ou das pedras.

"Um Sidney Greenstreet de saias", disse Liliana quando terminei, "mas o embrulho é pequeno demais para ter aí dentro um falcão maltês."

Liliana foi até a janela. "Eu não podia ir ao cemitério. Viajei."

"Eu sei."

"Fiz bem, não fiz bem? Em não ir?" Sua voz tremia. Parecia que ia chorar, mas Liliana não chorava nunca.

Mudei de assunto. "Vou para a Alemanha, para o Festival de Berlim Oriental e vou ficar lá alguns meses", eu disse. Falei de Dietrich. "Acho que vou aceitar a proposta." Já que não podia matá-la, por que ao menos não lhe dizia logo adeus?

Liliana riu.

"Que proposta você vai aceitar? Você não me disse que proposta esse alemão fez. Em termos objetivos: dinheiro."

"Isso fica para depois."

"O mais importante fica para depois?"

"Dinheiro não é o mais importante", eu disse.

"O que é mais importante? Os economistas dizem que o dinheiro é um dos maiores instrumentos de liberdade que o homem inventou até hoje."

"Eu não tratei de dinheiro com ele."

"Você vai fazer na Alemanha um filme sobre uma guerrinha que aconteceu na Europa há mais de sessenta anos? Bábel era um escritorzinho fraco, afrancesado. Faz um filme sobre a guerra que está acontecendo aqui, no teu país, agora. Essa nossa guerra hobbesiana de todos contra todos..."

"Dietrich acha que sou a pessoa certa para dirigir a *Cavalaria Vermelha*", eu disse. Mostrei-lhe o livro com a foto do Bábel. "Esta foto te lembra alguma pessoa?"

"Não." Outro riso. "Dietrich deve ser um idiota, ou um espertalhão. Dietrich acha que você vai fazer outra *Guerra Santa*. Mas sabe por que *A Guerra Santa* deu certo? Primeiro porque o Euclides da Cunha escreveu a história e o personagem central era Antonio Conselheiro, não era merda nenhuma de Bábel. Conselheiro nunca leu Maupassant. Cagava para Maupassant."

"Eu escrevi o roteiro."

"E a segunda razão do sucesso do seu filme pode ser explicada pela mesma palavra que Orson Welles usou ao explicar como teria conseguido as inovações cinemáticas de *Citizen Kane*: ignorância. Você não sabia nada de cinema, quando fez aquele filme. Foi salvo pela própria ignorância."

Eu havia contado a Liliana aquela história do Orson Welles, que ela agora usava contra mim, sem me dar ao menos o consolo do resto da resposta que Welles dera ao jornalista do *Cahiers*: "Se esta palavra [ignorância] lhe parece inadequada, substitua-a por inocência." Quando conheci Liliana ela era uma menina de quinze anos sem nenhuma erudição. Agora, com vinte anos, me dava lições.

"Não quero ver você por algum tempo", eu disse.

"É por causa de Ruth?", perguntou, cavilosa.

"É por causa de mim mesmo."

"Sei que é por causa de Ruth."

"Não quero mais te ver."

"Nunca mais? Essa cena é artificial até para um cineasta medíocre como você."

Olhei a cadeira de rodas, depois que Liliana saiu. Então era aquilo a minha vida?

Pelo interfone falei com o porteiro: "Não deixa ninguém entrar sem antes me avisar pelo interfone."

"Bem... eu não deixo nunca... aquela moça... ela disse que era casada com o senhor e que morava aqui."

"Ela não mora aqui. E eu não sou casado com ninguém."

"O senhor é novo no prédio e eu pensei..."

"Não quero que ninguém, nenhum visitante meu entre no prédio sem expressa autorização minha, entendeu?"

Antes de eu dormir e sonhar, Liliana ligou para mim.

"O sujeito da capa me seguiu até aqui em casa."

"Você disse ao porteiro que era minha mulher?"

"Isso não importa. Ouça: aquele sujeito sinistro de capa me seguiu até em casa!"

"Isso é verdade?"

"Juro. Estou com medo."

"Você com medo? Você não tem medo de nada."

"Será que está me seguindo há algum tempo, sem eu perceber? Ou será que o interesse dele é você?", perguntou Liliana.

"Acho que o interesse dele sou eu. Estava rondando minha casa antes de você aparecer. Talvez seja da polícia. A polícia esteve aqui em casa antes de você chegar."

"Não, policial ele não é. Não tem legitimidade. Ele se esconde. Que história é essa da polícia ir na tua casa?"

"É uma longa narrativa. Não estou com vontade de contar."

"Conta."

"Aquela mulher que entrou aqui e deixou uma caixa com pedras coloridas. Lembra daquele embrulho de papel pardo que você viu em cima da mesinha?"

"Lembro."

"A mulher que deixou o embrulho aqui foi morta. Acho que as pedras são esmeraldas, rubis, safiras."

"Esmeraldas, rubis, safiras?! Você está falando sério? Quantas são as pedras? Você contou?"

"Umas trinta, por aí."

Foi este o sonho:

A mesma mulher de olhos amarelos, agora com um rabo ossudo, não exatamente como se fosse uma macaca. Estou sendo consumido por ela, como por um vampiro. Me diz coisas no ouvido: "O serviço de meteorologia errou novamente as previsões." E: "As tuas outras mulheres bonitas te tratavam também assim?". Ao dizer essa última frase seus dentes estão cheios de sangue, *meu* sangue. Digo-lhe que tenho medo de que a casa caia a qualquer momento e eu fique soterrado nos debris. Se é uma casa, por que não abro a porta e saio? A ponta da língua dela é vermelha, mesmo quando não está chupando meu sangue. Sua vagina está sempre úmida. Estou nervoso, pois tenho que fazer e desfazer malas, fazer e desfazer amizades e também porque perdi minha vida por não querer dar um tiro de misericórdia na nuca das pessoas que amo.

Como sempre, meu sonho não tinha imagens. Quando era criança e até a adolescência eu não me recordava deles, ao acordar; era como se não sonhasse nunca. Quando comecei a recordar meus sonhos peculiares, pensava que todos sonhassem como eu. Ao saber que os meus eram diferentes, eu me interessei, durante algum tempo, pelo assunto. Li inúmeros livros, consultei médicos, tudo inutilmente. A interpretação dos fenômenos oníricos, de Artemidoro, na Antiguidade, até Freud, modernamente, pouco fala de sonhos como os meus. Freud, conquanto reconheça que os sonhos, apesar de preponderantemente visuais, possam ter também impressões auditivas e de outros tipos, não vai além disso. Freud cita um autor, J. Delboeuf, que sonhava com nomes latinos. Mas Delboeuf *via* coisas também. Decorei, então, um enunciado de sonho que eu acreditava esclarecedor: "um mundo arcaico de vastas emoções e pensamentos imperfeitos". Acabei descobrindo, no livro de A. Maury, *Analogies des phénomènes du rêve et de l'aliénation mentale*, uma definição do estado onírico que expressava o que acontecia comigo: "uma associação viciosa e irregular das ideias". Havia momentos em que eu suspeitava estar louco.

No dia seguinte levei três pedras para Maurício examinar, uma de cada cor.

Entrar no escritório de Maurício foi novamente uma coisa complicada. Depois de ter passado pelos vários seguranças do andar térreo da joalheria, fui levado a uma sala com duas portas, onde havia apenas uma mesa, uma cadeira e uma câmera de televisão, com a luzinha vermelha ligada. Verifiquei as duas portas. Estavam trancadas. Depois de uns dez longos minutos entrou uma mulher, muito bem-vestida e penteada.

"Desculpe a demora. Normalmente atendemos com mais presteza."

"Houve alguma anormalidade?"

"O senhor tentar abrir as portas. Foi preciso tirar o senhor Maurício de uma reunião para ele nos dizer se o senhor era uma pessoa idônea."

"Sou uma pessoa idônea?"

Riu, dentes perfeitos, uma exigência do cargo: "É. Infelizmente o senhor Maurício não pode atendê-lo, mas estou às suas ordens."

Deixei com a mulher as pedras, embrulhadas num papel, dentro de um envelope. Ela não me deu nenhum recibo. Devia ser a praxe naquele negócio: eles não confiavam em você mas você tinha que confiar neles.

O enorme prédio que abrigava as novas instalações da Igreja Evangélica de Jesus Salvador das Almas ficava em Copacabana.

José esperava por mim.

"Que tal?", perguntou, depois que segui seu tour de propriétaire.

"Por que você escolheu Copacabana? Não tem lugar na rua onde se possa parar o carro."

José riu. "Primeiro, você devia ter colocado o carro na nossa garagem."

"Eu vim de táxi."

"Segundo, os membros da nossa Igreja não têm carro."

"Você tem três", eu disse.

"Terceiro, o perfil psicossocial do morador de Copacabana é muito parecido com o do morador da zona norte. Copacabana é uma boa entrada para nós que viemos da periferia. A Delfim Moreira pode ficar para mais tarde."

"Ah, você fez um estudo mercadológico."

"Há algum mal nisso? Meu irmão, meu irmão, você só tem ódio e desespero no coração. Devia se juntar a nós."

"Para quê?"

José me olhou nos olhos. "Para fazer uma revolução ética e religiosa através dos ensinamentos de Jesus. A retidão moral e o amor, como fonte da Salvação. A velha Igreja católica não quer saber de Jesus — quer e sempre quis apenas o Poder; as crenças primitivas africanas são aéticas e hedonistas. Nem uma nem outra têm a Resposta. Você gosta deste mundo cruel e corrupto em que vivemos?" Disse isso com olhos límpidos e convincentes cravados nos meus. Será que ele havia mudado? Ou José apenas acreditava na sua intrujice, como todo bom embusteiro? Ou então, havia mesmo apenas ódio no meu coração? Ódio por ele? Sim, eu o detestava, desde pequeno, desde quando ele caçava moscas e arrancava-lhes as asas e depois colocava-as no chão e dizia "quero ver você voar agora, mosca". Mas não o odiava por arrancar as asas das moscas, eu o odiava por sua fantástica habilidade em pegar as moscas. José via uma mosca parada sobre uma superfície — podia ser vertical ou horizontal — e num movimento extremamente rápido pegava a mosca antes que voasse. "Está no papo", dizia mostrando a mão fechada. Depois punha a mão embaixo da torneira, para molhar as asas do inseto e assim impedi-lo de voar quando fosse iniciar seu trabalho de mutilação. Eu não conseguia pegar moscas com a mão e invejava sua habilidade. Era isso. Eu era um invejoso. Devia saber que uma pessoa com aquela inventividade e impiedade teria um futuro brilhante, e morria de inveja por isso.

"Esta semana faço aquelas modificações no filme", eu disse.

"Depois do carnaval começamos a nova campanha, eu agradeceria muito se o filme estivesse pronto."

Passei a noite lendo e relendo Bábel. Cada conto era uma obra-prima. Não sei o que me impressionava mais: a tensão, o equilíbrio entre ironia e lirismo, a elegância da frase, a precisão, a concisão. Não gosto de reler um texto literário, seja qual for, a menos que o esteja adaptando para o cinema. Li *Os Sertões*, essa obra-prima de Euclides da Cunha, inúmeras vezes e na quinta vez já não sentia o menor prazer com a leitura. E a vida de Euclides, apesar de todos os seus aspectos dramáticos, nunca me interessara. Aliás, não me interessava a vida de ninguém. Não me importava saber, por exemplo, que Gauguin era pedófilo, meu interesse era descobrir como conseguia a luz e a cor das suas telas. Mas, inexplicavelmente, tinha vontade de saber coisas da vida de Bábel.

No fim do livro que me fora emprestado por Dietrich havia uma pequena notícia biográfica, dizendo que Isaac Bábel havia nascido em Odessa em 1894, e crescera no ambiente de uma família judaica de classe média. Durante a Revolução e a guerra civil, lutou na cavalaria; mais tarde, abriu uma gráfica em Odessa. Voltou à literatura em 1923, publicando alguns contos em revistas. Publicou *Cavalaria Vermelha* e *Contos de Odessa*. Foi preso nos expurgos do final dos anos 1930 e morreu num campo de concentração, em 1939 ou 1940, de tifo ou fuzilado.

No dia seguinte, de manhã, fui trabalhar no filme do meu irmão José. Enquanto remontava o filme, pensava até que ponto eu estaria fortalecendo o poder e favorecendo a ambição dos evangelistas. Para mim, todos os evangelistas eram espertalhões oportunistas, como o meu irmão, falsos como os sacerdotes de todas as religiões existentes. A religião era um grande negócio dirigido por estelionatários. O homem moderno não precisava de Deus, precisava de uma ética, de amor, de tolerância... Que merda, eu estava inventando uma religião nova, inventando a roda. Fodam-se.

Não sei qual a razão que me levou a isso, mas num impulso peguei a lista telefônica e procurei o nome Negromonte. Havia cinco Negromontes na lista. Áureo era um deles.

"Sim, sou Áureo de Negromonte." Frio e desconfiado.

"É o senhor que participa de desfiles de fantasia?"

"Quem está falando?"

Expliquei que era um diretor de cinema, interessado em desfiles de fantasia.

Mudou de atitude: "Já era tempo de fazerem um filme sobre nós."

"Pois é, queria conversar com o senhor."

"Quando?"

"O mais cedo possível."

"Estou numa roda-viva, faltam três dias para o desfile e minha fantasia ainda não está pronta. Uma situação horrível."

"Não tomaria muito tempo. Quero ter primeiro uma conversa preliminar, que lhe tomará pouco tempo. Posso passar na sua casa?"

"Isso aqui está um inferno, tudo desarrumado. Não quero que o senhor veja minha casa assim."

"Estou acostumado com casas desarrumadas. A minha, por exemplo."

"Jura?"

"Estou mesmo. Nem vou notar a desarrumação da sua casa."

Negromonte me deu o endereço. Um apartamento na Tijuca. Marcamos o encontro para aquela noite.

Negromonte morava num apartamento pequeno. Era um homem de idade difícil de ser estabelecida, talvez devido à maquiagem que usava.

"Eu não lhe falei?", disse Negromonte depois que abriu a porta. Pela sala, sobre mesas e cadeiras, espalhava-se uma profusão de panos bordados com paetês, estrasses, canutilhos, incrustados de pedras coloridas brilhantes. Duas mulheres bordavam os tecidos.

"Ai, meu Deus, faltam só três dias e isso me deixa tão desesperado que às vezes tenho vontade de me matar!"

"Vai ficar pronto, seu Áureo. Todo ano é assim, o senhor já devia estar acostumado", disse uma das mulheres, uma mulata gorda.

"Você sabe que não estou brincando, Mildred. Se a fantasia não ficar pronta eu me mato! E você... vocês duas serão as culpadas. Vou deixar isso escrito num bilhete para a polícia." Mudando subitamente de tom, agora dirigindo-se a mim: "Tudo em ouro e negro. Sempre me fantasio em ouro e negro. Áureo em latim significa ouro, você sabia? Claro, é um cineasta, deve saber. Foi minha mãe quem me deu esse nome, minha mãezinha querida que Deus levou no ano passado — sofri tanto, fiquei tão só. Ela sabia que esse nome seria como uma luva para mim. Ouro. Imagina se eu me chamasse Mildred."

"Mildred era uma rainha", disse Mildred.

"Rainha de onde?", perguntou Negromonte, com ironia. "De Angola não é. Isso é nome de branco. Arranja um cafezinho para nós, Marijó, enquanto este moço me fala do filme que ele quer fazer comigo."

"Quem ia me ajudar neste projeto era a Angélica Maldonado. Você a conheceu?"

"Angélica Gorda? Claro. Era uma boa pessoa, mas muito desconfiada. Não deixava ninguém ver a fantasia dela, não era como eu que mostro para todo mundo. Digo até o nome — o nome da fantasia é um segredo que você deve guardar com cuidado, senão eles usam o teu nome pelo Brasil afora. Eu mostro tudo. Sabe qual é o nome da minha fantasia? O Tesouro das Minas do Rei Salomão. Você gosta?"

"Gosto. Fale mais da Angélica. Tinha parentes? Era casada? Eu a conhecia muito pouco."

"Não, era solteira — quem é que ia casar com uma mulher daquele tamanho? — e não tinha parentes. A história dela é curiosa. Foi criada num orfanato e era muito pobre, venceu na vida com muito sacrifício. Era muito trabalhadora, ela mesma costurava a fantasia dela. Dizia que era para ninguém copiar o modelo. Mas ninguém ia copiar os modelos da Angélica, as fantasias dela não eram grande coisa. Mas como Angélica era protegida do Diderot, ela desfilava no Glória, no Monte Líbano, no Scala, no Português de Recife, em toda parte, até mesmo no Exterior."

"Quem é o Diderot?"

"Não vai me dizer que você não sabe quem é o Diderot?"

"Não, não sei."

"Você não sabe quem é o Diderot Assunção?"

"Não, não sei."

"O maior empresário que tem no ramo. Um grande empresário. Os agenciados dele viajam para a Europa, os Estados Unidos, para mostrar as fantasias em grandes hotéis, clubes, ganhando uma boa grana."

"Você é agenciado dele?"

"Ainda não. Mas quando ele vir O Tesouro das Minas do Rei Salomão vai me contratar, tenho certeza. Olha este cabochão aqui", disse mostrando uma enorme pedra arredondada, "você já viu coisa mais linda? Parece feita pela Mãe Natureza. Minhas pedras são todas assim, meu estrasse é francês, também os paetês, os canutilhos — tudo importado, do melhor. Este ano será o Ano da Reparação, o ano que as injustiças cometidas contra mim serão vingadas. Eu merecia ganhar no ano passado, com Meu Reino por um Amor, e tirei segundo. E no ano retrasado foi pior ainda. Nabucodonosor II e os Jardins Suspensos da Babilônia ficou em terceiro, uma obra-prima, uma coisa grandiosa e deslumbrante tirou terceiro. Eu estudei tanto para fazer aquela fantasia!... Porque eu pesquiso, sabe, nos livros, nas enciclopédias, converso com os especialistas, com os sábios, coisa que ninguém faz, busco todas as informações sobre o tema da minha fantasia antes de criá-la... não é, Mildred? Tive vontade de me matar, quando tirei terceiro lugar. Você vai ver o meu desfile este ano, não vai? O melhor é o do Glória, sabe, lá não tem baile, e só o desfile. Não é fácil entrar, sabe, o desfile é feito para a televisão e só entram para assistir os hóspedes do hotel e meia dúzia de convidados. Mas eu arranjo convite para você. Cadê o cafezinho, Marijó!?"

5

Maurício passou na minha casa.

"Vim falar sobre as gemas que você deixou no escritório."

Maurício enfiou a mão no bolso e tirou um embrulhinho de papel de seda. Abriu. "Onde foi mesmo que você disse que arranjou estas pedras?"

"Não arranjei em lugar nenhum. Sempre as tive. Eram da minha mãe." Usava a minha mãe, como Negromonte.

"As pedras são muito valiosas", disse Maurício. "Valem uma pequena fortuna. Você quer vender?"

"Não sei." Tentei esconder minha surpresa. Valiosas! O que seria uma pequena fortuna? Se três pedras valiam uma pequena fortuna, quanto valeriam trinta? Fiquei pensando em milhões de dólares. Com dois milhões de dólares — o que não é muito dinheiro, em cinema — eu faria um filme ainda melhor do que *A Guerra Santa*. As pedras valeriam tanto? Tive vontade de perguntar a Maurício, mas fiquei com medo de ele desconfiar de alguma coisa. Precisava tomar cuidado.

"Você tem outras? Se você quiser vender nós compramos."

"Talvez tenha, mas preciso procurar."

"Procura, rapaz, se você tiver muitas dá para financiar o filme." O desgraçado parecia ler meus pensamentos! "Mas olha, se forem muitas mesmo eu preciso saber a origem delas."

Novamente aquela sensação de desconforto que sentira no escritório dele. Eu conhecia Maurício há muitos anos, havíamos crescido juntos, ele nunca me transmitira aquele sentimento. Será que desconfiava que eu havia me apoderado ilegalmente das gemas?

"Vou procurar, se tiver outras eu lhe falo", disse, levando-o para a porta, querendo me livrar dele antes que descobrisse alguma coisa.

"Vou passar o carnaval fora mas estou aqui na quinta-feira. Me telefona." Pausa. "Você pode confiar em mim..."

Depois que Maurício saiu, voltei a ler o Bábel. No pequeno livro estavam todas as histórias que Bábel publicou durante sua vida: os contos de Odessa; os que falavam da sua experiência com o Primeiro de Cavalaria, comandado pelo general Budeni, durante a campanha contra os Brancos, na Ucrânia e no leste da Polônia; e, finalmente, as histórias da sua infância. Sempre gostei de ler contos, desde criança. A literatura que eu consumia aos dez anos de idade tinha títulos assim: *Melhores contos russos*, *Melhores contos americanos*, *Melhores contos franceses*, *Melhores contos italianos* etc. Aos quatorze anos acreditava ter lido todos os contos que haviam sido escritos no mundo. (Não sei como me tornei um cineasta e não um escritor de contos.) Houve época em que acreditei que meu contista predileto era Maupassant; em outras ocasiões, Poe; como não podia deixar de ser, tive minha fase de Tchekhov. Agora era o meu período de Bábel. Lembro-me que houve uma tentativa de chamar a atenção para Bábel pelo fato de ter sido vítima dos expurgos de Stálin. Fizeram dele um mártir. Como são chatos, os mártires.

Por que a vida de Bábel me interessava tanto? Teria importância para mim saber que Bábel começou a escrever em francês, imitando

Maupassant e acabou escrevendo melhor do que o modelo que arremedava? Teria importância a versão de que um dia viu o pai ajoelhado aos pés de um oficial cossaco beijando suas botas? (Seria por isto que mais tarde se alistou na Cavalaria para ser, ele também, um cossaco?) Por que ficava eu olhando tanto tempo para o retrato dele vestido com o dólmã de alamares dourados? Só um judeu poderia ter um rosto tão recalcitrantemente expressivo, um olhar em que se misturavam ironia e ceticismo e compaixão. Quem era aquele homem? Na verdade eu queria saber mais coisas sobre Bábel. Queria saber tudo.

Fiquei dois dias na sala de montagem fazendo as modificações, pedidas pelo meu irmão, no filme para a Igreja de Jesus Salvador das Almas. Na verdade, as sugestões dele eram muito boas, como todas as outras que havia feito anteriormente, e tornaram o maldito filmeco mais persuasivo. Mais alguns milhares de desgraçados dariam dez por cento do salário para a Igreja, e eu era cúmplice desta exploração.

Na sexta-feira anterior ao carnaval, o videofilme estava pronto. Liguei para a casa de José. Gislaine atendeu.

"O José foi a Brasília, para uma entrevista com o presidente da República." Gislaine parecia dizer: O presidente receberia você, pobre-diabo invejoso?

"Pensei que não existisse ninguém em Brasília numa sexta-feira, ainda mais de carnaval..."

Gislaine hesitou, sem saber o que dizer. "Ele volta amanhã..."

"Vou deixar o filme no laboratório, para fazerem as cópias. O José sabe onde é."

Do laboratório fui visitar meu amigo Boris Gurian, um velho sábio judeu. Gurian nascera na Rússia e a família emigrara para a Áustria, fugindo dos comunistas, quando ele ainda era um menino. Vinte anos depois, ele era professor de literatura russa na Universidade de Viena e tivera que fugir mais uma vez, agora dos nazistas. Foi para a Holanda, da Holanda para a França, os nazistas nos calcanhares dele. Afinal veio parar no Brasil, acompanhado da irmã Sara. A mãe, o pai e um irmão não haviam conseguido escapar do holocausto. Mas Gurian não gostava de falar do passado e, além disso, eu sabia muito pouco da vida dele.

Eram quatro horas da tarde. Gurian já estava ligeiramente embriagado. O álcool não produzia nenhum efeito visível sobre ele, a não ser um quase imperceptível tique de ficar passando a pontinha da língua nos lábios. Caminhando com dificuldade — não devido à bebida, ele havia quebrado uma perna e nunca ficara completamente recuperado —, Gurian levou-me para o escritório, uma sala com as paredes forradas de livros empoeirados, colocados caoticamente nas estantes. Havia também livros pelo chão.

Sentamos em duas poltronas rotas e desbotadas.

"Quer um uísque?", perguntou apontando uma garrafa, copos e um balde de gelo sobre a escrivaninha. "Normalmente tomo uísque nacional, mas como você vinha arranjei um scotch legítimo."

"O que você sabe de Bábel?", perguntei, depois que nossas bebidas foram preparadas, a minha com gelo, a dele pura.

"Tudo", respondeu Gurian. "Você acha que eu não conheceria o maior escritor judeu do século XX? Por onde você quer que eu comece?"

Começou dizendo que os pais de Bábel falavam, em casa, iídiche entre eles, e russo com os filhos. Eram de Odessa. Isaac foi mandado para uma escola religiosa judaica, aos seis anos de idade. Foi muito importante, na sua formação, o aprendizado de literatura e cultura francesas na Escola Comercial Nicolau I. Aos quinze anos escrevia histórias em francês. Poderia escolher o francês para escrever sua obra, mas abandonou logo essa língua.

"Também não quis escrever em iídiche, como Singer, por exemplo, nem em hebraico, como Kaniuk." Fez uma pausa, pensativa. Notei que

Gurian estava mais pálido e alquebrado do que da última vez em que o vira. "Um crítico disse que o hebraico e o iídiche eram, para Bábel, o gueto do qual queria fugir. Preferiu escrever na língua dos goyim, o russo."

Aos dezesseis anos Bábel foi para Kiev, estudar no Instituto de Estudos de Finanças e Administração. Por ser judeu foi impedido de entrar na Universidade de Odessa.

Em Kiev conheceu Eugenia Gronfein, filha de um amigo do seu pai, com quem se casaria em 1919. Ainda nesta cidade, publicou numa revista sua primeira história, escrita em russo. Tão logo se formou, em 1915, mudou-se, ilegalmente, para Petersburgo, a capital literária do país.

"Andava pelas ruas de Petersburgo", continuou Gurian, "com documentos falsos no bolso — sendo judeu não obtivera licença para morar na cidade — e sem usar um sobretudo, no inverno.

Ele mesmo conta isso, que possuía um sobretudo mas não o usava por uma questão de princípio. Em Petersburgo conheceu Gorki, que publicou duas de suas histórias no jornal *Liétopis*. Passou a fazer parte do grupo de intelectuais que andava à volta de Gorki — os futuristas Brik, Sklovski, Maiakóvski. Bábel diz que Gorki o teria mandado 'aprender com o povo'. Bem, logo veio a guerra e Bábel alistou-se. Em outubro de 1917 foi enviado para o front romeno. Sabe o que aconteceu?"

"Foi condecorado por bravura", respondi.

"A vida de Bábel não tem grandes lances. Ele pegou malária e foi mandado de volta."

Neste momento Gurian teve um acesso de tosse que durou um tempo que me pareceu muito longo mas que provavelmente não chegou a um minuto. Quando parou de tossir, Gurian tentou falar, sem conseguir.

"Espera um pouco", eu disse.

Ficamos bebendo em silêncio; Gurian ofegava de maneira preocupante.

"Não tenho muito tempo", disse Gurian, afinal.

"Posso voltar amanhã."

Gurian riu, divertido com o meu equívoco.

"Ainda aguento alguns meses..." Riu novamente: "Talvez". Sua voz estava muito fraca. Passou pelo rosto a mão trêmula descorada, estriada de veias azuis, malhada de efélides. Sem que me desse tempo de segurá-lo, seu corpo pendeu para a frente e caiu no chão.

Havia desmaiado, mas respirava normalmente. Levantei-o do chão e coloquei-o na cadeira. Ficou numa posição que me pareceu muito inconfortável, mesmo para um homem desfalecido. Levei-o, no colo, para o quarto. Pesava muito pouco.

Também no quarto havia livros no chão e espalhados sobre a cama. Encontrei um espaço onde coloquei o corpo frágil de Gurian. Voltei correndo para a sala e liguei para um desses hospitais com pronto-socorro, o primeiro que encontrei na lista telefônica.

Enquanto o médico não chegava, procurei na biblioteca de Gurian algum livro sobre Bábel. Era impossível qualquer busca metódica naquelas estantes com livros amontoados sem nenhuma ordem ou critério. Lembrei-me então da irmã dele, Sara. Sobre uma das mesas havia um livrinho de endereços onde estava anotado o telefone dela. Ninguém atendia.

O médico chegou, acompanhado de um enfermeiro. Examinou Gurian.

"O senhor é parente dele?"

"Sou amigo."

"Vamos ter que levá-lo. O senhor se responsabiliza?"

Fui junto, na ambulância.

Quando chegamos, o médico pediu que eu passasse na secretaria da clínica, onde me exigiram que fizesse um depósito, em cheque, como garantia de pagamento das despesas a serem feitas com o atendimento de Gurian.

Telefonei novamente para Sara. Desta vez ela atendeu.

"Aqui é um amigo de Gurian."

"Ah, amigo do Gurian... Boris tem muitos amigos... mas ninguém ajuda Boris... E Boris ajuda todo mundo... Eu estou muito ocupada, meu senhor."

"Dona Sara, o Gurian está no hospital."

"Boris no hospital? Foi da bebida, não foi? Eu sempre digo para ele, Boris, você está velho demais para beber, mas ele não me ouve."

O tempo anda muito devagar na sala de espera dos hospitais.

Sara demorou a aparecer. Ela encolhera com a idade. Estava muito mais alquebrada do que Gurian, mas seu olhar era muito inteligente.

"Boris não tem dinheiro para ficar num hospital desses", ela disse.

"Não se preocupe."

"Ele gasta todo o dinheiro com os livros e com a bebida", Sara disse. "Mas eu tenho minhas economias. Diga ao hospital para mandar a conta para mim."

"Isto já está resolvido."

"Moço, estou lhe dizendo que mandem a conta para mim. Pensa que não tenho dinheiro?"

Antes de ir embora Sara tentou ver, sem conseguir, o irmão no CTI. Afinal, saímos juntos do hospital.

Liliana estava na porta do prédio onde eu morava, me esperando. Trocamos cumprimentos.

"Você não vai me convidar para entrar?"

Quando entramos no apartamento, Liliana perguntou:

"O quarto também está assim, essa loucura?"

Sem ser convidada foi andando para o quarto.

"Aqui está um pouco melhor", disse sentando na cama.

Sentei numa cadeira.

"Senta aqui perto de mim", ela disse.

"Estou bem aqui."

"Você não quer... brincar comigo?"

"Não."

"Não está com vontade?" Liliana perguntou isso sem encenar nenhum charme sensual, sabia que sempre que fazem isso as mulheres parecem imitações baratas de Marilyn Monroe. Liliana fez a pergunta me olhando de frente. Queria obter uma resposta verdadeira.

"Ir para a cama com você é bom na hora. Depois é um horror."

"Tenho pena de você."

Fiquei calado.

"Se não te conhecesse ia achar que você é igual à maioria dos homens. Os homens não gostam das mulheres que gostam deles. Isso é um fato." Fez uma pausa. "Arranjou alguma namorada nova?"

"Não."

"Você é muito esquisito, sabia? No tempo em que era casado com Ruth você se encontrava comigo... Depois..."

"Não quero conversar sobre isso."

Saí do quarto. Ela veio atrás de mim.

"Cometi algum crime?"

"Vai embora", eu disse.

"Vou acabar te odiando", disse, da porta. "Você precisa ir a um analista. Acho que está doente."

Depois que Liliana saiu peguei o livro de Bábel e fiquei olhando para seu retrato tentando me lembrar onde o vira antes. Num filme? Parecia o Alexander Knox em *Man in the Middle*, mas não fora em um filme que eu vira um rosto como o dele. Fora num livro, ou numa revista. Então me lembrei: um pintor, era isso, um pintor! Abri os caixotes da mudança onde estavam os meus livros e comecei a procurar. Já ia quase desistindo quando vi um livro com pinturas de Goya. Ali estava a pessoa parecida com Bábel que eu queria encontrar — o próprio Goya, num autorretrato feito em 1787, que está no Museu de Belas-Artes de Castres.

Excitado, coloquei lado a lado o pintor e o escritor. Ambos estão olhando o mundo de lado, com óculos de aro de metal. Goya, talvez um pouco mais gordo, deixa ver em seu olhar o pessimismo, o desespero conformado de quem se dispôs a tudo fazer para realizar uma obra perfeita: colaborar com o invasor francês, iludir com astúcias e arreglos as ameaças da Inquisição e as desconfianças da nobreza a quem servia, mas cuja feiura e vulgaridade retratou impiedosamente. O olhar de Bábel é mais irônico, ainda não estava tomado pelo desespero que o dominará quando perceber sua incapacidade de servir à Revolução, pertencer a uma ordem nascente. Como o pintor espanhol, o escritor russo também só poderá se dedicar a uma coisa — a criação de uma obra-prima. Dois artistas que enfrentaram a alternativa de escolher entre a perfeição da vida e a perfeição da obra, conforme a opção de Yeats. Bábel e Goya escolheram a obra. A *Cavalaria Vermelha*, de Bábel, e *Os desastres da guerra*, de Goya, registraram com a mesma crueza os horrores da guerra, seus efeitos brutais. Os *Contos de Odessa*, por outro lado, correspondiam aos *Caprichos* do pintor. Essa coincidência me deixou excitado. Decidi que faria o filme usando a mesma luz de Goya, as mesmas cores negras, os marrons, o vermelho-escuro das pinturas de guerra. Não aceitaria imposições de nenhum produtor cheio de ideias. Escolheria um fotógrafo que me ajudasse a captar aquelas cores, aquela luz, aquela sombra.

Sonho que estou na esquina de uma rua, com uma carta na mão e sinto um desejo ardente, não identificado. Som e brilho de raios e trovões (que eu não vejo nem ouço). Sei que uma luz azulada ilumina um grande ralo por onde as coisas somem, como água suja. Tenho um quisto no nariz e logo sou transportado para um trem em movimento. Na janela mãos de pingentes com os dedos quebrados e o meu retrato fantasiado de legionário refletido no vidro. Sumindo pelo ralo. Há também a consciência dos seios de uma moça cheirando a flor de maçã e um vidro grande de tinta azul. Sumindo pelo ralo. Até que ela (quem? quem?) coloca o pé sobre o ralo e diz na tela escura: "Me mata, me esgana, atira na minha cabeça, aqui neste bar, ali naquela esquina, depois vai ao meu enterro, nada me fará tão feliz. Espera, espera um pouco, vamos para casa, esta gente aqui é capaz de te machucar, vamos para casa, há certas coisas que só se podem fazer em casa." Ela tira o pé do ralo.

José fazia um programa de duas horas na televisão, todos os domingos de manhã. Eu odiava o programa, mas, por alguma razão que eu mesmo não identificava, sempre ligava a TV, assistia um pouco e depois desligava dizendo que nunca mais faria aquilo.

O programa estava sendo transmitido diretamente da nova igreja de Copacabana, lotada, apesar de ser um domingo de carnaval. José era o único televangelista no ar, naquele domingo pecaminoso.

"Assim, sabe o Senhor livrar da tentação os piedosos e reservar os injustos para o Dia do Juízo", dizia José. Fez uma pausa. O diretor de imagem fez um close de José e depois mostrou um fiel, uma mulher que ouvia atemorizada. Outro close de José, expressivo: "O Senhor reserva os injustos para o Dia do Juízo PARA SEREM CASTIGADOS!".

José aprendera todas as nuanças possíveis da oratória bíblica. Eu já o vira consolar os aflitos, dar ânimo aos desalentados, conforto aos enfermos, coragem aos fracos, esperança aos vencidos, fé aos indecisos. Mas aquele era um domingo de carnaval, um dia perfeito para denunciar a tentação dos homens. E isso José fazia com a eloquência de Burt Lancaster em *Elmer Gantry*.

"Mas castigar principalmente aqueles que andam em concupiscência de imundície; atrevidos, obstinados, que não receiam blasfemar enquanto os anjos, sendo maiores em força e poder, não pronunciam juízo blasfemo diante do Senhor."

Eu pegara o programa no meio e, conhecendo muito pouco a Bíblia, não sabia qual o apóstolo que meu irmão estaria citando naquele dia. Uma coisa era certa: não seria a ipsissima verba do apóstolo, pois meu irmão costumava adaptar os textos bíblicos aos seus objetivos melodramáticos.

"Mas esses pecadores de Sodoma e Gomorra, como animais irracionais que seguem apenas a Natureza — feitos para serem presos e mortos, blasfemando do que não entendem, perecerão na própria corrupção. Eles são nódoas e máculas, deleitam-se em seus enganos, tendo os olhos cheios de adultério; e não cessando de pecar, e tendo o coração exercitado nas concupiscências da carne, filhos da maldição, erraram seguindo o caminho de Balaão, filho de Bosor; são fontes sem água, nuvens levadas pela força do vento, para os quais a escuridão das trevas eternamente se reserva."

José havia descido do púlpito e caminhava pelo corredor. Os fiéis viravam o pescoço para acompanhá-lo com o olhar.

"Porquanto", José levantou o braço ameaçadoramente, "se depois de terem escapado das corrupções do mundo, pelo conhecimento do Senhor e Salvador Jesus Cristo, forem outra vez envolvidos nelas e vencidos, tornou-se-lhes o último estado pior do que o primeiro. Porque melhor lhes fora não conhecerem o caminho da Justiça do que, conhecendo-o, desviarem-se do santo mandamento que lhes fora dado." Depois de um travelling do auditório: "Deste modo aconteceu com eles o que está dito em um provérbio verdadeiro: o cão voltou ao seu próprio vômito e a porca lavada ao seu espojadouro de lama."

Quando acabou o sermão, uma mulher entrevistou os fiéis que estavam na igreja. Os entrevistados tinham sido cuidadosamente escolhidos.

"O pastor está certo", disse um homem grande com uma cara honesta, "aqueles que dormem a esta hora do dia como porcos, depois de passarem a noite chafurdados... chafurdados..."

"Na luxúria", acudiu a entrevistadora. Era uma mulher inteligente.

"...na luxúria, cevando-se nos mais ignominiosos pecados..."

Outro, agora uma mulher: "Aqui estão alguns poucos dos muitos daqueles que não se entregam ao pecado e à podridão. Aqueles que sabem que sua alma imortal não pode ser maculada, que sabem que devem ajudar Jesus a salvar o mundo, ajudando nosso pastor José, que representa Jesus na Terra."

Mais um: "Ajudando Jesus a prevalecer sobre a falta de caridade, nós estamos salvando nossas almas para toda a eternidade e estamos também criando para nós aqui na Terra uma vida de paz e amor."

O último: "Todos — e não somos apenas estes que aqui se encontram, somos muitos espalhados pelo país — todos juntos estamos contribuindo com fé, com amor, com o nosso dízimo para a glória de Jesus. Jesus é a nossa salvação."

Na tela apareceu escrito o endereço e o telefone da Igreja de Jesus Salvador das Almas. Uma voz aliciante dizia: "Não deixe para amanhã, Jesus precisa de você." Desliguei a TV com pena das pessoas que estavam ouvindo meu irmão. Nunca mais vou ver isso, pensei.

Telefonei para o hospital. Gurian havia saído do CTI. Fui visitá-lo. Ele estava no quarto, vestido com uma camisola e parecia ainda mais combalido.

"Está melhor?", perguntei. Falei-lhe do meu encontro com sua irmã.

"Desde que minha mãe morreu Sara assumiu o lugar dela." Fez uma pausa. "Onde foi que paramos, naquela conversa sobre o Bábel?" Parecia ansioso para me contar o que sabia.

"Bábel contraiu malária e foi mandado de volta para casa."

"Ah, sim... Em março de 1918 ele estava em Petersburgo, trabalhando no jornal de Gorki, *Liétopis*. No ano seguinte voltou para Odessa, para casar-se com Eugenia Gronfein. Em 1920 trabalhava para um serviço de notícias do governo. Com o nome de Liutov, escrevia no jornal do Primeiro de Cavalaria, chamado o *Cavaleiro Vermelho*."

"Por que ele usou o pseudônimo?"

"Para esconder que era judeu."

"Por que Bábel quis ir para o regimento de Budeni? Para se tornar ele próprio um cossaco e anular a cena do pai beijando as botas do cossaco?"

"Não sei se isso é verdade, isso de o pai beijar as botas do cossaco. De fato os judeus eram muito humilhados e isso não seria impossível de acontecer. Mas acho que Bábel estava procurando material para escrever. Os escritores fazem isso, saem pelo mundo buscando assunto para seus livros. O irônico da situação, caso minha hipótese seja verdadeira, é que as histórias que Bábel escreveu durante a guerra, e que carregava junto de si no meio dos combates, foram perdidas, conforme diz no seu diário."

"Eu queria saber como era Eugenia Gronfein. As mulheres me interessam."

"Não sei. Se Bábel, que era casado com ela, não sabia, como saberei eu?"

Gurian olhou para os lados e me fez uma pergunta surpreendente: "Você não terá por acaso um frasco no bolso com alguma bebida?".

"Um frasco no bolso?"

"Quando eu era menino todos os adultos tinham um... Acho que saíram de moda."

"Você pode beber?"

"Não. Quer dizer, os médicos lhe dirão isto, se você perguntar."

"Quer que eu vá comprar para você?"

Ele queria. Não precisava responder.

Nas vizinhanças do hospital havia um mercado, onde comprei uma garrafa de uísque escocês.

Coloquei dois dedos de uísque num copo que havia sobre a mesinha de cabeceira.

"Você não vai beber?", perguntou Gurian.

Fizemos um brinde a Bábel.

"Ele perdeu os contos e ficou doente", continuou Gurian, agora mais animado. "Sua saúde não era muito boa. Chegou a morar uns tempos no Cáucaso, devido a isso. Quando voltou para Odessa, depois da campanha militar, era um homem famoso, afinal havia servido com Budeni e tornara-se amigo de Gorki. Mais tarde a situação dele se complicou.

No Congresso dos Escritores, em 1934, três anos antes de ser preso, Bábel fez um discurso se desculpando por escrever pouco. 'Se formos falar do silêncio', Bábel disse, 'não se pode deixar de tratar de mim, que sou o grande mestre deste gênero.' Ele não estava falando sério. Bábel, nesse Congresso, se declarou um devoto da Revolução, o que seria verdade, mas elogiou os cânones literários da época, o que só podia ser ironia. Como sarcástica foi também sua reivindicação do direito 'que nos foi retirado de escrever mal'. Qualquer idiota pode ver, pelos seus textos, que era um perfeccionista. Na verdade, Bábel, 'o grande mestre do silêncio', queria reivindicar o direito do escritor de *não escrever*, o que era considerado uma heresia pelas organizações soviéticas de escritores. Ou melhor, ele preferia não escrever, se não tivesse liberdade plena para isso."

Gurian pediu-me que colocasse mais uísque no seu copo. Ficou bebendo, franzindo as sobrancelhas e olhando para os lados, como se tentasse lembrar de alguma coisa.

"Mais", disse, estendendo o copo. Coloquei uma quantidade pequena de bebida.

"Em Odessa tornou-se amigo do sujeito que seria seu biógrafo, Konstantin Paustovski. Tenho o livro de Paustovski lá em casa, História de uma vida. Você sabe ler russo?"

"Não. Li Bábel em inglês e português", respondi.

"Provavelmente as palavras russas do seu roteiro serão grafadas conforme o sistema de Thomas Shaw, *The Transliteration of Modern Russian for English-Language Publications*", disse Gurian. "Espero que você se matricule imediatamente num curso de russo. Voltando ao Paustovski. Foi ele quem disse ser Bábel o primeiro grande escritor *soviético*. Porém Bábel é mais do que isso. Nada fica a dever aos grandes escritores russos que o antecederam, Dostoiévski, Tolstói, Tchekhov, Puchkin, Turgueniev, Gogol, ou ao seu contemporâneo Gorki. É uma pena você não ler russo. Os jovens hoje em dia são muito ignorantes. O russo é uma bela língua. Uma língua tão bonita quanto o português."

"Bábel é maior do que Tchekhov?"

"Houve uma época em que se dividiam os escritores de língua russa em duas categorias, escritores russos e escritores soviéticos. Bábel seria o primeiro, e o maior, dos escritores soviéticos. Mas esta classificação é artificial."

"Você não respondeu minha pergunta. Bábel é maior do que Tchekhov?"

"Para responder a isso tenho que tomar outro gole desse néctar aí", disse Gurian, astutamente, com um sorriso matreiro. "A nastroenie, a atmosfera, de Bábel não permite comparação com a de Tchekhov. Você é muito esperto. Se me perguntasse se Bábel era maior que Dostoiévski a resposta seria mais fácil."

Servi outro gole para Gurian. A ponta de sua língua escura começou a aparecer entre os lábios.

"Bábel buscava padrões de excelência impossíveis de serem alcançados por qualquer artista. Por isso escreveu tão pouco, com uma exatidão, uma concisão esplendente. Neste aspecto ele é maior do que Tchekhov, esse outro demônio do perfeccionismo."

"Andei esses dias trabalhando em cima da morte de Dolguchov. Estou examinando a possibilidade de filmar a *Cavalaria Vermelha*."

"Cinema é uma coisa engraçada... Como você vai obter a mesma concisão de Bábel, ou seja, o encerramento imediato da narrativa quando já foi dito aquilo que devia ser dito, o essencial?"

"Não sei, ainda não sei como resolver isso."

"Puchkin dizia que precisão e brevidade são as principais qualidades da prosa. Bábel sabia disso... Dostoiévski não sabia... Se você me der outro uísque eu lhe digo uma coisa importante."

Fizemos outro brinde a Bábel.

"O cinema não tem os mesmos recursos metafóricos e polissêmicos da literatura. O cinema é reducionista, simplificador, raso. O cinema não é nada."

"O cinema não é nada?"

"Se eu me sentar no corredor do hospital vejo um filme — as pessoas se movimentando, falando, chorando, carregando coisas, esperando etc. O cinema não é mais do que isso."

"Pode ver um livro também, olhando o corredor. A literatura também não é mais do que isso."

"Isso merece um novo drinque. Pensamentos profundos sempre merecem um brinde", disse Gurian.

"Vou deixar você descansar um pouco. Amanhã eu volto."

"Deixa a garrafa."

Levei a garrafa comigo.

6

Quando cheguei em casa o porteiro me deu um envelope.

Era a entrada para o desfile, com um bilhete de Negromonte: "Não deixe de ir, para me dar força."

"Aquela senhora esteve aqui."

"Que senhora?"

"Aquela." O porteiro devia estar se referindo a Liliana.

Subi para o apartamento. Enquanto não chegava a hora de ir para o desfile de fantasias, que começava às sete da noite, fiquei olhando para a cadeira de rodas de Ruth e para o retrato de Bábel. Havia livros, roupas, cassetes, uma enorme quantidade de objetos variados no chão e em cima de todas as cadeiras e móveis, mas a cadeira de Ruth estava livre. Me deu vontade de olhar para um retrato de Ruth. Abri a mala, onde estavam as coisas dela que trouxera na mudança.

Tirei as coisas da mala. Um livro, *Modern Dance*. Um vidro de perfume pelo meio. Um colar de contas de vidro. Um lenço de seda. Um pacote de absorvente íntimo. Ao ver aquilo tive uma lembrança pungente de Ruth, como nunca tivera antes: vi Ruth, pela primeira vez, como um ser vivo e frágil, que se revelava agora para mim em toda sua beleza através de um absorvente de menstruação. Por que não vira antes aquela peça ligada à vitalidade da minha querida com os mesmos olhos de agora? Por que ficara sempre tão longe de Ruth, por que nunca a conhecera como ela realmente era?

Fiquei segurando aquele artigo feito de papel e tecido, sentindo uma dor, lembrando. Mas eu não queria lembrar.

Guardei o absorvente na mala. Em seguida saí para o desfile de fantasias.

No salão do desfile havia uma longa mesa onde estavam os jurados que avaliariam as fantasias, homens e mulheres vestidos a rigor, pessoas do mundo social e artístico, cujos nomes eram anunciados por um locutor. O desfile seria feito para a televisão. Alguns espectadores, poucos, postavam-se em frente à mesa dos jurados.

Por uma porta lateral podia-se ir a outros salões, onde os concorrentes — cerca de cinquenta, pré-selecionados — se maquiavam e vestiam as fantasias.

Não foi difícil encontrar Áureo de Negromonte, no salão maior cheio de colunas, acompanhado de Mildred e Marijó. Já estava maquiado, não como da última vez em que o vira, a pintura dos lábios, do rosto, dos olhos era bem mais forte. Ainda não vestira sua fantasia.

Iriam desfilar em primeiro lugar os concorrentes ao prêmio de originalidade, masculino e feminino, e em seguida os competidores da categoria luxo, feminino e masculino, nessa ordem. O Tesouro das Minas do Rei Salomão, evidentemente, incluía-se nesta última categoria.

"Estou muito nervoso...", disse Negromonte. "Meu Deus! Já sou um veterano, mas na hora do desfile... Olha as minhas mãos!" Estavam geladas, cobertas de suor.

A todo instante Mildred limpava com um pequeno lenço de cambraia o suor que se formava na testa e sobre o lábio superior de Negromonte.

"O Diderot Assunção está aqui?", perguntei.

"O Diderot Assunção? Para que você quer conhecer o Diderot Assunção?"

"Para o filme. Não te falei do filme?"

"Mas o filme não vai ser comigo? Para que o Diderot? Ele é uma bicha velha, feia."

"Eu quero apenas conversar com ele."

"Se te contasse umas coisas terríveis que sei do Diderot duvido que você quisesse pedir conselhos a ele."

"Não vou pedir conselhos a ele. Quero apenas conversar."

"Conversar o quê?"

"Sobre os desfiles. Por exemplo, quanto paga um hotel para ter o desfile. Coisas assim."

"Você não vai pedir a Diderot para indicar nenhuma outra pessoa para fazer o filme, vai?"

"Não."

"Verdade?"

"Pode confiar em mim."

Áureo me pegou pelo braço e me conduziu por entre a fantástica balbúrdia dos salões onde os concorrentes se vestiam. Afinal chegamos perto de um sujeito de barbicha e cabelos pintados de vermelho, de braços finos e flácidos, vestido com uma camiseta negra de paetês. Era Diderot.

Negromonte explicou que eu ia fazer um filme sobre os desfiles.

Diderot olhou-me cuidadosamente.

"Sim?", disse afinal.

"Eu queria conversar com você."

"Então conversa", disse, com displicência. "Você pode ir embora", acrescentou, para Negromonte.

Mordendo os lábios, Negromonte se afastou. Percebi que ficou de longe, atrás de uma das colunas do salão, olhando em nossa direção.

"Eu ia fazer um filme com a Angélica Maldonado mas aconteceu aquilo."

"Me contaram que você está um delírio, Lulu", disse Diderot para um concorrente que passou por perto, ainda sem fantasia, "estou louco para ver." Os dois se beijaram. Depois, Diderot me olhou como se estivesse surpreso por eu ainda estar ali e disse, negligente, "Sim?".

"É sobre o filme."

"Que filme?", fingiu ele.

"O filme que eu ia fazer com a Angélica Maldonado."

"Ah, sei... A coitada morreu, não é? Tem que fazer com outra pessoa. Faz com o Áureo, ele não é teu amiguinho?"

"É, mas o Áureo não viaja. Eu quero fazer o filme com alguém que viaje. Quero filmar também a pessoa desfilando no exterior, entendeu? Sei que você é quem arranja as viagens."

Pela primeira vez Diderot me fitou diretamente nos olhos. Uma mirada rápida, significativa. Ele porém não percebeu o quanto me revelara.

"Cláudio, você vai arrasar", disse Diderot, segurando pelo braço um homem alto de cabelos negros que passava.

"Você acha? Estou morrendo de medo. Estou sentindo tudo revolvido aqui dentro de mim. Acho que vou morrer!"

Enquanto Cláudio e Diderot conversavam, senti que alguém me observava. Era um homem muito branco, encostado numa das colunas do salão. Destoava muito do ambiente. Sua palidez era tão grande que parecia ter o rosto coberto de alvaiade, como as atrizes japonesas em filmes de samurai. Seus olhos eram negros e febris.

"Então?", perguntei a Diderot.

"Vou pensar", ele disse. "Você tem telefone?"

Dei a ele meu telefone e endereço.

Diderot se afastou e logo sumiu no meio de plumas coloridas e mantos e caudas brilhantes. O sujeito muito branco também sumira. Eu andava pelos salões quando Negromonte apareceu subitamente.

"Ele é uma víbora", disse Negromonte.

“Quem?”

“Diderot. Depois do desfile quero falar com você. Você me espera?”

“Espero.”

Vi o desfile inteiro. Para cada categoria eram dados três prêmios. Áureo não ganhou nenhum.

Os salões, depois dos desfiles, foram se esvaziando aos poucos. No fim, no grande salão de colunas estavam apenas Negromonte, ainda com sua imensa e brilhante fantasia O Tesouro das Minas do Rei Salomão, sentado num banco, Mildred, Marijó — e eu.

“Eu vou me matar hoje, não vou, Mildred?”

Mildred virou-se para mim: “Ele vai se matar sim, moço.”

“Seis mil penas de pavão”, disse Negromonte, “duas mil penas de ema, milhões e milhões de vidrilhos e canutilhos e paetês e estrasses, um ano inteiro de trabalho, não é, Mildred?”

“Três mil penas de ema”, corrigiu Mildred, tristemente.

Marijó começou a chorar.

“Eu fiz pesquisas, passei dias e dias na Biblioteca Nacional... Os livros nunca estavam lá... E eu voltava de novo... Voltava de novo... Li todos os livros que falam das minas do rei Salomão...” Deu um suspiro fundo. “Cada cabochão destes simboliza uma coisa diferente, tem um significado próprio... Tudo inútil...”

“No ano que vem você terá outra oportunidade, quem sabe...”, eu disse.

“No ano que vem estarei desfilando no outro mundo. Lá eu garanto que há mais justiça!”

“Se Deus quiser!”, disse Mildred, “você merece, depois de todo esse sacrifício.”

“Aqui na Terra eu fracassei...”

“Não fala nenhuma bobagem, Negromonte”, eu disse.

“Negromonte, Negromonte... Esse não é o meu verdadeiro nome. Diz para ele o meu nome, Mildred.”

Mildred ficou calada.

"Diz para ele o meu nome nojento!", gritou Negromonte. Sua voz ressoou pelo salão.

Um sujeito com uniforme de segurança aproximou-se e disse que estava na hora de fechar.

"Diz para ele o meu nome nojento, Mildred!"

"Benedito", disse Mildred.

"Ah! Ah!", gritou Negromonte, levantando-se do banco, ainda carregando nas costas a construção de arame, madeira, plástico, papelão, tecido, pedrarias, penas e enfeites vários, de cinco metros de altura, fazendo o segurança recuar assustado. Em seguida Negromonte rodopiou tropegamente de braços abertos e caiu no chão, onde ficou soluçando.

Mildred, Marijó e eu, ajudados pelo guarda, levantamos Negromonte. Tiramos a fantasia dele. Depois levamos o infeliz artista e suas roupas, em dois táxis, para casa. Achei que então poderia perguntar a Áureo quais as coisas terríveis que sabia sobre Diderot.

Infelizmente isso não foi possível. Assim que falei de Diderot ele começou a chorar e a falar, de maneira incompreensível, das injustiças que sofrera naqueles anos todos.

Quando saí, Mildred e Marijó estavam deitadas com Negromonte na cama; ele por baixo dos lençóis, dormindo, elas, vestidas, alertas como dois cães de guarda.

Havia dois carros da polícia parados à porta do meu prédio e uma pequena aglomeração de pessoas.

Um guarda impediu minha entrada.

"Eu moro aqui."

"Mataram o porteiro", disse o guarda.

"Como?"

"Eles estavam roubando um apartamento e o porteiro ouviu e tentou impedir."

"Vou dormir", eu disse para o guarda. Já tinha problemas suficientes e não queria arranjar mais um.

Enquanto subia as escadas, passaram por mim dois homens apressados, um PM e um sujeito com uma máquina fotográfica. Isso não me interessa, casos de polícia não me interessam, pensei, vou dormir.

A porta do meu apartamento estava aberta e havia várias pessoas lá dentro. Quando entrei, pararam o que estavam fazendo para me olhar.

"É o senhor que mora aqui?", perguntou um deles.

"Sou."

"Gostaríamos que dissesse se está faltando alguma coisa", disse um homem, que devia ser um policial, olhando avaliativamente a desarrumação da sala. "Ladrões arrombaram seu apartamento e mataram o porteiro do prédio."

"Mataram o porteiro?"

"Aqui mesmo. Na porta. Ele ficou caído no corredor."

Olhei envergonhado a confusão da sala. Mas a polícia pensava que aquilo tinha sido feito pelos ladrões.

Acompanhado pelo policial vistoriei os vários cômodos do apartamento.

"Acho que não falta nada", eu disse.

"Tudo indica que eles acabavam de revirar o apartamento quando o porteiro chegou. Atiraram nele e fugiram. O porteiro do prédio ao lado viu dois homens saírem correndo e entrarem num automóvel. Não anotou a placa."

"A que horas foi isso?", perguntei.

"Por volta das oito da noite. O porteiro estava vendo o telejornal com a mulher, quando ouviu o barulho e foi ver."

"Eu estava num desfile de fantasias", expliquei.

"O seu apartamento está liberado. A perícia do arrombamento já foi feita. O senhor depois vai ser chamado para depor na delegacia."

"O senhor acha que esses ladrões poderiam voltar?", perguntei.

"Se eles poderiam voltar? Não acredito. O senhor quer que um guarda fique aqui esta noite?"

"Não, não precisa. Coloco um móvel bloqueando a entrada. Amanhã mando consertar a fechadura."

Fui ao apartamento do porteiro. Uma mulher com o rosto inchado de chorar abriu a porta. Era morena, mas a fraca luz que vinha de uma lâmpada dependurada do teto fazia-a ficar cinzenta.

"Sou o morador do apartamento 401", eu disse. "A senhora é que é... era... a mulher do... do..."

"Do Edmílson", disse ela.

Olhei por cima do ombro dela: um pequeno quarto ocupado por três camas cobertas com colchas ordinárias, um armário velho de roupas; num nicho da parede um pequeno fogão de duas bocas; sentadas numa das camas, duas crianças olhavam na minha direção, assustadas.

"Se a senhora precisar de alguma coisa é só falar comigo", eu disse.

Os soluços da mulher aumentaram.

"Não abre a porta para ninguém", eu disse.

Voltei ao apartamento assim que os policiais foram embora e comecei a fazer uma barricada de encontro à porta. Empilhei todos os móveis que pude arrastar, menos a cadeira de rodas, em vários montes sucessivos. A porta dos fundos tinha uma tranca que faria muito barulho ao ser arrombada. Depois fui ver se a caixa com as pedras de Angélica estava na gaveta. Não tinha dúvidas de que os ladrões haviam arrombado o apartamento atrás delas.

As pedras estavam lá. Examinei uma por uma.

Depois deitei num colchão sobre a barricada, vestido, com sapatos e a caixa de pedras no bolso. Lembrei-me de Mildred e Marijó, deitadas na cama de Negromonte, vigiando.

Acabei dormindo. Foi assim o sonho: Uma mulher vê televisão sem parar durante quase meio século, filmes dublados, telejornais, novelas, publicidade, entrevistas com idiotas, tudo enfiado no seu crânio. Centenas de vezes muda de vestido, de cara e de voz, de maneira de falar, de sabão em pó, de desodorante, de cigarro, de margarina. Diz: "Já não corro nos intervalos para fazer pipocas ou fuçar a geladeira". Agora nem se levanta mais. Estende a mão, apanha o uísque ordinário, o gelo na caixa de isopor. Suaves são as cores da indiferença: ninguém mais manda nela.

Fui acordado pelo telefonema de Dietrich.

"Alô", eu disse, assustado.

"É muito tarde aí?"

"Não, não."

"O Festival de Berlim Oriental foi adiado."

"Ninguém me disse nada aqui no Brasil."

"O doutor Plessner, que vai financiar o filme, pediu para você vir logo. Procure sua passagem na Lufthansa. O doutor Plessner está cheio de ideias. Está esperando ansioso por você."

Não há nada pior no mundo do que um produtor ansioso cheio de ideias.

"Ele vai sugerir a você que faça do general Budeni o vilão do filme."

"Pensei que fosse você o produtor do filme."

"Sou o produtor-executivo. Quem foi mesmo que disse: 'A grande regra do cinema é esta: quanto mais perfeito for o vilão, mais perfeito será o filme'?", perguntou Dietrich.

"Você está farto de saber que foi o Hitchcock. Mas isso só vale para filmes policiais. *Cavalaria* não é um filme policial."

Budeni seria um vilão perfeito, eu tinha que admitir, caso o personagem do filme fosse Bábel-Bábel e não Bábel-Liutov. Certamente Budeni ajudara a destruir Bábel-Bábel. Mas Budeni não conhecera Bábel sob o seu disfarce de Liutov, na *Cavalaria*. O ódio de Budeni veio depois, quando leu o que Bábel escrevera, algo que não era a glorificação dos militares, como esperava que Bábel fizesse. Budeni acreditava que o papel do escritor devia ser o de propagandista. Para complicar tudo, o protagonista do filme era Liutov e Liutov era Bábel, eu tinha que levar isso em conta.

"Olha", eu disse, "as coisas aqui estão um pouco complicadas. Telefono um dia destes."

"O doutor Plessner...", Dietrich me interrompeu.

Desliguei.

7

Não consegui ninguém para consertar a fechadura numa segunda-feira de carnaval. Os telefones de todos os serralheiros para quem liguei não atendiam.

Deixei intacta a barricada da porta da frente — na verdade coloquei mais uma pequena mesinha sobre ela — e saí pela porta dos fundos, com a caixinha de pedras preciosas no bolso.

Comprei peras, mangas, pêssegos, frutas-do-conde, mamões papaia e uma talhada grande de melancia.

Quando entrei no quarto de Gurian no hospital ele olhou a volumosa saca que eu carregava e disse, desapontado: "Não me diga que isso são frutas."

"São", eu disse, também decepcionado, "você não gosta?"

"Tem uma garrafa escondida nesse meio?"

"Ainda é cedo para beber", eu disse.

"Essa coisa de apenas beber depois de uma determinada hora não passa de uma convenção inglesa, idiota como todas as convenções inglesas. Os russos bebem a qualquer hora. Você não quer conversar sobre os russos?"

Saí e comprei outra garrafa de uísque escocês.

"Não vai te fazer mal?", perguntei ao colocar a bebida no copo.

"Nas condições em que estou tudo me faz mal. Até caldo de galinha magra", disse Gurian.

Bebemos.

"Depois que você foi embora fiquei pensando no que me disse sobre a morte de Dolguchov. É melhor morrer como Dolguchov, encostado numa árvore com os intestinos à mostra do que da maneira que me espera."

O que eu podia responder a isto? Fiquei calado.

"É tão chato ficar numa cama de hospital que você acaba pensando 'morrer não pode ser pior do que isso' e acaba batendo as botas para fugir do tédio." Olhou para mim. "Você acha que isto é uma bravata de velho, não acha?"

"Não sei."

"Você quer que eu fale do Bábel, não quer?"

"Se sentir vontade."

"Você se lembra das histórias 'Sal' e 'Uma Carta'?"

"Lembro."

"O que você acha destes contos?"

"Não são os meus preferidos. Mas pretendo usá-los no filme. Balmachev jogando a camponesa do trem em movimento e depois atirando nela — dá uma sequência de grande dramaticidade. Simeon Kurdiukov matando o próprio pai perante o regimento, para vingar a morte do irmão, também é muito interessante."

"Não creio que interessante seja a palavra correta para descrever essa trágica narrativa. O que torna a história fascinante não é sua brutalidade. É a maneira pela qual é contada por Vassili Kurdiukov, o irmão mais moço poupado da tragédia, em carta escrita para sua mãe. Leve isso em consideração quando for fazer seu filme. Nos jornais você pode ler isso — pais matando filhos e vice-versa — mas tudo não passa de uma notícia ignóbil a ser esquecida. Os

Kurdiukov matando-se uns aos outros nas palavras de Bábel não são uma notícia de jornal. Mais um pouco", disse Gurian me mostrando o copo.

"Essas duas histórias e mais 'A Morte de Dolguchov' eram as preferidas de Bábel." Sua voz agora era um murmúrio. "Bábel disse que somente em 1923 conseguiu aprender a expressar seus pensamentos. 'Minha carreira literária começou no princípio de 1924', ele disse. 1924 foi quando publicou essas três histórias na revista de Maiakóvski, *Lef*."

Gurian, que estava sentado na cama, deitou-se murmurando qualquer coisa, agarrado ao copo.

"O quê?", perguntei, curvando-me sobre ele.

"A arte faz a gente ver melhor as coisas", ele repetiu. Sua voz havia ficado muito fraca. Coloquei a cadeira mais próxima da cama.

Fechou os olhos. Seu rosto magro e lúrido me encheu de tristeza. Ainda com os olhos fechados, disse: "Tenho uma teoria, que deixo para discutir noutra ocasião, pois estou muito cansado hoje. Só vou enunciá-la."

Calou-se. Pensei que estivesse dormindo e levantei-me cuidadosamente da cadeira.

"Creio", disse Gurian abrindo os olhos, "que se Bábel não tivesse sido assassinado, teria se suicidado, como Maiakóvski."

Fechou os olhos novamente.

"Volto amanhã."

"Você pode deixar a garrafa?"

Levei a garrafa comigo.

O trânsito estava muito atravancado, devido ao carnaval, e demorei a chegar à casa de Negromonte.

Pela primeira vez eu o via sem nenhuma maquiagem. Seu rosto era pálido e enrugado. Parecia ter superado os sofrimentos da noite anterior.

"É para mim?", disse tirando a garrafa da minha mão. "Scotch! Obrigado, querido. Ai, meu Deus! É tão bom quando a gente conhece uma pessoa inteligente e sensível!"

"Você está bem?"

"Dei a volta por cima. A gente tem que ser forte, nada de baixo-astral, de ficar bodeado remoendo aporrinhações. A vida está aí mesmo para ser vivida. Não vou ser derrubado por aqueles safados. Você quer beber alguma coisa? Tem uísque, vodca, cervejinha gelada. Não posso beber muito, pois de noite vou ao baile Gala Gay. Quer ver minha fantasia? Não, não vou mostrar para você, tenho vergonha. Vou apanhar a bebida, um momentinho."

Negromonte saiu da sala. Havia uma televisão a cores mostrando cenas de um desfile de escola de samba, sem som.

"Trouxe vodca. Estou com vontade de provar esse scotch que você trouxe. Só um pouquinho, não posso beber muito por causa do baile."

Ele bebia depressa.

"E o Diderot?"

"Não me fale desse canalha. Tira o tesão da gente."

"Você disse que tinha uma coisa terrível para contar."

"Não quero falar desse merda. Quero te mostrar a minha fantasia." A voz de Negromonte começava a ficar engrolada. Ele se embriagava depressa.

"Primeiro você me conta essa coisa terrível sobre o Diderot, depois me mostra a fantasia."

"Tenho vergonha de mostrar a fantasia para você. Você é muito certinho..."

"Mas quero ver a sua fantasia."

"Quer mesmo?"

"Quero. Mas primeiro me conta a coisa terrível do Diderot."

"Depois você vê a minha fantasia?"

"Depois eu vejo."

"Você me mostra com ela no filme?"

"Mostro."

Antes de começar a falar em Diderot, ele bebeu mais dois goles grandes.

"Ele é um assassino."

"Só isso?" Sentia que Negromonte tinha mais coisas para contar.

"Só isso?! Você acha pouco?"

"Você quer me contar mais coisas. Anda, conta."

"Como é que você sabe?"

"Eu sei. Conta."

"Depois você vê a minha fantasia?"

"Vejo."

"Diderot trabalha para um contrabandista de pedras preciosas, um sujeito muito branco e misterioso chamado Alcobaça. Dizem que é riquíssimo. Mas qual é o ladrão que não fica rico neste país? Sabe como eles fazem para contrabandear as pedras?"

Então aquele homem branco era o chefão da quadrilha. Alcobaça... Nome estranho...

"Nas fantasias", continuou Negromonte com voz pastosa. "As pedras preciosas vão incrustadas nas fantasias junto com as pedras de vidro sem valor. Angélica fazia o contrabando para o Alcobaça e me contou. Ela era muito minha amiga."

"Você acha que eles mataram Angélica?"

"Não quero mais falar disso. Olha, não diga a ninguém o que eu te contei."

"Não se preocupe. Você sabe se Alcobaça é o nome verdadeiro dele?"

"Ninguém sabe. Acho que nem o Diderot."

"Ele estava no desfile? Alcobaça?"

"Não sei. Agora fica quietinho aí que vou vestir a minha fantasia."

Saiu cambaleando.

Enquanto Negromonte não vinha fiquei pensando em Kurdiukov chicoteando o próprio pai, que não pede clemência, perante os cossacos do regimento formados em posição de sentido conforme a praxe militar. Daria uma boa cena.

Afinal Negromonte voltou. Através do véu que cobria seu rosto via-se que ele se maquiara cuidadosamente. Usava um diadema na cabeça, um bolerinho de lamê rebordado, calças bufantes transparentes e uma calcinha de paetês.

"Odalisca Favorita do Harém do Sultão! Você gosta?"

"Está muito bonita."

"Você já está indo embora?"

"Tenho um compromisso agora", eu disse, já na porta, olhando para o relógio.

"Você está aborrecido comigo?"

"Não, claro que não. No ano que vem vou ver seu desfile e espero que ganhe o primeiro lugar."

"No ano que vem!? E o filme?"

"Depois lhe telefono sobre o filme."

Ele me segurou pelo braço. "Você é meu amigo, não é? Meu Deus! Eu preciso tanto de um amigo!"

"Mildred é sua amiga. Tenho que ir, Negromonte, tenho mesmo."

Saí, desgostoso comigo por ter sido tão ardiloso com uma pessoa vulnerável como Negromonte. Liguei para Liliana do primeiro telefone público que encontrei.

"Posso passar na sua casa?"

Peguei um táxi. Quando chegamos na rua Barata Ribeiro o trânsito começou a se arrastar lentamente.

"São esses blocos carnavalescos", disse o motorista de mau humor, "os filhos da puta gostam de desfilar pelas ruas movimentadas... Os outros, os que estão trabalhando, que se fodam... Este país está uma merda... Não há mais ordem, é tudo uma esculhambação... Só se pensa em sacanagem... O senhor viu ontem pela televisão os bailes de carnaval? Que apareceu um sujeito chupando uma mulher? Pela televisão! O senhor pode imaginar uma coisa dessas? E as famílias, em casa? A televisão entra por dentro da casa das pessoas."

"A televisão mostra coisas piores", eu disse.

"Pior do que um sujeito chupando uma boceta?", ele gritou irado. "E aqueles viados todos dizendo obscenidades?" Olhou para mim pelo espelho retrovisor. "O senhor tem família?"

"Não."

"Então é por isso que está cagando para tudo. Queria ver se o senhor tivesse filhas, como eu."

O resto da viagem transcorreu em silêncio. De vez em quando o motorista me olhava pelo espelhinho e dava socos no painel e no volante do carro.

Liliana abriu a porta dizendo: "Você vai ver uma coisa que nunca homem nenhum viu até hoje."

Examinei a sala.

"Olha para mim", disse Liliana fechando a porta, "para mim."

"Estou olhando." Via uma garota de vinte anos, bonita, de shorts de linho que deixavam ver pernas tão lindas que me comoviam apesar de tudo que havia acontecido, uma blusinha de algodão que destacava os bicos dos seios — pensei, subitamente, na frase do filme de Godard, *Détective*, "ah! les poitrines des jeunes filles" — e um lenço na cabeça. "Não estou vendo nada", eu disse.

"Vai ver agora", disse ela tirando o pano da cabeça.

Continuei sem ver nada, a não ser seus cabelos vermelhos presos numa infinidade de rolinhos.

"Os rolinhos! Os rolinhos!", disse ela.

"Eu estive até agora com um sujeito patético que me fez descobrir que não tenho amigos."

"E o seu irmão?"

"Ele não é meu amigo."

"E aqueles sujeitos que trabalharam com você?"

"Não eram nada."

"Ruth?"

"Não quero falar de Ruth."

"E eu? Sou sua amiga?"

"Não sei. Existe uma coisa entre nós. Mas não somos amigos, eu te odeio."

"Eu sei porque você pensa que me odeia", disse Liliana.

"Não vim aqui para falar sobre isso."

"Também não quero conversar sobre esse assunto. Por enquanto, pelo menos", disse Liliana. "Vamos falar sobre a amizade... entre os homens. Fale-me do seu amigo patético."

"Ele não é meu amigo. É uma pessoa que precisa desesperadamente de amigos."

"Vem me contar essa história enquanto tiro os rolinhos", ela disse caminhando para o quarto, seguida por mim, "hoje não tem nenhum cabeleireiro aberto e eu vou ao baile do Scala."

Liliana sentou-se em frente à penteadeira do quarto e começou lentamente a tirar os rolinhos do cabelo enquanto olhava extasiada o próprio rosto refletido no espelho. Nada existia para ela, naquele momento, além da sua imagem.

Ruth tinha cabelos negros. Liliana, vermelhos. Ruth era tímida, recatada, sensível. Liliana era agressiva, indecente, dura. Ruth tinha pernas fortes e seios talvez um pouco grandes para uma bailarina. Liliana tinha pernas longas e seios pequenos. Ruth dizia que Liliana parecia um "rapazinho".

"E os prazeres do sexo?", perguntou Liliana enquanto tirava os rolinhos do cabelo.

"Não estou interessado."

"É mesmo?", disse Liliana, tirando a roupa. Seus seios tinham bicos vermelhos. "O que você anda fazendo? Exercícios de ascese? Masturbação? Ou arranjou uma dessas atrizinhas que para trabalhar em qualquer filme dão para qualquer diretor? Anda, deita aqui comigo."

Ela apagou a luz. Podia vê-la no escuro — Liliana sempre apagava a luz para fazer amor — ali na cama ao meu lado, brilhando como um ferro em brasa.

"Quero que você acenda a luz, senão vou-me embora. Quero ver a tua boceta vermelha."

"Você está louco!"

Saí da cama. "Estou falando sério."

Liliana acendeu a luz.

"Você não está bom da cabeça, nunca falou assim comigo", ela disse, "não sei por que faço o que você está mandando."

Abri as pernas de Liliana e olhei. Sua boceta escarlate estava úmida e rutilante como se estivesse sangrando, não propriamente sangue mas esmalte de unhas.

"Agora vira de bruços."

Delicadamente abri os dois rijos hemisférios glúteos da bunda musculosa de Liliana — suas nádegas eram separadas, como as das bailarinas — e contemplei o pequeno orifício cor-de-rosa, que pareceu se contrair ante o meu olhar.

"Isto está me dando uma sensação esquisita", ela disse, "acho que é tesão."

Depois Liliana me perguntou se eu não queria ir com ela ao baile do Scala. Não.

"Você me espera voltar? Não foi bom?"

"Tenho coisas a fazer", eu disse, começando a me vestir.

"De noite? Vai trabalhar no tal roteiro? Não sei como posso sentir tanto tesão por um homem assim."

Eu me sentia infeliz, arrependido por ter ido para a cama com ela.

"Por falar em roteiro", continuou Liliana, "outro dia eu vi novamente aquele sujeito de capa. Aquele que vigiava a tua casa, lembra?, e estimulava a tua paranoia."

"Ele estava te seguindo?"

“Não sei. Acho que não. Estava parado na vitrine de uma livraria. Um sujeito que fica olhando para uma vitrine de livros não pode ser muito ruim, pode?”

“Onde foi isso?”

“Naquela livraria aqui perto de casa.”

“Não estou gostando disso.”

A fantasia de Liliana era discreta e bonita. O baile do Scala estaria cheio de mulheres nuas, Liliana sabia que o recato chamaria mais atenção do que a nudez.

Fui com ela até a porta do Scala. Havia uma multidão de basbaques olhando os foliões entrarem no baile.

“Essa ralé pardavasca me irrita”, disse Liliana abrindo caminho por entre as pessoas. Afinal chegamos ao local onde era feita uma triagem dos convidados. Liliana, após mostrar seu convite, subiu por uma escada até a passarela que dava acesso aos salões do baile.

Liliana atravessou a ponte especialmente construída para o carnaval, seus cabelos vermelhos refulgindo sob a luz forte dos refletores.

Fui andando em direção à rua Ataulfo de Paiva. A rua ficara escura e vazia. Então lembrei-me da caixa de pedras no meu bolso. Senti vontade de estar num lugar seguro, lendo Bábel.

Peguei um táxi e fui para o hospital onde o Gurian estava internado. Passei pelo sujeito da portaria com passo firme. “Boa noite”, disse eu, sem parar, como se tivesse o direito de entrar aquela hora. “Boa noite”, respondeu o porteiro. Subi ao andar onde ficava o quarto de Gurian. Os corredores estavam na penumbra. Cheguei ao quarto de Gurian e entrei cuidadosamente, não queria acordá-lo, caso estivesse dormindo.

Gurian, recostado na cama, assistia à televisão.

“A Sara me trouxe a televisão”, disse. “Estava vendo o desfile das escolas de samba. É uma coisa emocionante — durante uma hora. Depois é uma chatice. Lembra-me um grande incêndio. Adoro incêndios. No princípio um grande incêndio me deixa fascinado, estarrecido, mas depois de algum tempo — incêndios e desfiles de escolas de samba demoram muito para acabar — eu sinto apenas tédio. Os incêndios que mais me comoveram foram o do Andraus e o do Joelma — sabe que peguei um avião e fui a São Paulo para assistir o rescaldo de ambos?" Riu. "Hoje não se fazem também incêndios como antigamente. Quer desligar a televisão, por favor?"

Desliguei a televisão.

"Você não quer dormir?", perguntei.

"Já dormi muito hoje."

"Tenho aqui no bolso uma caixa cheia de pedras preciosas que eram de uma mulher que foi assassinada; meu apartamento foi assaltado e mataram o porteiro; um sujeito sinistro de capa anda me seguindo, mas não estou pensando em nada disso."

"Está pensando em quê?"

"Num escritor se considerar um mestre do silêncio."

"Quer falar sobre ele?"

"Quero."

Gurian fechou os olhos, recordando. Suas pálpebras estavam ficando negras.

"Um sujeito chamado Konstantin Fedin escreveu uma carta para Gorki, em 1924, dizendo 'todos aqui em Moscou estão extasiados com esse sujeito chamado Bábel'. Moscou havia se tornado o centro da vida literária soviética. As rivalidades e lutas entre os diversos grupos eram muito grandes. Os contos de Bábel eram motivo de controvérsias e debates. O general Budeni afirmara considerar injurioso o retrato que Bábel fizera dos 'seus homens'. Há uma carta de Bábel, escrita quando estava na campanha da Polônia, em que ele fala do desespero que sentia devido 'à ferocidade cruel que nunca para um minuto sequer... eu não fui feito para essa tarefa de destruição'. Bábel diz ainda, nesta carta, que era difícil para ele esquecer o passado, que podia ser mau, mas tinha o aroma da poesia, como a colmeia tinha o aroma do mel. 'Alguns farão a Revolução, e daí? Eu, eu farei as coisas marginais, aquilo que vai mais fundo.' Esta e outras afirmativas — 'sou o mestre do silêncio' — e sua maneira de ver a Revolução eram discutidas nas reuniões. Numa carta para sua irmã, Bábel disse: 'Como todos na minha profissão, sinto-me oprimido pelas condições do nosso trabalho em Moscou'. E acrescentou mais uma frase imperdoável naqueles tempos: 'Estamos sendo cozinhados em fogo lento num ambiente sem arte e sem liberdade criativa'. Em novembro de 1925 Bábel conseguiu um visto para a França. Ele queria se livrar, não sei em que ordem prioritária, da família, do seu país, dos burocratas, do frio (era asmático), dos editores. Devia ter ficado em Paris. Um americano disse que o verdadeiro artista odeia o país em que nasceu. Imagina ele vivendo sob o domínio de Stalin."

Gurian fez uma pausa e me olhou com pequenos olhinhos cinzentos úmidos: "Você deve estar pensando que sou um velho reacionário tentando denegrir uma das maiores revoluções que a humanidade realizou, não é?"

"Conheço a sua biografia", eu disse. "Você pode ser acusado de tudo, menos de reacionário."

"É um erro catastrófico supor que, para consolidar uma revolução, é preciso tirar a liberdade dos artistas. Os soviéticos cometeram este erro e pagaram caro, muito caro, por isso."

"Como o Bábel vivia? Ele tinha dinheiro?"

"Não, não tinha. Por isso resolveu escrever roteiros de cinema. O primeiro que escreveu foi *Benia Krik*, baseado nas suas histórias de Odessa."

Faulkner escreveu os roteiros de *The Road to Glory*, *To Have and Have Not*, *Big Sleep* e *Land of the Pharaohs* para ganhar dinheiro. Todos estes roteiros eram ruins. Fitzgerald como roteirista foi um fracasso. Bons escritores seriam sempre maus roteiristas? Chandler tem dois bons roteiros, *Double Indemnity* e *Strangers on a Train*, mas existem dúvidas se Chandler seria um grande escritor, como Faulkner. Os roteiros de Kennedy — *Cotton Club* e *Ironweed* — não acrescentam muita coisa a sua obra. Eu precisava rever *Hiroshima Mon Amour* e *Moderato Cantabile*, para saber onde colocar Duras. Também tinha que reavaliar *L'Année dernière à Marienbad* e a aplicação, ao cinema, da tese do chosisme, de Robbe-Grillet. E Peter Handke? Tanta coisa a ser reaquilatada.

"Talvez os grandes escritores de ficção não consigam ser bons roteiristas", eu disse, depois dessas elucubrações.

Gurian achava impossível o cinema criar na mente do espectador uma interação complexa, profunda e permanente de signos e símbolos, conceitos e emoções como a que a literatura estabelecia com o leitor. "Não creio que tenham filmado esse roteiro em que o bandido judeu Benia Krik é o personagem principal", disse Gurian. "Se filmaram, não deve ter sido grande coisa."

Gurian então começou uma longa e digressiva dissertação sobre a inferioridade do cinema, em comparação com a literatura, que ouvi pacientemente.

Na primeira oportunidade — um acesso de tosse de Gurian — eu disse: "Conrad afirma no prefácio do *The Nigger of the Narcissus*: 'my task is to make you hear, to make you feel and above all to make you see; that is all, and is everything'. Você não acha que o escritor está confessando com esta frase as limitações da literatura? Conrad gostaria de fazer o leitor VER, mas quem faz isto é o cineasta."

"Não seja tão simplista em sua exegese", disse Gurian. "O problema do Conrad foi querer explicar sua obra em prefácios longos e chatos, como este que você citou. O artista não tem que explicar sua obra. Conrad devia ter terminado sua frase assim: ...and above all to make you think. É isto que é TUDO, realmente. O mal do nosso mundo é que as pessoas cada vez pensam menos. De qualquer forma, Conrad quando fala em 'ver' não está se referindo à percepção de luz e movimento captada pelo olho, não está querendo transformar o leitor num mero espectador."

Gurian entrecortou esta fala com furiosos acessos de tosse.

O dia começou a surgir; uma luz cambiante iluminou a lividez clorótica do rosto de Gurian.

"Você está se sentindo bem?"

"Você sempre me pergunta isso. Se eu estivesse me sentindo bem não estaria aqui. Às vezes duvido da sua inteligência." Gurian fez uma pausa. "Não, não, você é muito inteligente, o que me irrita em você, raramente — mas na verdade nos vemos muito pouco —, é a sua ignorância."

A segunda pessoa a me chamar de ignorante em menos de vinte e quatro horas.

"Quando tiver sua idade serei tão sabido quanto você."

"Duvido. Você perde muito tempo com bobagens."

"Quais, por exemplo?"

"Mulheres, você está sempre envolvido com duas, três mulheres. Uma só já é uma desgraça para um homem que busca o saber, o conhecimento. Imagine três. Fale-me das pedras."

"Pedras?"

"Você disse que tinha uma caixinha de pedras preciosas no seu bolso. Nós, judeus, somos loucos por pedras preciosas. Mostra para mim."

Dei a caixinha para Gurian. Abriu a caixa e tirou uma pedra, que examinou contra a luz da manhã.

"Este raio ondulante... Chatoyance... Os franceses inventaram a palavra mas certamente foi um judeu que a aplicou pela primeira vez a uma pedra preciosa... Assassinaram uma mulher por causa destas pedras... Que mulher? Uma das suas?"

"Não."

"Sua vida corre perigo?"

"Não sei. Talvez. Posso fugir, ir para a Alemanha. Fui convidado para fazer um filme na Alemanha."

"Mas se fugir, perde toda essa emoção que está sentindo, não é? Viver perigosamente é fascinante."

"Preciso esconder essas pedras. Na minha casa não é possível. Pensei num cofre de banco, mas com o carnaval está tudo fechado. Só existem três pessoas que podem guardá-las para mim: você, meu irmão e uma amiga. Preferia que fosse você. Na sua casa. É apenas por alguns dias."

8

Um automóvel seguia o meu táxi, a caminho da casa de Gurian. Antes eu passara pela porta do meu apartamento, onde pretendia apanhar um talão de cheques pois o dinheiro que tinha no bolso estava acabando, e vira aquele carro suspeito parado à porta do prédio. Dera ordem ao motorista para seguir em frente.

Agora, percebi que o carro, com apenas um sujeito dentro, me seguia. Seria o homem da capa?

"Toca para a estação rodoviária", eu disse para o motorista.

Vi muitos filmes policiais em minha vida para não saber como escapar de uma perseguição. Na rodoviária eu me livraria de quem estava em meu encalço.

Quando parei o táxi, o carro perseguidor passou por mim. Era o homem da capa. Ele me olhou ostensivamente, porém fleumático. Senti que era um homem perigoso, encarniçado, um caçador frio. Foi em direção ao estacionamento.

Peguei rapidamente outro táxi, e rumei em sentido contrário ao do estacionamento.

De qualquer forma, passei duas vezes na porta do edifício de Gurian, para me certificar de que não estava sendo seguido. Ao entrar no apartamento imaginei o seguinte cenário pessimista: o homem da capa poderia encontrar o táxi que me levara à rodoviária e obter a informação de que eu estivera no hospital. Pergunta: indo ao hospital o homem da capa poderia saber que eu fora visitar Gurian? Resposta: impossível, ninguém me vira entrar e sair do quarto do velho professor.

Fiquei parado no meio da sala com paredes cobertas de livros. Aquelas estantes desordenadas cheias de poeira eram o melhor lugar para esconder as pedras. Procurei um livro, entre os milhares, cujo título fosse fácil de rememorar. Escolhi o *Mahabharata*. Afinal, a Índia era um país onde havia muitas pedras preciosas.

Depois de pagar o táxi eu ficara sem dinheiro até mesmo para um ônibus. José podia me emprestar algum. O apartamento de Gurian era no Flamengo e a casa de José, em Ipanema, uma longa caminhada.

Antes de sair liguei para José.

Gislaine atendeu. "Ele está com o pessoal da Congregação das Igrejas Evangélicas, uma reunião muito importante, não vai poder atender agora."

"Numa terça-feira de carnaval?"

"Um dia muito adequado para uma reflexão profunda", disse Gislaine com voz evangélica.

"Diga a ele que estou indo para aí, para me esperar."

Quando saí notei que a caixinha continuava no meu bolso. Eu devia estar muito confuso para agir daquela maneira, pois fora à casa de Gurian especialmente para escondê-la.

Demorei quase três horas para andar aqueles dez quilômetros entre um apartamento e outro, havia muitas ruas de tráfego pesado e um túnel para atravessar. Claro que eu podia pedir dinheiro a um transeunte "para inteirar a passagem", eram comuns pedintes desse tipo nas ruas da cidade, mas não tive coragem.

A porta foi aberta por um empregado uniformizado. Gislaine desenhava o uniforme de todos — arrumadeiras, copeiros, jardineiros, motoristas. Ela também fizera a decoração da casa, depois de frequentar numa escola, durante seis semanas, um curso de decoração de interiores.

Fui conduzido pelo copeiro à biblioteca. Havia uma diferença muito grande entre a biblioteca de José e a de Gurian que eu acabara de deixar. A de José fora meticulosamente arrumada e catalogada por uma bibliotecária que era membro da Igreja de Jesus Salvador das Almas. Numa das estantes estavam as gavetas de madeira com as fichas do catálogo. Abri uma das gavetas, mas antes que pudesse ler a primeira ficha Gislaine entrou na biblioteca, seguida por uma empregada com uma bandeja com xícaras de café.

"José pediu que você esperasse. Você toma o seu cafezinho com açúcar, não é? Não sei como você não engorda", disse ela colocando açúcar na minha xícara e adoçante artificial na dela, enquanto a empregada empertigada e reverente segurava a bandeja. Gislaine provavelmente ministrava aos empregados rigorosas lições de etiqueta. Me lembrei vagamente que ela me dissera ter feito um curso de etiqueta, provavelmente na mesma escola do curso de decoração.

Eu nunca sabia o que conversar com Gislaine. Era uma tortura ficar sozinho com ela.

"Sua empregada parece uma maid inglesa", eu disse.

"Você precisava ver como elas chegam aqui", respondeu Gislaine com um suspiro, "xucras e bregas, não sabem nada, dão um trabalho doido para ficar no ponto certo. Uma chegou a me perguntar 'para que tantos copos diferentes, madame?'" Outro suspiro. "Um sofrimento..." Pausa. "Você não quer sentar? José talvez demore um pouco."

Sentei-me, esperando que ela se retirasse. Mas Gislaine sentou-se numa poltrona ao meu lado, as pernas cruzadas, as mãos juntas sobre o regaço. A Gislaine garçonete de lanchonete não existia mais, não deixara restos, resíduos, vestígios, indícios. Um prodígio.

"Estou fazendo um curso de história da arte", ela disse, "mas não inclui o cinema, infelizmente. O cinema pode ser considerado uma arte, não pode?"

"Os americanos acham que é uma indústria."

"Uma indústria de sonhos", ela disse, satisfeita consigo mesma. Olhei bem o rosto dela, os cabelos cuidadosamente arrumados, o cordão fino de ouro em volta do pescoço. Parecia uma cadela poodle ensinada, dessas que exibem um corte especial dos pelos.

Afinal José apareceu.

"Estava numa reunião muito importante. A situação política e social do Brasil exige uma atuação responsável de todos. Nós, evangelistas, não podemos deixar de dar a nossa contribuição para o aprimoramento das instituições democráticas."

"Ainda não há condições para vocês fazerem o presidente da República..."

"Temos muito a dar", ele disse, evasivo.

"Ótimo, porque vim aqui para lhe pedir dinheiro."

José enfiou a mão no bolso e tirou um talão de cheques: "Quanto?"

"Quero dinheiro vivo."

"Não creio que tenha muito dinheiro em espécie aqui em casa."

"Aceito o que você me der."

"Eu tenho", disse Gislaine. "Nós mulheres sempre gostamos de ter dinheiro com a gente", acrescentou com um sorriso. Notei que seus dentes estavam diferentes, mais bonitos.

"Gostei muito do filme", disse José. "Ele foi mostrado na reunião. Houve uma sugestão, aceita por todos, de que você fizesse um filme para a Congregação. Um filme que fale de todas as Igrejas evangélicas da nossa Congregação. Não é um desafio interessante?"

"Depois a gente conversa."

Gislaine me trouxe um maço de dinheiro que coloquei no bolso, sem contar.

"Na volta te pago", eu disse para ela.

"Vai pensando no novo filme", disse José.

Peguei um táxi e fui para o apartamento de Liliana.

Ela abriu a porta. Vestia uma camisola de seda, curtinha. Não tinha uma curva a mais no seu corpo.

"Acabei de acordar", disse.

Como é que Liliana conseguia acordar tão fresca, tão desejável? Senti vontade de chupar seus peitos sanguíneos.

"Eu gosto tanto de você", Liliana falou, como se tivesse lido meus pensamentos. "Seria tão bom se a gente não brigasse nunca mais."

Agarrei-a pelo cabelo, delicadamente, e levei-a para o quarto. "Se você quiser, pode me bater", disse Liliana.

"Eu quero falar sobre Ruth", disse Liliana, depois.

Saí da cama. "Não."

Peguei minhas roupas e fui me vestir na sala.

Liliana veio atrás.

"Temos que conversar sobre Ruth. Você nunca me deixou contar o meu lado da história."

"Não", eu disse.

"Eu era apaixonada por Ruth, você já se esqueceu disso?", disse Liliana.

Subitamente Liliana começou a chorar. Eu nunca a vira chorando, nem mesmo quando ela era adolescente.

"Fui eu quem apresentou você a ela", disse Liliana, "nós nos amávamos, eu e ela, foi você quem se meteu nas nossas vidas e causou toda essa desgraça."

Senti como se fosse desmaiar, a mesma sensação de quando pulei da plataforma da piscina pela primeira vez — aqueles vertiginosos segundos em queda livre — a mesma sensação que tivera ao acordar um dia com a pseudossíndrome de Menière.

"Ruth sabia que eu ia para a cama com você, contei para ela", disse Liliana. "Ruth nunca se incomodou com isso. Me pediu apenas que não dissesse a você que ela sabia."

"Não diga mais nada", pedi, "por favor."

"Odeio chorar", disse Liliana, limpando as lágrimas com o antebraço.

"Veste uma roupa", eu disse.

Quando Liliana voltou, vestida com a camisola curtinha, tirei a caixa de gemas do bolso.

"Lembra daquela mulher que foi ao meu apartamento? A tal Angélica, que foi assassinada? Da caixinha de pedras preciosas?"

Liliana abriu a caixa.

"São verdadeiras?"

"São."

"Você não vai devolver?"

"Devolver para quem? Angélica não tem parentes. As gemas iam ser contrabandeadas."

"O homem da capa! Ele está atrás delas!"

"É provável. Angélica trabalhava para uma quadrilha de contrabandistas. Todo ano ela ia fazer desfiles no exterior e levava as pedras escondidas nas fantasias."

"Como é que você sabe disso tudo?"

Contei minha conversa com Negromonte.

"Se fosse você entregava essas pedras à polícia", disse Liliana.

"Com o dinheiro que posso obter, vendendo-as, faço um filme. Estou há dois anos parado."

"Você não vai fazer um filme na Alemanha?"

"Não sei. Estou pensando em vender as pedras de Angélica Maldonado. Já te disse que ela não tem família. Minha ação pode ser criminosa, do ponto de vista legal, mas não é moralmente condenável. Ou você acha que o Alcobaça é o legítimo proprietário delas?"

"Você está racionalizando."

"Vou vender as pedras para o Maurício, aquele amigo meu, comerciante de joias, todas ou o suficiente para financiar o filme. Escreverei, produzirei e serei o diretor. Para que ir a Berlim? Não preciso do Dietrich, do doutor Plessner. Posso fazer a *Cavalaria Vermelha* aqui, por que não? Gurian é russo, pode ser meu consultor, conhece Bábel como ninguém. Cavalos e cavaleiros não faltam no Brasil. Farei uma versão em inglês, para o mercado internacional, e outra em português. Se me chatearem muito farei apenas a versão em inglês."

"Acho tudo isso muito desonesto."

"Escolhe a pedra mais bonita para você."

"Você está me comprando?"

"Estou. Escolhe as três pedras mais bonitas para você."

Liliana voltou a examinar as pedras. Enquanto ela fazia isso fiquei imaginando como seria o filme. Pensei nas alternativas — podia filmar na Europa, uma coprodução, na Polônia, por exemplo, ou na Hungria, além dos técnicos eles entrariam com extras e cavalos e um ou outro supporting player. Ficaria mais barato do que no Brasil. A Polônia era uma boa ideia, desde que não me dessem como extras cavalarianos adolescentes como os que Wajda usou no *Chroniques des Événements Amoureux* (eu vira o filme em Paris, dublado em francês). Os cossacos eram homens. No meio destas fantasias — eu começava a fazer o casting — fui interrompido por Liliana.

"Quero estas aqui. Uma de cada cor." Pausa. "Isso não é muito desonesto?" Outra pausa, esperando minha reação: "Merda! Claro que é desonesto. Não quero isso."

"Pode jogar fora, se não quiser."

"Se você me comer de novo, eu aceito."

Fiquei calado.

Na verdade ter ido para a cama com Liliana havia sido a única coisa boa que me acontecera nos últimos dias. Fornicação — os poetas estão sempre certos: “That’s all the facts when you come to brass tacks.”

“Anda, vamos brincar...”, disse Liliana.

Passamos o dia na cama, até ficarmos entediados. Na verdade esgotados.

“Se eu disser que te amo você fica muito chateado?”, perguntou Liliana. Seu corpo estava coberto de suor.

“Fico. Nossa relação é apenas... hum... animalesca. Não contém qualquer sentimento nobre.”

Tomamos banho juntos. Ela ria e falava muito. Eu não ria, nem falava, mas não estava infeliz.

“Este animal aqui está com fome”, ela disse.

Anoitecera, quando saímos para comer. Fomos a um restaurante no Leblon.

“Você tem dinheiro? Dizem que a conta aqui é alta”, disse Liliana.

“Arranjei com meu irmão. Acho que é suficiente.”

“Deixa eu ver.”

Passei o dinheiro por baixo da mesa. Dissimuladamente Liliana contou as notas, colocando-as depois na sua bolsa. “Pra champagne francesa não dá”, disse Liliana.

Fizemos nossos pedidos ao garçom.

“Você já notou que as coisas que maior bem fazem ao nosso espírito são de natureza física? Comer, amar, andar de um lado para o outro...” Liliana fez uma pausa. Curvou a cabeça para a frente. “Não olha não”, sussurrou, com voz assustada, “mas o homem da capa está sentado no balcão do bar.”

Estupidamente olhei na direção do bar. Lá estava ele, com a mesma capa, com um drinque na mão. Fez um gesto frio para mim, como se estivesse me brindando, seu sorriso era cruel, sem emoção.

“Por que esse desgraçado não tira nunca a capa?”, murmurou Liliana. “Está fazendo um calor danado.”

"Como foi que ele achou a gente?"

"Deve estar vigiando meu apartamento."

"Esse sujeito é perigoso."

"Você está com medo?"

"Mais ou menos. É uma sensação horrível estar sendo seguido por alguém de aspecto tão sinistro. Ele deve ter outros comparsas lá fora."

"Você acha que ele trabalha para o Alcobaça?"

"Provavelmente. Quer saber de uma coisa: estou com a caixa de gemas no meu bolso."

"Você é maluco? Por que você não as deixou lá em casa?"

"Não sei. Virou uma mania carregar a caixa no bolso."

"Temos que encontrar uma maneira de escapar."

Em voz baixa discutimos como poderíamos escapar do homem da capa e dos seus prováveis asseclas. Tínhamos que chamar a polícia, mas a polícia não poderia saber a verdade. A verdade, além de me prejudicar — afinal eu estava com pedras preciosas de uma contrabandista assassinada depois de ir à minha casa —, era difícil de acreditar. "Seu guarda, aquele homem ali está me perseguindo." A única coisa que a polícia teria contra o homem de capa era aquela capa sendo usada num dia de verão sem chuva.

Desde *La Sortie des Usines Lumière*, qual a situação que ainda não foi abordada pelo cinema? Passei a caixinha com as gemas para Liliana, que as guardou no bolso. Depois ela levantou-se e foi até ao maître.

"O homem que está comigo naquela mesa tem uma arma escondida e disse que vai me matar", disse Liliana.

O maître, surpreso, não sabia o que fazer. Ele não queria nenhum escândalo no restaurante. "Ele é seu marido?", perguntou.

"Não. Na verdade mal o conheço. Ele me convidou para jantar e disse que me mata se eu não for para um motel com ele."

"Por que a senhora não vai?"

"Porque sou uma mulher honesta", gritou Liliana. "O senhor está pensando que isto é um truque para não pagarmos a despesa? Tome", disse ela abrindo a bolsa e jogando sobre o maître o maço de notas que o meu irmão me havia dado.

"Por favor, por favor, não se exalte", disse o maître abaixando-se e recolhendo o dinheiro. "Nós vamos resolver isso."

Do bar, o homem da capa observava friamente a conversa entre Liliana e o maître. Noutras circunstâncias eu convidaria aquele homem para trabalhar num filme meu. Desde Widmark empurrando uma velhinha paralítica pela escada abaixo em *Kiss of Death*, em 1947, eu não vira uma fisionomia tão repugnante e aterradora quanto a do homem da capa.

"Volte por favor para a mesa e ganhe tempo enquanto chamo a polícia. Vamos ver se resolvemos tudo sem escândalo." O maître também vira os seus filmes.

Liliana voltou.

"Acho que conseguimos", ela disse.

"Quem dirigiu *Kiss of Death*? Kubrick?", perguntei.

"Hathaway. Kubrick dirigiu *Killer's Kiss*, quase dez anos depois. O que seria de você sem mim?"

"Não guardo trivialidades na minha cabeça."

"Você não guarda nada na cabeça", disse Liliana.

"Se tivesse mesmo uma arma comigo acho que matava você agora."

"Anda, mata!", gritou Liliana.

Os comensais na mesa ao lado olharam curiosos em nossa direção.

"Não exagera", eu disse.

"Anda, mata!", gritou Liliana novamente.

"Fala baixo, sua idiota", sussurrei. "Sou uma pessoa conhecida."

Pálido, o maître se aproximou.

"Cavalheiro", disse ele assustado, "quer fazer o favor de vir aqui por um momento?"

Segui-o até a porta do restaurante. Saímos. Havia dois guardas me esperando. Um deles tinha as divisas de cabo. Fui revistado.

"Minha mulher é uma pessoa doente. Ela é paranoica. Estou disposto a acompanhar os senhores à delegacia para esclarecermos isso. Tenho aqui as receitas dos remédios dela." Fiquei remexendo nos bolsos.

"Vai chamar a mulher", disse o cabo para o maître.

O maître voltou, acompanhado de Liliana.

"Ele quer me matar", disse Liliana para os guardas.

"Vamos para a delegacia", disse o cabo, fazendo-nos entrar no carro da polícia.

Ficamos em silêncio no carro em movimento. Depois de algum tempo Liliana colocou o rosto entre as mãos. Começou a soluçar.

"Me perdoa, querido, não sei o que foi que deu em mim", disse Liliana. "Seu guarda, o meu marido é o melhor homem que tem no mundo, não faça isso com ele."

"Não estou fazendo nada com seu marido", protestou o guarda. "A senhora é que se disse ameaçada por ele."

"Meu marido é um anjo, ele não ameaça ninguém, é incapaz de matar uma mosca."

"A senhora devia se tratar", disse o cabo.

"Quero ir para casa", disse Liliana, soluçando. Uma canastrona. Só mesmo sujeitos que nunca iam ao cinema acreditariam naquele desempenho.

"Seu cabo, o senhor costuma ir ao cinema?", perguntei.

"Vamos levar eles para casa", disse o cabo, ignorando minha pergunta. "Qual é o endereço de vocês?"

Qual? O do apartamento de Liliana? O meu? O homem da capa nos encontraria novamente.

Dei o endereço de Gurian.

"Da próxima vez, chamem um médico", disse o cabo. "Há coisas que a polícia não resolve."

Entramos no edifício.

"Que diabo de lugar é este?", perguntou Liliana.

"É de um amigo meu que está no hospital. Eu fiquei com a chave dele."

"Vamos", disse Liliana, quando notou que o carro da polícia havia se afastado.

"Vamos aonde?"

"Comer."

"Eu não tenho dinheiro."

"O maître me deu de volta o dinheiro que joguei em cima dele."

"Não quero sair novamente."

Fui em direção ao elevador que estava parado no andar térreo.

Subimos.

"Este lugar parece um ninho de rato", disse Liliana depois que entramos no apartamento de Gurian. Ela seguiu para a cozinha e eu, para a biblioteca.

"Esse homem não come?", gritou Liliana da cozinha.

"Ele só bebe", respondi.

Liliana voltou para a sala.

"Sabe que a geladeira está vazia? Quer dizer, tem uma garrafa de vodca ordinária e um vidro com geleia de laranja. Na despensa não tem arroz, ovos, pão, macarrão, queijo, biscoitos, nada. Nem uma latinha de palmito! Vamos morrer de fome." Liliana deu um pontapé num livro que estava no chão. "Nossa Senhora, quantos livros!"

"Não faz isso não", disse eu apanhando o livro e colocando-o sobre uma mesa, "o Gurian dá grande valor aos livros que tem."

"Com fome eu não fodo!"

"Para de fingir que é vulgar."

"Eu sou vulgar", gritou Liliana, "com fome eu não fodo!"

"Ótimo. Eu não quero mesmo nada com você", respondi enquanto procurava o *Mahabharata* na estante.

"Seu palhaço bestalhão. Anda, liga para um restaurante qualquer aqui do Flamengo e pede dois bifes com fritas para nós."

Achei o livro. Liliana tirou-o da minha mão.

"Que livro é este?"

"É o tipo de livro que moças como você nunca leem. Vou colocar a caixa com as gemas atrás dele."

"Há momentos em que o livro mais interessante que existe é a lista telefônica", disse Liliana, virando as costas para mim. Pegou a lista. "Deixa eu ver... restaurante... restaurante... esse aqui acho que é bom..."

Depois de telefonar Liliana foi tomar banho, enquanto esperávamos a comida.

Pouco depois Liliana apareceu nua, no meio da sala, com uma toalha na mão. A água pingava do seu corpo molhado.

"Esse seu amigo tem alguma doença de pele? Tem aids?"

"Ele é um velho sábio. A única doença dele é velhice."

A comida chegou, acondicionada em recipientes de alumínio, junto com uma garrafa de vinho.

Liliana comia lambendo os beiços, como um gato. Quando acabamos ela disse: "Agora vou te seduzir."

Fiquei esperando.

"O *Mahabharata*", disse Liliana, "que significa 'grande rei Bharata', é um dos dois grandes poemas épicos da Índia. O outro é o *Ramaiana*. Foram escritos em sânscrito, mil e duzentos anos antes de Cristo. É uma história sobre a futilidade da guerra. Você quer mais ou já está de pau duro?"

Ao acariciar o corpo nu de Liliana, sua pele lisa e macia, ao sentir seus ossos, sua carne, seu calor, sua vida, fui dominado por uma grande alegria, uma estranha felicidade, misturada com uma espécie de vertigem que por momentos supus, erradamente, ser um pródromo da pseudossíndrome de Menière. Eu não odiava mais Liliana, talvez nunca a tivesse odiado. Podia me entregar àquela fruição simples e primária, aceitar o contentamento puro que ela me trazia.

9

Sonho:

Meus ossos doem. Sou um homem em casa, sozinho. Estou numa cidade grande, esperando uma carta, um telefonema. Não conheço ninguém na cidade. Saio no meio de um fog gelado e compro duas latas com uma substância escura, um molho de ervas, um pouco de queijo e pão. Já é noite. Junto com as ervas, uma revista com mulheres nuas. No banheiro escolho a mulher mais bonita (há algo de hemisfério sul no rosto dela, ou de Oriente, um rosto que desafia classificações — tem olhos grandes, é decente), está virada de costas, ajoelhada e, apesar da posição, os pelos de seu púbis projetam-se num tufo escuro e denso. Os cabelos descem-lhe pelas costas nuas e agora está de perfil. Me masturbo olhando sua bunda, seus cabelos longos, seu perfil de menina, mas principalmente não vendo nada, pois minha mente, meus anseios, minha fome estão muito longe, varando o ar, da noite para o dia. Deito-me e espero alguma coisa, com a luz apagada. Estou cansado, mais da espera do que de outra coisa. De vez em quando meu coração pula uma batida. O médico, ao meu lado, diz que é uma coisa comum

— mas de qualquer forma isso me incomoda. Nada acontece. Estamos num crematório. Não queriam me deixar entrar para eu não misturar as cinzas dos mortos. Mas as cinzas são minhas, eu digo. Então está bem. Labaredas envolvem meu corpo.

Acordei. Olhei o relógio no pulso: eram sete horas. O quarto estava iluminado pela luz que varava as cortinas brancas imundas da janela. Pela primeira vez notei a cama em que estávamos deitados, senti o colchão duro. Liliana dormindo ao meu lado, desprovida de sua agressividade defensiva, parecia uma menina frágil e desamparada. Beijei-a de leve, na testa. Liliana não acordou.

Sentei numa das poltronas rotas da sala. Precisava rever meus planos. Passei em revista a situação:

a) tinha em meu poder pedras preciosas valendo uma fortuna, e que haviam chegado as minhas mãos pelos caminhos indecifráveis do acaso;

b) as pedras pertenciam a uma quadrilha de contrabandistas de pedras preciosas;

c) eu descobrira o eficiente método usado pela quadrilha para contrabandear as pedras;

d) contrabando de joias era um grande negócio que envolvia milhões de dólares e sobre o qual se falava muito pouco;

e) os contrabandistas, além de recuperar as pedras, queriam certamente me matar. O homem de capa estava encarregado disso e fora ele, provavelmente, quem assassinara Angélica e o porteiro;

f) ou seja, mesmo devolvendo as pedras eu não aplacaria os malfeitores, pois sabia demais e tinha que ser silenciado.

Que sensação ambígua de medo e euforia, saber que alguém o está perseguindo para matá-lo! Como é bom ter uma base real para a própria paranoia!

Nesta altura do meu raciocínio comecei a construir um script. Um sujeito obtém por acaso joias que são o produto de um crime e é perseguido por uma perigosa quadrilha de facínoras. O perseguido não quer ficar com as joias, não tem o que fazer com elas (não era bem o meu caso), mas enquanto as tiver em seu poder será caçado pelos celerados. E como *não quer que a caça termine*, ele precisa provocar os seus perseguidores etc. etc.

Então me lembrei de Liliana. Ela também corria o risco de ser morta pelos contrabandistas.

Acordei-a.

"Que horas são? Meu Deus, essa luz! Deve ser de madrugada!"

"São oito horas da manhã."

"É de madrugada!"

Contei para ela minhas preocupações.

"Isso é a maior prova de que você está ficando velho", ela disse. "Com medo de fantasmas."

"Está bem, estou ficando velho, estou ficando o que você quiser. Mas o homem da capa é um fantasma? O Alcobaça é um fantasma?"

"Pelo que você me contou, parece."

"Liliana. Tenho uma sugestão: viajarmos. Nós dois corremos riscos, perigo de vida, aqui. Tenho essa proposta da Alemanha. Podemos ficar fora alguns meses..."

"Para a Alemanha não vou", ela me interrompeu. "Nem Ocidental nem Oriental. Nenhuma delas."

"Se você não quer ir para a Alemanha comigo, vai para outro lugar da Europa: Inglaterra, França, Espanha, Portugal, Polônia, Áustria, Hungria. A gente se encontra em alguma parte."

"Por que Hungria?"

"É a terra do Istvan Szabo."

"Você voltou a ser o amor da minha vida?"

"Não sei", respondi.

Liliana ficou me olhando. Depois: "E nós temos dinheiro para isso?"

"Temos as pedras preciosas, não temos? Além disso os alemães vão me pagar."

"E tem que pagar muito bem. Não existe em toda a Alemanha um cineasta tão bom quanto você. Espera: você ontem mesmo me disse que ia fazer um filme aqui no Brasil com o dinheiro que obtivesse com a venda das pedras, que não queria saber mais da Alemanha. Você muda de ideia muito depressa."

"Porque convenci-me de que se ficarmos aqui os donos das pedras..."

"Os donos! Se elas têm dono, devolve as gemas e encerra esse assunto."

"Nós já conversamos sobre isso. Eles sabem que descobri o esquema deles. Não posso chegar para o homem da capa e dizer: 'Tome, aqui estão suas pedras preciosas e fique tranquilo que não direi para a polícia qual o método que vocês têm usado para contrabandeá-las para o exterior.' Eles não acreditariam em mim. Se devolver as joias sou um homem morto."

"Se não devolver, também."

"É isso mesmo. Daqui a pouco eles vão chegar à conclusão de que é melhor acabar comigo — acabar com nós dois — logo de uma vez, mesmo sem terem obtido as pedras."

"Como é que você vai vender as gemas?"

"Eu não disse que esse amigo meu, o Maurício, compra? Ele disse que valem uma pequena fortuna."

Liliana ficou calada algum tempo, pensativa.

"Acho que vou para Paris. Já sei até onde vou ficar, no Le Bréa, um hotel pequenino, modesto e muito simpático... Gosto de Montparnasse, a rue Bréa tem uma estátua do Balzac, feita pelo Rodin, logo no princípio. O Jardin du Luxembourg fica perto, La Coupole também e..."

Liliana calou-se. Eu sabia o que ela deixara de dizer. Fora naquele hotel que ela e Ruth haviam se hospedado quando foram juntas a Paris e então descobriram que se amavam. O que esperava Liliana com aquela nostálgica e melancólica peregrinação? Não tive coragem de perguntar. Preferia não recordar Ruth.

Liliana acendeu um cigarro, encostou a cabeça na poltrona rota e ficou quieta, com os olhos fechados.

Peguei a lista telefônica e liguei para Maurício.

"Onde é que você anda?", ele perguntou. "Liguei para sua casa e ninguém atendia. Fiquei preocupado."

"Depois explico."

"Aconteceu alguma coisa?"

"Depois explico. Olha, quero vender aquelas gemas."

"Quer vender todas?", ele perguntou.

"Não. Quero vender o suficiente que dê trinta mil dólares... Espera aí", tapei o bocal do telefone, "Liliana, Liliana!"

Ela abriu os olhos. "O que é?"

"Você acha trinta mil dólares o bastante para levarmos na viagem?"

Ela encolheu os ombros, como se dissesse não tenho nada com isso e voltou a fechar os olhos, depois de uma tragada profunda no cigarro.

Voltei a falar com Maurício. "Trinta mil dólares é suficiente."

"Passa no escritório amanhã à tarde. Traz todas as pedras."

Precisava apanhar algumas roupas e o passaporte. Mas meu apartamento devia estar sendo vigiado pelos bandidos. O mesmo devia estar acontecendo com o de Liliana.

"Tenho uma amiga que pode fazer isso para nós", disse Liliana.

A amiga de Liliana chegou trazendo torradas, manteiga e chá inglês. Era uma jovem nissei chamada Mitiko.

"Você é paulista?", perguntei, enquanto tomávamos chá.

"Sou carioca. Nem todo nissei é paulista."

"Você fala japonês?"

"Nada. Lá em casa só se fala português. Papai e mamãe às vezes falam japonês entre eles. Mas muito raramente. Você está dirigindo algum filme? Adorei *A Guerra Santa*."

"Vamos ao que interessa", disse Liliana.

Mitiko anotou nossos endereços. Demos nossas chaves para ela.

"Você tem que entrar pelos fundos", eu disse.

Expliquei a Mitiko onde estavam as coisas que ela devia trazer para mim — o passaporte, o livro do Bábel e as minhas anotações, e um terno cinza escuro. Camisas, meias e cuecas, escova de dentes, coisas de barbear compraria antes de viajar. "A casa está uma bagunça, não se assuste", adverti.

Liliana disse onde estavam as coisas que Mitiko iria recolher no seu apartamento.

"Esse homem da capa é perigoso?"

"É. Mas não se preocupe. Ele não conhece você. Está atrás de nós por um motivo que prefiro que você não saiba", disse Liliana.

"Se alguém entrar junto com você no meu prédio ou no de Liliana, você disfarça e vai para outro andar."

"Quando for sair de lá, telefona e pede um táxi." Liliana deu uma parte do dinheiro do meu irmão para Mitiko, que saiu compenetrada como um agente secreto encarregado de uma missão muito importante. Tinha apenas dezoito anos.

Telefonei para a Lufthansa e fiz minha reserva no voo para Frankfurt do dia seguinte, quarta-feira, à noite. Devido à crise econômica os aviões estavam viajando com bastantes lugares vagos. Procurei o telefone de Dietrich no meu caderno de endereços. Disquei o número, pensando que não deveria me esquecer de reembolsar Gurian por essa despesa.

"Se tudo correr bem, devo embarcar amanhã à noite no voo da Lufthansa Rio—Frankfurt."

Dietrich pareceu excitado com a notícia. Falou em alemão, rapidamente. Em seguida acrescentou em inglês o que havia falado antes: "Plessner ficará feliz com a notícia. Está aguardando você ansiosamente."

"Se você não tiver um aviso meu em contrário até amanhã à noite é porque embarquei."

"Pensou naquilo que conversamos?"

Eu não me lembrava mais do que lhe havia falado.

"A gente conversa aí. Depois de amanhã."

Liliana apanhara um livro na estante. Quando vejo uma pessoa lendo, seja onde for, fico com a maior curiosidade para saber qual é o livro. Já passei por situações constrangedoras devido a isso. Liliana sabia dessa minha mania. Quando me viu tentando descobrir o título impresso na lombada do livro — uma encadernação antiga —, ela rapidamente tapou as palavras com a mão.

"Ô Satan, prends pitié de ma longue misère!", disse Liliana.

Eu gostava de ler Baudelaire, mas subitamente me dera vontade de ir logo embora, de não estar mais numa sala cheia de livros, escondido de um facínora vestido com uma capa. Olhei o joelho de Liliana lendo *Les Fleurs du Mal*, pensando em Eric Rohmer e no *Le Genou de Claire*, que diabo, eu não conseguia lembrar nada do filme a não ser o título — como é que um joelho de mulher pode encerrar tantas promessas, perplexidades? — aquela boceta purpúrea como um vulcão — o absorvente de Ruth — talvez eu estivesse precisando ouvir música — onde é que Gurian escondia o Bábel?

Rememorei, aos gritos, caminhando pela sala: "Liutov-Bábel tem que provar que apesar de usar óculos, de saber ler e escrever, é um cossaco verdadeiro. Ouça, ouça: Liutov acabou de chegar ao alojamento da Sexta Divisão, a casa de uma velha mulher que os cossacos haviam ocupado. A mala de Liutov é jogada para o meio do pátio por um cossaco que o insulta. Ele junta as roupas e os manuscritos que caíram da mala e vai para um canto do pátio, onde fica lendo, no *Pravda*, um discurso de Lenin no Segundo Congresso do Comintern. Então sente fome. Procura a velha dona da casa e diz que precisa comer. A velha, depois de olhar para ele algum tempo, responde que tem vontade de se enforcar. Liutov coloca a mão no peito da mulher, empurra-a brutalmente e diz que não tem que lhe dar explicações. Olha em torno e vê uma espada. Vê também um ganso, que ele agarra e cuja cabeça esmaga com o tacão da bota, fazendo expelir a massa encefálica do animal, que fica estirado no esterco, as asas estremecendo. Liutov enfia então a espada no peito da ave, erguendo-a. 'Prepare este ganso para mim, dona', ele ordena."

"Por que você está gritando para mim essas coisas, de olho arregalado? O que foi? Pirou?", disse Liliana.

"É um trecho do meu filme."

"O camaradinha passa a ser respeitado pelos seus pares porque matou um ganso? É esse o significado da cena?", perguntou Liliana. "Ah! vocês, meninos!"

"Liutov é que passa a se respeitar a si próprio, por isso. Todavia, logo em seguida, ao limpar a espada com areia, sente-se deprimido. Porém, matar o ganso lhe dá coragem para ir tomar uma sopa de couve e comer carne de porco com os cossacos, enquanto o ganso não fica pronto. Então lê o discurso de Lenin para os soldados, exultante 'porque descobre a curva secreta da linha reta de Lenin'."

"Curva secreta da linha reta?"

"Às vezes penso que esta deve ser uma das frases escritas por Bábel que acabaram criando problemas para ele. Em seguida todos os cossacos se deitam para dormir no celeiro, sob um teto de madeira furado que deixa ver as estrelas, aquecendo-se uns aos outros com as pernas embaralhadas. Então Liutov sonha, e no seu sonho ele vê mulheres. Mas seu coração, maculado pelo derramamento de sangue, 'rangia e transbordava'."

"Transbordava de quê?", perguntou Liliana.

"Bem, ele sentia uma espécie de euforia..."

"A euforia que os homens sempre sentem quando cometem alguma violência?... E essas pernas embaralhadas? Hum... Entre os cossacos também havia disso?"

O telefone tocou, assustando-nos. Tocou novamente.

"É melhor você atender", disse Liliana.

"Alô?"

"Quem está falando?", perguntou uma voz de mulher.

"Quer falar com quem?"

"É a Mitiko. Estou aqui no seu apartamento..." Ela diminuiu a voz e não entendi o resto.

"Dá para falar um pouco mais alto?"

"Como é o sujeito da capa?", Mitiko continuou sussurrando.

"Ele usa uma capa."

"Isto eu já sei. Ele é alto, forte e mal-encarado?"

"É."

"Ele está lá fora conversando com o motorista do radiotáxi que eu chamei."

"Pode falar mais alto que o homem não ouve o que você diz, lá de baixo. Você está com medo?"

"Não. Mas receio que ele siga o meu táxi."

"Faz o seguinte: pega o táxi e manda seguir para o Aeroporto Santos Dumont. Chegando lá vai ao balcão da Ponte Aérea e finge que está embarcando. Não acredito que o homem da capa siga você. Se seguir, garanto que não vai esperar você entrar no avião. Alguém viu você entrar no apartamento?"

"Não."

"Se algum dia fizer um filme policial vou lhe dar o papel principal."

"É mesmo?"

Liliana tirou o telefone das minhas mãos.

"Você já apanhou minhas coisas? Não? Então vamos deixar isso para depois. No aeroporto pega outro táxi, outro, ouviu?, e vem para cá."

Liliana desligou e ficou me olhando, com um sorriso irônico.

"Você me põe também no seu filme policial?"

Liliana apanhou a bolsa e tirou um pequeno embrulho de papel, dentro do qual estavam as três gemas que ela escolhera.

"Não quero isso para mim."

"Eu sou um ladrão, é isso?"

"É isso", ela disse.

Liliana tinha razão. "Agora é tarde", eu disse.

"Nunca é tarde."

"Quando fica séria você consegue ser ainda mais insuportável... Prefiro a Liliana sarcástica."

"Você já fez isso antes?"

"Nunca."

"Está começando sua carreira criminosa agora?"

"Sabe o que vai acontecer se eu entregar essas pedras à polícia? O dinheiro vai para esse governo corrupto."

"Essa é a justificativa de todos os sonegadores, contrabandistas, ladrões e falsários que existem neste país. Se o dinheiro vai para os corruptos, por que não me tornar um corrupto? Não é assim que vocês pensam?"

"Você sabe muito bem que eu nunca..."

"Se você não quer devolver, joga no mar. O que você não pode é ficar com elas. Pode jogar na Lagoa Rodrigo de Freitas, cujo fundo lodoso esconderá as pedras até que uma geração mais..."

"Mais o quê? Mais símia? Cada geração que surge é pior do que a outra."

Aquela conversa idiota não levaria a nada. Eu não estava disposto a me separar das pedras. Ainda bem que Mitiko apareceu e tivemos que mudar de assunto.

Mitiko chegou com a mala de Ruth. Dentro, meu terno, sobre ele o passaporte, o livro de Bábel e as minhas anotações.

"E as coisas que estavam aqui dentro?"

"Não tinha nada aí dentro. Tinha um livro, um vidro de perfume, um pacote de Modess, umas roupas."

"Você não jogou fora o pacote de Modess, jogou?"

"Não. Ficou tudo por lá mesmo."

"Para que você quer um pacote de absorventes?", perguntou Liliana.

(Não, tudo menos falar sobre Ruth!)

"Sua casa está muito desarrumada, o que foi que houve?", disse Mitiko.

"Eu mudei há poucos dias e não tive paciência para arrumá-la."

"Você quer que eu faça isso, enquanto estiver ausente?"

"Acho perigoso", disse Liliana.

"Eu arrumo para você."

"Não quero te dar trabalho."

"É perigoso, estou dizendo que é perigoso."

"Não dá trabalho nenhum. Você se incomodaria se eu ficasse morando lá algum tempo? Vou ser despejada do apartamento onde moro."

"Você pode ficar no meu apartamento, eu também vou viajar", disse Liliana irritada. "Deixa o apartamento ficar desarrumado. Já está na época dele aprender a arrumar a casa onde mora. Chega de uma mulher ficar sempre tomando conta das suas coisas."

"Eu pensei...", disse Mitiko.

"Não pensou nada", disse Liliana. "Anda, devolve a chave para ele."

Aborrecida, Mitiko me entregou a chave.

"Depois a gente combina", disse Liliana, docemente, fazendo um carinho no rosto de Mitiko.

Liliana beijou Mitiko no rosto.

"Não sei o que as mulheres veem em você", disse-me Liliana.

Esperei que o sonho viesse:

Estou numa rua de ar escuro (essa mistura de gases que respiramos — nitrogênio, oxigênio, hidrogênio, hélio, néon — é invisível mas sei que aquele ar é escuro) apesar de ser dia, que tudo anuvia como um vidro fumê translúcido e na rua há paredes cheias de livros. Não vejo a rua, nem os livros, nem este ar que envolve a rua num invólucro de sombra transparente, mas sei, sei que sou olhado com suspeita pelos transeuntes, sei que sinto uma fadiga devoradora e sei que ouço latidos. Mas não são cães que latem, são animais de duas pernas, de olhos cobertos de lama, ou chocolate, ou excremento. Reconheço os cheiros da cidade e da mulher. Uma luz limpa me trespassa, como o raio da morte, e me faz desaparecer. Ouço alguém dizer, uma voz metálica vinda de um alto-falante: "Poesia para mim sai na urina, sabe há quantos anos escrevo poesia? Você ficaria surpreso, enquanto as pessoas trabalhavam para comprar casa própria, eu trabalhava poetando. Não comprei casa própria. Está vendo aquela mancha no alto da parede? Muito bem, vamos ver quem mija em cima dela, digamos, cinco segundos?"

Eu e Liliana saímos juntos do apartamento. Mitiko ficou dormindo no sofá da sala. Deixei um bilhete para que ela batesse a porta ao sair.

"Cuidado", eu disse, já na rua, antes de nos separarmos.

"Não sou boba igual a você, não se preocupe."

Marcamos encontro num restaurante às duas horas da tarde.

Antes, ainda no apartamento de Gurian, separei do bolo as mesmas três pedras que levara anteriormente ao escritório de Maurício. Quer dizer, as que fossem mais parecidas, pelo menos da mesma cor.

Enfrentei novamente todas as medidas de segurança do escritório de Maurício.

Afinal ele apareceu.

"Por que você não me conta o que está acontecendo? Somos velhos amigos."

"Depois eu conto." Dei-lhe as três pedras que havia separado.

"Foram estas as gemas que examinei antes?"

"Foram."

"As outras eram mais valiosas." Fitou-me com sua nova maneira inquisitiva de olhar.

"Estas não valem os trinta mil dólares?", perguntei.

Ele riu. "Somente esta aqui vale mais de trinta mil dólares." Fez uma pausa. "Afinal, quantas gemas você tem?"

"Meia dúzia. Estas e mais aquelas três."

"Onde estão elas? As outras... três?" Por instantes tive a impressão de que ele olhava o volume que a caixa de gemas fazia no meu bolso.

"No cofre de um banco."

"É melhor guardar mesmo num lugar seguro. Valem muito dinheiro."

Não quis saber quanto. Ainda não era o momento.

"Você só quer vender uma?"

"Só preciso de trinta mil dólares. Em moeda americana. Vou viajar."

"Você me disse."

Maurício separou uma das pedras e embrulhou as outras cuidadosamente numa folha de papel de seda.

"Pode guardar."

Saiu da sala, carregando a pedra que ficara com ele. Quando voltou, trazia quarenta mil dólares, que me entregou dentro de um grosso envelope pardo.

"Está tudo em notas de cem dólares. Cuidado com os assaltos. Não entra num ônibus com esse dinheiro e essas gemas."

Saí do prédio onde ficava o escritório de Maurício com o envelope de dinheiro preso ao cinto debaixo da camisa, e a caixa de pedras no bolso. Tive então uma surpresa que me deixou estarrecido. Do outro lado da rua estava o homem da capa, acompanhado de Diderot. Tentaram atravessar a rua mas o trânsito estava muito intenso e eles tiveram que ficar parados, esperando uma oportunidade. Pus-me a correr pela rua como um alucinado, dobrei na primeira esquina e me embarafustei por uma loja de artigos femininos, onde fiquei algum tempo fingindo que procurava uma mercadoria para comprar. Quando saí, o homem da capa e Diderot tinham desaparecido.

Entrei em todas as agências bancárias que encontrei pelo caminho, tentando alugar um cofre. Nenhuma delas tinha cofres disponíveis.

"Estão todos alugados. Ninguém tem coragem de deixar valores em casa, com esses assaltos", explicou um funcionário. Contou os casos que conhecia, ou lera nos jornais, de residências assaltadas. "É por isso que aqui no nosso banco temos na fila de espera dezenas de correntistas."

Já estava quase na hora do encontro com Liliana. Passei numa casa de câmbio e troquei mil dólares por cruzados pela cotação paralela, um eufemismo para o câmbio negro de moeda. Os mil dólares em cruzados faziam um volume maior do que os trinta e nove mil dólares do envelope pardo. Enchi os bolsos do paletó e da calça com o dinheiro.

Liliana já me esperava no restaurante.

Dei a ela o envelope.

"Vai lá no banheiro e tira dezenove mil e quinhentos dólares para você."

"Não quero", disse ela.

O garçom apareceu. Fizemos nosso pedido.

"O que é que você não quer?"

"Você sabe muito bem o que é que eu não quero."

Levantei-me, fui ao banheiro e tranquei-me na privada. Tirei dezenove mil e quinhentos dólares do envelope e guardei-os nos bolsos. Voltei para a mesa.

Liliana estava lendo um livrinho que tirara da bolsa.

"Você gosta do Kavafis?", ela perguntou.

Empurrei o envelope para ela.

"Não quero esse dinheiro", ela disse.

Tirei uma nota de cem dólares do pacote e rasguei-a em pedacinhos que coloquei no bolso da camisa, o único que não estava abarrotado de dinheiro.

"De trinta em trinta segundos vou rasgar uma nota de cem", eu disse.

"De trinta em trinta segundos?", Liliana fez uma pausa, pensativa. "Você vai demorar noventa e sete minutos e trinta segundos para rasgar todo o dinheiro."

Rasguei outra nota.

O garçom chegou com o couvert.

Rasguei duas notas. “É que se passou um minuto”, eu disse.

Liliana descascou um ovinho de codorna, colocou sal e, através da mesa, tentou colocar o ovo na minha boca.

“Não quero”, eu disse virando o rosto e rasgando outra nota de cem.

“Você sempre gostou de ovo de codorna”, disse Liliana.

“Não gosto mais.”

“Está com medo do colesterol? Da salmonela?”

“O que eu não gosto mesmo é que ponham comida na minha boca. Odiava quando minha mãe fazia isso.”

“Está na hora de rasgar outra nota”, avisou Liliana.

Rasguei a nota. Não é fácil rasgar uma nota de cem dólares. Elas são feitas de um papel especial, muito resistente. Pouca gente sabe disso.

O garçom trouxe nossos pratos. Para Liliana, peixe grelhado com cenouras cozidas. Ela se cuidava. Se deixasse de fumar ia viver cem — epa! rasguei outra nota — anos. Eu pedi rabada com agrião e cerveja.

Rasguei outra nota. O bolso da minha camisa estava cheio de papel verde picado.

“Volto já”, eu disse.

Fui ao banheiro e joguei os dólares picados na privada e puxei a descarga. Apenas alguns pedaços de papel desceram pela tubulação. Acionei a descarga inúmeras vezes. Os papéis rodavam, rodopiavam e continuavam boiando.

Eu não podia deixar aquela privada cheia de dólares rasgados. Meti a mão na privada e catei os pedacinhos de papel e coloquei-os de volta no bolso da camisa.

Quando voltei para a mesa, Liliana comia calmamente seu peixe.

“Você ficou fora três minutos”, disse Liliana.

“As privadas de hoje são uma merda”, eu disse.

“São seis notas”, disse Liliana.

Rasguei as seis notas.

"Sua camisa está molhada."

"Eu sei."

"Anda, come essa porcaria aí. Você não está com fome?"

"Vou rasgar dez notas de uma vez para poder comer em paz", eu disse.

Liliana arrancou o envelope da minha mão.

"Seu filho da puta, você já rasgou mil e quatrocentos dólares!"

Liliana colocou o envelope na sua bolsa. Comecei a comer.

"Não pense que ocorreu entre nós um confronto de vontades do qual você saiu vitorioso. Você é maluco e maluco gosta de rasgar dinheiro", disse Liliana. "Houve apenas um embate entre a saúde e a morbidez, e como sempre o mal triunfou."

"Você acha mesmo?"

Ela me olhou longamente.

"Você queria me submeter ou me seduzir?"

"As duas coisas", respondi, arrancando com os dentes os restos de carne gordurosa do último osso da rabada. "E além disso havia o lado prático: você precisa desse dinheiro para viajar."

"Por favor, eu te amo. Não me domine, como você fazia com Ruth. Promete."

"Não fale em Ruth", eu disse.

"Promete que nunca mais me oprimirá e humilhará dessa maneira."

"Prometo."

"Vai lavar as mãos. E o rosto. Você está imundo. Tem rabada pelo rosto inteiro."

Na volta do banheiro, contei a Liliana que não conseguira alugar um cofre no banco e que pretendia, ao sair dali, procurar meu irmão e pedir-lhe para guardar as gemas.

Na porta do restaurante Liliana me deu um abraço forte. Combinamos que nos encontraríamos em Paris, no hotel Le Bréa dentro de quinze dias. Fiquei olhando Liliana se afastar.

Fui encontrar meu irmão na igreja de Copacabana.

"Vou viajar hoje", eu disse.

"Você vai ficar fora muito tempo? Estou pensando naquele filme, lembra?"

"Devo ficar fora algum tempo, não sei quanto. Vou filmar na Alemanha, mas ainda não acertei os detalhes. Talvez fosse melhor você arranjar outra pessoa para fazer seu filme." Fiz uma pausa. Ele esperou, controlando sua impaciência, sabia que eu tinha um pedido a fazer. "Gostaria que você guardasse umas pedras preciosas para mim."

"Pedras preciosas?"

Tirei a caixinha do bolso e dei a ele.

"Posso ver o que tem aqui dentro? Não vou guardar uma coisa que não sei o que é."

"Pode."

José abriu a caixa, pegou algumas pedras, colocou-as contra a luz. Talvez tivesse também vendido joias no passado.

"Onde você arranjou isso?"

"Prefiro não dizer."

"Só guardo essas pedras preciosas para você se disser onde as conseguiu."

"Não vou dizer."

"Então nada feito."

"É melhor para você não saber", eu disse.

"Você diz onde as obteve e eu decidirei se as guardo ou não."

Se eu dissesse, José não guardaria as joias e ainda me daria uma lição de moral.

Apanhei a caixa e coloquei-a novamente no bolso.

Saí sem me despedir.

Peguei um táxi e voltei à casa de Gurian. Ao entrar senti o cheiro de Liliana pairando por cima do odor bolorento dos livros e das sombras. Fui até a estante, procurei o *Mahabharata* e coloquei atrás dele a caixinha com as pedras preciosas. Ninguém estaria interessado naqueles livros. O perigo era Gurian morrer. O livrinho de telefones continuava no mesmo lugar onde eu o deixara. Liguei para Sara.

"É aquele amigo do Gurian. Estivemos juntos no hospital."

"Sim. O que o senhor quer?"

"É sobre os livros de Gurian. Se... hum... se por acaso eles forem colocados à venda..."

"O Boris não vende os livros dele nem por todo o dinheiro do mundo. O senhor é amigo dele e devia saber disso."

Forcei-me: "Mas pode acontecer alguma coisa... entendeu... e neste caso..."

"Que coisa pode acontecer?"

"O Gurian não está bem de saúde e... não que eu deseje isso, tenho uma grande estima por ele... mas pode acontecer alguma fatalidade... entendeu?..."

"O senhor quer dizer se Boris morrer?"

"Sim... é isso..."

"Quanto o senhor dá pelos livros?"

"Não sei. Mas darei mais do que qualquer outra pessoa. Não venda para ninguém se ocorrer... essa desgraça... deixe os livros como estão. Compro todos eles."

"São mais de dez mil livros."

"Compro todos. Hoje estarei com Boris, mas não falarei de nossa conversa. Não seria elegante."

"A coisa mais deselegante do mundo é morrer", disse Sara. "Pode falar com ele."

Fui a uma agência da Lufthansa, apanhei minha passagem. Minha reserva estava confirmada, para aquela noite. Eu tinha que chegar no aeroporto do Galeão às nove horas.

Cheguei ao hospital às seis da tarde. Ainda não tivera tempo de comprar as roupas que levaria comigo na viagem.

Gurian me esperava.

"Sara me telefonou. Não se preocupe. Se eu morrer, os livros serão seus."

"Muito obrigado. Espero que isso não aconteça tão cedo."

"Você não quer dar um sinal?"

"Um sinal?"

"Um sinal de pagamento?"

"Quanto? Pode ser em dólar?"

"Dólar não pode. Tem que ser em scotch." Deu uma gargalhada fraca, seguida de tosse.

Anoitecia quando saí para comprar o uísque de Gurian. Havia várias marcas de uísque escocês. Escolhi White Horse. Voltei correndo com a garrafa escondida dentro do paletó.

Uma enfermeira estava no quarto com Gurian. Ambos, eu e ele, esperamos ansiosos que ela saísse.

Mostrei a garrafa para ele. "White Horse. Cavalo Branco. Você sabe por que escolhi esta marca", eu disse colocando uma dose no copo. "Homenagem ao garanhão branco que Savitski, o comandante de divisão, tirou de Khlebnikov."

"Uma bela história sobre um homem que amava os cavalos brancos", disse Gurian. "Você já viu cena de maior desespero que essa do Khlebnikov tirando o dólmã e arranhando possesso o peito nu com as unhas enquanto gritava pedindo que o matassem, só porque não conseguiu recuperar o cavalo?"

"Liutov, Bábel, diz que Khlebnikov era um homem cujo caráter era parecido com o dele: 'Nós dois olhávamos o mundo como uma campina em maio — um descampado atravessado por mulheres e cavalos.'"

"Bábel tinha uma grande paixão pelos cavalos", disse Gurian. "Houve uma época em que se escondeu numa fazenda de criação de cavalos para escrever e para poder estar com esses belos animais. Não sei se isso foi antes de terminar a *Cavalaria*, o certo é que depois de terminar o livro, em 1926, quis ir para o exterior. Moscou, como ele mesmo disse, tinha sido um período horrendo e doloroso na sua vida. Afinal, no ano seguinte, conseguiu licença para viajar. Foi a Paris, ao encontro de sua mulher. Mas logo teve que voltar para resolver um problema de herança de Eugenia, cujo pai morrera. Eugenia ficou em Paris. Bábel voltou ao encontro da mulher, mas dessa vez conseguir o visto de viagem foi ainda mais difícil."

"O que fazia ele em Paris?"

"Escreveu uma peça, *Maria*, que nunca chegou a ser encenada. Em Paris, pensava na Rússia. Não podia viver na Rússia, mas também não conseguia viver longe do seu país, como acontece com muitos exilados. Por isso ia e vinha, indeciso, infeliz, sabendo que em Moscou corriam rumores sinistros a seu respeito. Em 1934, estava de volta, participando do Primeiro Congresso dos Escritores Soviéticos. Espera aí, acho que já falei sobre isso, não falei? Nós, os velhos, temos a mania de repetir sempre a mesma coisa."

"Esse foi o tal Congresso em que Bábel falou que era um 'mestre do silêncio' e reivindicou, ironicamente, o direito que o escritor tem de escrever mal, na verdade o direito que o escritor tem de não escrever?"

"Esse mesmo. Avisa quando eu me repetir; detesto parecer um velho gagá."

"Você tem uma cabeça fantástica."

"Esqueço as coisas que aconteceram ontem. Voltando ao Bábel, eu já lhe falei do Congresso para a Defesa da Cultura e da Paz, realizado em Paris, em 1935?"

"Não."

"Não mesmo?"

"Não mesmo."

"Os escritores franceses protestaram pelo fato de que Bábel e Pasternak não faziam parte da delegação soviética. O governo, ante essa pressão, enviou os dois escritores às pressas para Paris, já com o Congresso chegando ao fim. Mais uma vez, podendo ficar em Paris, o paraíso dos exilados, ele volta para sua terra, voltou para perto de Stalin. Eugenia não o acompanhou de volta."

A garrafa de White Horse estava quase pelo meio.

"Está na hora de eu ir embora. Tenho que estar no aeroporto às nove e já são quase oito", eu disse.

"Nesse ano de 1935, Bábel conheceu Antonina Nikolaevna Pirozhkova, com quem teve uma filha, Lidia."

"Está na hora", eu disse.

"Gorki, o único amigo de Bábel com prestígio, morreu em 1936. Seus inimigos, agora, tinham o campo livre."

"Tenho mesmo que ir embora, já estou atrasado."

"Uma última coisa, muito importante — o derradeiro dia, 15 de maio de 1939. Ele estava terminando de rever seu novo livro, que esperava entregar ao editor no outono daquele ano. Bábel o considerava sua melhor obra. Nesse dia a polícia política invadiu sua casa e o prendeu. Agora você quer saber o pior de todos os horrores que podia ter acontecido, e aconteceu?"

Levantei-me, nervoso. Eu ia perder o avião.

"Esse livro, que seria a obra-prima de Bábel, foi confiscado e destruído, junto com todos os outros papéis que estavam na sua casa. Foi tudo destruído. Destruído!"

Uma lágrima correu pelo rosto enrugado de Gurian. Sua voz tremia, do esforço e da indignação. "Conforme a informação dos seus carcereiros, ele morreu num campo de trabalhos forçados no dia 17 de março de 1941. Provavelmente fuzilado."

Segurei a mão de Gurian com força.

"Eu lhe escreverei da Alemanha. Tenho que ir."

"Deixa a garrafa", ele disse.

Claro que deixei a garrafa.

II

O MANUSCRITO

1

As aeromoças alemãs do avião eram bonitas, e a melhor coisa da viagem foi vê-las se mexerem de um lado para o outro. Os cavalos marinhos, por exemplo, são animais atraentes, todavia perco logo o interesse por eles. Mas sou capaz de ficar embevecido, por um tempo interminável, com o encanto de uma mulher se movimentando. Olhar para as aeromoças me ajudou a esquecer um pouco as agruras que acabara de passar no Rio de Janeiro, as peripécias recentes e os sofrimentos antigos, deu-me a tranquilidade necessária para poder entregar-me ao universo de Bábel. Sentia-me eufórico, livre, talvez por ter trazido comigo apenas a *Cavalaria Vermelha* e minhas anotações sobre o escritor, além do passaporte e do dinheiro.

Logo que abri o livro, um casal, nas poltronas do outro lado do corredor, começou a me dizer coisas que não entendi. Tentei conversar com eles em todas as línguas que conhecia, inutilmente. Provavelmente eram de alguma parte do mundo árabe. Mostrei o passaporte para o casal, esperando que fizessem o mesmo. Como resposta a mulher me ofereceu uma meia dúzia de frutos pequenos, verdes, duros.

Não era um comportamento normal de passageiro de primeira classe carregar alimentos na bolsa. Quis jogar aquilo fora, mas a mulher sorriu para mim, curvada sobre seu assento, um sorriso triste, um pouco idiota, um pouco apreensivo, todavia bonito. O gosto dos frutos era ruim. Mas tê-los comigo parece que tranquilizou meus vizinhos, que me deixaram em paz durante o resto da viagem. Pude então dedicar todas as minhas energias a Isaac Bábel.

Bábel virara uma ideia fixa. Eu sabia que somente um admirador obcecado, o que eu certamente não era, ficaria tão ligado num escritor como acontecia comigo em relação a Bábel. Ou então um louco. Quando fizera *A Guerra Santa* eu me interessara profundamente por Euclides da Cunha, porém de uma maneira lúcida, que me permitia perceber as deficiências do escritor, do pensador. Mas Bábel parecia perfeito, para mim. A ideia da perfeição, tanto quanto a sua busca, é uma utopia de sonhadores. Sim, eu era um sonhador que sonhava de uma maneira extraordinária, mas seguramente não era um louco, no sentido psiquiátrico convencional. Eu era singular (mas todas as pessoas são singulares), talvez esquisito, mas não louco.

Chegando a Frankfurt, peguei a conexão da Panam para Berlim.

Nevava em Berlim. Dietrich esperava por mim no aeroporto.

"Fez boa viagem? Está muito cansado?"

"Por que o Festival foi adiado?", perguntei.

"Eu sei? Alguém sabe? Existem explicações oficiais que certamente não são verdadeiras."

Dietrich tirou uma Polaroid da pasta que carregava e bateu várias fotos minhas.

"São para o doutor Plessner. Ele está muito feliz por você ter vindo. Onde está sua mala?"

"Não tenho mala."

Notei uma discreta reação de perplexidade.

"Não tive tempo de fazer a mala", expliquei.

Da janela do carro aquecido, as ruas cobertas de neve pareciam um filme black and white. Havia poucas pessoas caminhando.

O hotel que Dietrich reservara para mim era simpático. Havia no banheiro pasta e escova de dentes. Sobre a mesa do quarto, uma garrafa de vinho e uma cesta grande com frutas. Docinhos na mesinha de cabeceira.

Bebi a garrafa de vinho e deitei-me. Que sensação agradável, essa que nos domina logo ao sorver o último cálice de uma garrafa de vinho que se está bebendo sozinho. Fiquei nu e entrei debaixo das cobertas. Nunca dormira nu na minha vida. Quer dizer, apenas uma vez, e acordara resfriado. Podia vestir a camisa da viagem, mas não quis amassá-la mais ainda, teria que sair com ela no dia seguinte.

Sonho:

Rolo pelo chão como um cão danado. Ou um rato envenenado. Dou socos na parede e a cabeça sangra. Penso em pegar um pedaço de bambu e abrir a barriga como o Nakadai fez, sob a direção de Kobayashi. Olho para a parede, enquanto um crioulo americano canta, e imagino aparecer, finalmente, o rosto dela, pálido. "Ei, meu bem", digo, "o que é isso que você tem no colo, um cachorrinho lulu, ou um coelhinho?" E ao fechar os olhos, ela de cabelos compridos como no dia que fomos no jardim zoológico, passa as mãos nos músculos das minhas costas. "Você não é mais o mesmo", ela diz. Os corvos (ou são gralhas, com cara de corvos?) voando, se exibindo para mim. Ela me diz que o amor não existe, que só existe o orgasmo, cuja vitalidade é uma coisa parecida com cagar, por exemplo, algo que te alivia e depois você se limpa, com uma toalha, ou com água, em seguida vai tratar da vida — comprar uma roupa, ou uma casa, ou uma joia, ou fazer ginástica. Diz que somos um monte de macacos descartáveis, como giletes velhas, ou papel higiênico, ou Modess, ou latas de sopa vazias ou restos de ensopado da panela ou comida velha do verão. Talvez tenha razão. Meu coração, meu sangue não podem captar a sutileza daquele ser. Sou um condenado ao inferno e meus ossos doem e minha carne está tão castigada que quando entro num lugar não consigo falar. E meu nariz emite uma água sem cheiro, como gelo derretido, e não consigo pegar um papel com a mão que tirei da luva. Na rua, a última folha do outono, com uma cor de ouro escuro, se transforma nos olhos dela. Dou socos na parede e saio para brigar com alguém. A todo homem que encontro, digo "sai da frente, seu filho da puta" e eles saem, não entendem e saem assim mesmo. Então volto para casa e meu queixo fica gelado durante horas, tanto tempo que esquento água na chaleira e faço uma compressa.

Saí da cama logo que acordei — ao despertar eu sempre ficava imediatamente alerta, creio mesmo que esse era o momento do dia em que ficava mais lúcido, mais perspicaz — e fui para a janela. Contemplei o horizonte dividido em dois pedaços. Embaixo, um cinza metálico rígido e em cima nuvens negras movimentando-se para a esquerda, numa massa compacta, lentamente, como se estivessem circulando o planeta inteiro. Vi, no céu, os corvos com os quais sonhara. Ou seriam gralhas?

Peguei o Bábel. Creio que fiquei muitas horas lendo e escrevendo. Só parei quando Dietrich apareceu.

Parecia ter aumentado de tamanho. Batia com o corpo nos móveis, como se fosse um orangotango desajeitado.

"O doutor Plessner está em Munique, esperando por você, Veronika Hempel vai te levar até ele. Ela vai passar no hotel daqui a pouco com as passagens. Vocês vão embarcar às onze horas."

"Quem é Veronika Hempel?"

"É uma roteirista jovem, muito competente. Estamos pensando em colocá-la junto de você, para ajudá-lo."

"Não preciso de ninguém para me ajudar."

"Foi uma sugestão do doutor Plessner. Veronika pode ser muito útil a você."

Dietrich disse também que Veronika obtivera o magister na universidade com uma tese sobre Bábel. Sabia russo. Assim que me convenceu com esse último argumento, Dietrich retirou-se.

Veronika Hempel ligou da portaria do hotel.

"Estou aqui embaixo", disse ela.

Antes de descer coloquei a maior parte dos dólares em meu poder dentro de dois envelopes. Com os envelopes no bolso, desci ao encontro de Veronika Hempel.

Ela me esperava em pé no saguão do hotel, tendo ao seu lado, no chão, uma pequena maleta. Veio ao meu encontro sem hesitar.

Pedi-lhe alguns minutos, para guardar os dólares no cofre do hotel. Perguntei-lhe se falava inglês e ante sua resposta positiva propus-lhe que falássemos nessa língua. "Meu alemão não é muito bom."

"Tenho que fazer algumas compras", eu disse depois, já na rua.

"Não temos tempo, isso não foi previsto, fazer compras antes do nosso embarque. Temos apenas o tempo suficiente para ir daqui ao Flughafen Tegel. Onde está sua mala?"

"Eu não tenho mala", disse com um sorriso calculadamente simpático, esperando sua demonstração de surpresa.

Não houve surpresas. "Faça as compras em Munique", ela disse, secamente.

No avião ficamos a maior parte do tempo calados.

"O povo de Munique gosta muito de festas. Eles têm até um animado fasching... mas não é um carnaval tão... entusiasmado quanto o de vocês, brasileiros."

Senti na sua voz uma ponta de desdém que me deixou aborrecido. Não respondi.

Em Munique fazia menos frio do que em Berlim.

"Espero que goste do hotel", disse Veronika.

Nossos quartos ficavam próximos. Antes de entrar, ela disse: "Vou telefonar para o doutor Plessner. Aguarde uma palavra minha."

Tomava banho, de banheira, quando ouvi a campainha do telefone. Devia ser Veronika. Que espere, pensei, mergulhando ainda mais o corpo na água morna.

Mas eu não tinha paciência para ouvir muito tempo o ruído de uma campainha de telefone. Saí da banheira, o corpo molhado pingando e fui atender ao irritante aparelho.

"Ainda é cedo para o encontro com o doutor Plessner, você tem tempo para fazer suas compras, agora", disse Veronika.

"Não estou com vontade de fazer compras."

"Você quer ver a Lola Montez? Ela está aqui em Munique."

"Está num museu?"

"Está num castelo. Eu o levo lá."

Acabara de vestir a camisa amassada quando Veronika avisou, da portaria do hotel, que estava à minha espera.

"O doutor Plessner arranjou um carro para nós."

Era um Mercedes, que ela mesma dirigia.

"O centro da cidade foi destruído durante a guerra e reconstruído depois mantendo-se suas características históricas. Ludwig — em cujo Salão das Beldades estaremos daqui a pouco — disse que quem não viu Munique não viu a Alemanha."

O resto do percurso ficamos calados, enquanto eu via a Alemanha da janela.

Veronika parou o carro numa larga praça dominada por uma enorme construção horizontal.

"Ela está ali, no Nymphenburg."

As beldades de Ludwig I estavam na parede, em quadros de tamanho uniforme. Procuramos a Lola Montez entre as inúmeras mulheres lindas da coleção.

"A mulher mais bonita que tem aqui, para mim, é a filha do cavalariço do rei, aquela loura ali", disse Veronika, "sempre que venho aqui procuro por ela."

"Deve ser porque se parece com você. E a Lola Montez?"

"Espera aí que vou me informar."

Veronika voltou com um dos guardas, que nos mostrou o quadro com a Lola Montez.

"Sua liaison com Ludwig causou o colapso do Regime", disse Veronika.

"Não sei por que o Max Ophuls escolheu a Martine Carol para o papel", eu disse.

"Talvez porque ambas fossem atrizes medíocres", respondeu Veronika.

Depois fomos fazer compras. Comprei uma valise, algumas camisas, cuecas.

Voltamos para o hotel. Na portaria havia um recado de Plessner marcando o encontro para o dia seguinte.

"Quer tomar um café, um chá?", perguntei.

Ficamos sentados, num silêncio constrangido, enquanto esperávamos o chá.

"A filha do cavalariço se parece comigo?"

"Muito."

"Ela é uma mulher muito bonita."

Novo silêncio. Veronika não gostava de mim, nem eu dela. Nenhum de nós tocou nos biscoitos que o garçom trouxera junto com o chá.

"O doutor Plessner arranjou entradas para o balé, esta noite", disse Veronika. "Você quer ir?"

Não devia ter aceito o convite.

O balé era no Nationaltheater Munchen, sede da Bayerische Staatsoper. O programa incluía *Der Verlorene Sohn*, *Les Sylphides* e *Elite Syncopations*. Mas só soube disso quando, já sentado, aguardava o início do espetáculo.

"Não quero ver *Der Verlorene Sohn*", eu disse.

"Por quê?", perguntou Veronika. "É o primeiro. Depois a gente vai embora."

Neste instante o balé começou.

Quando vi os cenários de Rouault lembrei-me do cavalo da casa de Ruth, os mesmos traços grossos escuros delineando as figuras, a solidez.

A música de Prokofiev encheu o teatro. Eu vira Ruth dançar aquele balé. Balanchine fizera a coreografia para Ruth, criara especialmente para o corpo suntuoso de Ruth, quarenta anos antes dela nascer, os movimentos de sensualidade irresistível daquela dança. Senti uma tristeza intolerável. Não aguentei mais do que alguns minutos. Eu não queria pensar em Ruth. Não quero falar dela.

"Vou esperar você lá fora."

Veronika veio atrás de mim. Estávamos no hall do teatro.

"O que foi?"

"Apenas tonteira. É a pseudossíndrome de Menière. Um sofrimento crônico." Não era a primeira vez que usava aquela doença como pretexto.

"Pseudossíndrome?"

"Menière, um médico francês, descreveu essa condição pela primeira vez em 1861. A síndrome autêntica se caracteriza por ataques intermitentes de vertigens, náusea, ruídos no ouvido e surdez parcial. Não tenho os ruídos nem a surdez."

"Isto acontece frequentemente?"

"Às vezes. Os ataques podem ocorrer em intervalos de dias, ou meses. Já fiquei mais de um ano sem nada sofrer. O ouvido interno é cheio de divisões, corredores, galerias, uma forma tão complicada que recebe o nome de labirinto. Esses canais estão cheios de um líquido chamado linfa. Cada canal tem na extremidade uma crista, dotada de filamentos ou cílios sensoriais, e boiando na linfa há umas pedrinhas chamadas otólitos, os quais, quando a gente mexe a cabeça pressionam os filamentos e estes, através dos nervos, informam ao cérebro o que está acontecendo — para que lado você se mexeu etc. O cérebro então comanda os músculos do corpo para controlar seu equilíbrio. No meu caso o cérebro não sabe o que fazer, pois as informações que recebe do labirinto são confusas. Quando o cérebro não sabe o que fazer, o corpo também não sabe. É a Grande Confusão, a Desordem, o Caos."

"Você está falando sério?"

"Estou. Mas este Caos não é o cosmogônico, que precedeu a criação do mundo."

"Como é que a pessoa adquire isso?"

"Não sei. Alguns observadores acreditam que seja associada a um problema de alergia; outros, resultado de um desequilíbrio eletrolítico."

Veronika me segurou pelo braço. "Você cai no chão, quando tem isso?"

"É só não virar a cabeça que nada acontece."

"Quem construiu seres tão complexos como nós e os animais que existem?", perguntou Veronika. Fiquei surpreso com a ingenuidade da pergunta.

"Só pode ter sido o demônio", respondi.

"Você tem um encontro amanhã com o doutor Plessner. Não acha que devia cancelar?"

"Amanhã estarei bom."

"Vou levar você ao hotel."

"Não precisa", eu disse. "Volta para ver o balé. Até amanhã."

"Eu só queria ver *Der Verlorene Sohn*, agora não dá mais, eles não deixam você entrar na sala depois de iniciado o espetáculo. Vou com você."

Fomos juntos, de táxi, até o hotel.

Veronika esperou que eu entrasse no quarto. "Amanhã, às nove", disse, enquanto a porta se fechava.

Liguei para o hotel Le Bréa. Disseram que não havia nenhuma hóspede chamada Liliana, nem reserva feita em nome dela. Expliquei que a pessoa que procurava era uma brasileira. Não havia nenhuma brasileira no hotel. Deixei o meu telefone, com o recado para a brasileira ligar para mim, caso aparecesse. O sujeito que falou comigo ao telefone tinha um francês horrível, com sotaque asiático.

Sonho:

Um barco vem descendo o rio que cruza a cidade cinzenta. Um sujeito toca piston ao anoitecer em frente à catedral. O frio me faz chorar, bem, não exatamente o frio, a música, também não era a música, era ela. Quem? Sitiado na cidade, vejo além das folhas amarelas caídas os Narrenschiff subindo e descendo o Reno com sua carga de malucos indesejáveis. Não vejo, sei que eles passam ali. Ela diz: "Não quero que você chore, por favor, você nunca mais chorou depois que..." Cala-se. Meu pau está descascado pelo frio, só quero pensar nela, só consigo pensar nela, quem?, e não tinha arrumado a minha cama e tinha dormido vestido mas sem os sapatos. Uma cozinha suja horrível, costelas de porco fritas e uma salada de alface e brócolis. Ouço minha voz: "Não quero que me chateiem." Ela: "Por que você é tão bruto?" Trancado num closet de paredes negras numa cidade onde escurece às quatro horas da tarde, vejo criminosos e inocentes de olhar transparente.

Acordei.

Veronika desceu às nove em ponto. Eu acabara de tomar café.

"O doutor Plessner tem uma casa aqui em Munique. Não é tão imponente como a de Berlim. Vamos nos encontrar com ele lá."

"Estou com frio", eu disse, já no carro.

"O aquecimento está ligado."

"Preciso comprar um sobretudo."

"O doutor Plessner não gosta de esperar."

"Sinto muito. Vamos comprar agora."

Veronika parou numa loja. Senti que estava contrariada. Comprei uma capa forrada de pele.

Plessner morava numa casa antiga, de dois pavimentos, numa rua sossegada. A porta da casa — grande, de madeira ornamentada — abria diretamente na calçada da rua. Notei que havia um portão ao lado, que devia ser o da garagem.

Um homem magro, alto, com uma cuidada e pequena barba loura e longos cabelos castanho-claros abriu a porta. Era Plessner. Veronika nos apresentou um ao outro.

"Afinal chegou o momento de nos conhecermos." Seu sotaque britânico era afetado. "Gostei muito do seu filme, *A Guerra Santa*. Sou um grande admirador do cinema brasileiro... Rocha, Dos Santos, Lima Junior, Andrade, Hirszman, Diegues, Jabor, Toledo, Amaral... Não conheço todos os cineastas brasileiros, é claro, apenas aqueles cujos filmes foram exibidos em festivais na Alemanha..."

O que havia de errado nele? Ter chamado de Rocha o Glauber, de Dos Santos o Nelson? De Amaral a Suzana?

"Foi uma pena o Festival ter sido adiado. Mas isso não muda nossos planos."

Enquanto conversávamos, agora sentados na sala, Veronika mantinha-se calada.

"Bábel é mais importante do que Soljenitsin, Pasternak, Brodski e todos os outros que ficaram na moda aqui na Europa", disse Plessner.

"Também acho."

"Dietrich disse que você tem uma sinopse para me mostrar."

"Ainda não está pronta. Pretendo terminá-la aqui. Preciso de equipamento para escrever."

"Diga o que precisa, que hoje mesmo será entregue no seu hotel."

"Um IBM e periféricos. Programa Word. Papel."

"Veronika, peça ao escritório de Berlim para providenciar." Veronika levantou-se e saiu da sala. Parecia conhecer bem a casa.

"Quer falar agora sobre nosso esquema financeiro?"

"Pode ficar para depois."

"Quero fazer um filme antistalinista que possa ser exibido na União Soviética, que possa ser rodado na União Soviética", disse Plessner. "Isso não deverá ser difícil de conseguir. Se um filme como o *Pokainie*, do Tengiz Abuladze, pode ser exibido, por que não o nosso?"

"Não estou pensando num filme antistalinista."

"Não?"

"Minha ideia é fazer um filme que capte com perfeição todo o drama da *Cavalaria Vermelha*. Não estou preocupado com Stalin, nem com a política interna da União Soviética."

"Aprecio sua franqueza. Mas Stalin e a União Soviética fazem parte do drama. O que você sabe sobre Bábel?"

Respondi como Gurian: "Tudo".

"Tudo?", Plessner deu uma risada longa, feminina. "Veronika não sabe tudo — e sabe muito; eu não sei tudo — e sei muito. Ninguém sabe tudo sobre Bábel. Não sabemos nem mesmo como foi morto."

"Foi fuzilado."

"Há uma versão de tifo. Mas ele pode também ter sido estrangulado, esfaqueado, morto a pauladas, morto de fome numa cela que se fecha para sempre. Ninguém sabe o que aconteceu de fato, quanto a sua morte. E ninguém sabe a coisa mais importante referente a Bábel. Você sabe qual a coisa mais importante que ninguém sabe?"

Veronika entrou na sala.

"Tudo providenciado, doutor Plessner."

"Sei", eu disse.

"Ele disse que sabe qual o segredo mais importante do Bábel."

Veronika me olhou surpresa.

"Diga, por favor", disse Plessner.

"O que havia no manuscrito destruído pela polícia e que Bábel considerava sua obra-prima? Seria um livro de contos? Seria, afinal, o romance que ele, como Borges, nunca escreveu? Este é o segredo importante de Bábel: aquilo que estava escrito nesse livro que foi destruído. Nenhum episódio da vida de Bábel, nem sua morte, tem essa importância."

"É verdade", disse Plessner com ar sonhador, passando de leve os dedos na barbicha. "A obra é mais importante do que o homem."

Depois levantou-se, estendeu a mão para mim.

"Vamos fazer um belo filme. Voltaremos a nos encontrar em Berlim, dentro de uma semana. Você acredita que até lá já tenha alguma coisa para mim?"

"Certamente", eu disse.

Quando fomos para o aeroporto pegar o avião de volta a Berlim, naquela tarde, parecia que eu e Veronika tínhamos superado nossa antipatia mútua.

No avião peguei a sinopse, que eu escrevera em inglês e na qual havia uma cena já desenvolvida, a da morte de Dolguchov, com os diálogos, e dei para Veronika ler.

"Não quis dar para o Plessner porque é apenas um esboço."

Veronika leu depressa. "Liutov não diz 'hoje perdi meu melhor amigo' com lágrimas nos olhos."

"É verdade", respondi. "As lágrimas aparecem antes, quando Afonka lhe diz que Korachaiev será punido. Korachaiev, que comanda a Quarta Divisão, está desacreditado, lutou buscando a morte. Como não entendi bem por que Liutov fica com lágrimas nos olhos ao ouvir Afonka dizer isso, decidi mudar o choro de lugar."

"Não gosto de filmes de guerra", disse Veronika, devolvendo a sinopse.

Veronika acrescentou que não suportava principalmente ver filmes sobre a Segunda Guerra Mundial e sobre a guerra do Vietnã. Não tolerava mais nazistas, partigiani, marines, comandos, camicases, vietcongs, vietnamitas, indochineses e americanos e franceses e demais protagonistas.

"A *Cavalaria* não é um filme sobre a guerra", eu disse.

"Se não é sobre guerra, é sobre o quê? Soldados, estrondos de artilharia, combates, mortes — e não é sobre guerra? Não me diga que é sobre a frustração, a fadiga, o medo, a espera."

Minha sina era me envolver com mulheres irônicas.

"Não aguento mais essas justificativas cínicas para mostrar a violência", disse Veronika. "E se fosse sobre a guerra-sem-heroísmo, seria igual a todos os *Full Metal Jacket* que andam pelas telas do mundo nos últimos anos. Outra coisa: não gosto da frase que você colocou na boca de Vitiagaichenko — 'a cavalo, meninas!' É um lugar-comum de filmes de guerra, isso do comandante ofender seus subordinados chamando-os de meninas. Acho sua frase tola e machista, além de ser um clichê intolerável."

"A frase não é minha, está no Bábel. Acho que os militares da Cavalaria são iguais no mundo inteiro."

A megera suspirou: "A Cavalaria não existe mais, me parece." Outro suspiro. Veronika controlava a respiração como um daqueles personagens femininos de Bergman discutindo relações conjugais escandinavas com o marido. Quer dizer, como uma atriz hábil que aprendeu que a respiração pode dar ênfases e significados profundos a qualquer frase. "Odeio filmes de guerra!", disse, depois do suspiro.

"A guerra inspirou muitas obras-primas, em todas as artes", eu disse, defendendo-me e irritando-me, à medida que falava. Eu também não gostava de filmes de guerra, porém as provocações daquela mulher me tornavam um belicista, contra minha vontade. "Euclides da Cunha, Goya, Stendhal, Beethoven, Tolstói, Picasso, Shakespeare e Homero foram alguns artistas, entre muitos, que trataram da guerra. Por falar em Goya..."

Fui interrompido: "Não estou convencida. Se você quer fazer alguma coisa sobre o Bábel, por que não os contos de Odessa?"

"Quem quer fazer a *Cavalaria* é o Plessner. Outra coisa: o que você leu, a morte de Dolguchov, é apenas um trecho curto do filme, pouco mais do que uma sequência, ainda no seu primeiro tratamento, além de não ter os cortes nem as posições da câmera. A rigor, não é, não será um filme de guerra. A guerra será apenas um pano de fundo."

"Ah, sei. Não é um filme de guerra, apenas tripas de fora e um tiro de misericórdia na boca. Você quer me dizer mais alguma coisa?", Veronika perguntou.

"Quero. Vou dizer ao Dietrich que não quero trabalhar com você."

"Você vai escrever o roteiro sozinho?" Riu.

"Por que não? Existem muitos diretores que sabem escrever. Pasolini era poeta, e dos bons. Bertolucci é poeta. Kluge é um bom escritor", eu disse. "No Brasil muitos diretores escrevem bem."

"Esses que você citou nunca escreveram seus roteiros sozinhos. Os melhores roteiros são resultado da colaboração de várias pessoas, incluindo os atores."

"Eu trabalho a minha maneira. Não dou, como muitos diretores, o roteiro para os atores nem lhes peço para definir comigo o caráter do personagem — você é mau, você é bom — ou a dinâmica do filme. Não sou o único a agir assim. Forman, para citar apenas um exemplo, faz o mesmo que eu: a cada dia o ator vai tomando conhecimento do que deve fazer, cena por cena. Pior do que um ator cheio de ideias, só um produtor cheio de ideias."

"Você não aceita sugestões dos atores?"

"Aceito as sugestões que dão na hora e as incorporo muitas vezes ao script. Os melhores atores são os instintivos. Quando Fellini foi dirigir *La Dolce Vita* o produtor queria que o protagonista fosse Paul Newman, mas Fellini queria um ator sem personalidade, que fosse sensível e com poucas ideias, como Mastroianni. Os maiores atores do mundo, como Mastroianni, são pessoas influenciáveis, frágeis e não muito inteligentes. Há exceções, é claro."

"Nenhum diretor escreveu um bom roteiro sozinho, e você sabe disso." A voz de Veronika demonstrava irritação. "A sua *Guerra Santa* poderia ter sido melhor, se você tivesse tido a colaboração de um bom roteirista. Quanto a Milos Forman, ele nunca escreveu sozinho um roteiro de cinema. O *Baile dos Bombeiros* e *Amores de uma Loira*, realizados ainda na Tchecoslováquia, tiveram a colaboração de Ivan Passer e Jaroslav Papousek. *Taking Off*, já nos Estados Unidos, foi escrito com John Guare e Jean-Claude Carrière. Aliás, nos Estados Unidos, Forman deixou até mesmo de colaborar nos roteiros. *One Flew Over the Cuckoo's Nest* foi escrito por Laurence Hauben e Bo Goldman. *Hair*, apenas por Michael Weller. Diretores, como você e Forman, não querem que os atores saibam o que estão fazendo, para conseguirem manter um poder absoluto sobre eles. Isto não passa de insegurança. Você terá problemas com os atores alemães. Hitchcock jamais poderia dirigir aqui."

O que me irritava em Veronika? Ela ser bonita como a filha do cavalariço do rei Ludwig I? Sua segurança? Sua memória prodigiosa?

"Antes de deixarmos de falar um com o outro — é nesse sentido que a nossa relação se encaminha, não? — gostaria de lhe dizer o que é o cinema, para mim", disse Veronika.

"Diga."

Veronika hesitou, armando seu discurso.

"Artaud dizia que se o teatro quisesse encontrar sua raison d'être precisava nos dar tudo o que encontramos no crime, no amor, na loucura."

"Sófocles, Shakespeare não nos deram outra coisa senão heróis loucos, criminosos, apaixonados", eu disse.

"Posso terminar?", disse Veronika.

Puta que pariu, como diria Vitiagaichenko. Porém controlei-me.

"O cinema", continuou Veronika, "tem mostrado guerras, crimes, demências, catástrofes, crianças prodígios, animais e monstros também prodígios, sexo platônico e explícito, misticismo — tudo o que se pode imaginar — mas de maneira superficial e distorcida, apenas para se tornar palatável às massas passivas que consomem televisão com voracidade distraída ao mesmo tempo em que conversam, comem e bebem, vão à latrina ou se entregam a cochilos mais ou menos profundos. São poucos os espectadores que realmente pensam. O cinema, lamentavelmente, tem que ser feito para esses."

Veronika tirou um cigarro da bolsa e o acendeu habilmente com um velho isqueiro Zippo, fechando-o com um ruído seco. Lembrei-me de um filme de TV, baseado numa história de Roald Dahl, em que um sujeito aposta um dedo contra um automóvel esporte que seu isqueiro Zippo acenderá sem falhar dez vezes seguidas. Percebi, pelo estalar estudado do isqueiro, que ela estava quase perdendo o controle. Deu uma tragada funda.

"Quer apostar que o seu Zippo não acende dez vezes seguidas?"

A aeromoça se aproximou e disse qualquer coisa. Veronika apagou o cigarro, com impaciência.

"E o que é pensar?", perguntei, tentando ser irônico.

"Pensar é processar informações..."

"Isso um computador faz melhor."

"Processar informações", continuou ela, "de uma maneira mais complexa que a do computador, fazer operações lógicas, solucionar problemas, mas não como um computador, tomar decisões, produzir manifestações artísticas, mas não de uma maneira rigidamente programada. Isso é pensar. E mais: pensar é, principalmente, fantasiar, cenarizar desejos e ambições. Pensar, afinal, é sonhar."

Realmente, o computador não sonhava. Os cães e os gatos sonham.

"Você sabia que eu sonho sem imagens?"

Assim que terminei de dizer isso, me arrependi. Meus sonhos eram coisas muito íntimas para serem discutidos com uma idiota.

"Não faço filmes para fazer ninguém pensar", apressei-me a dizer, irritado, "não quero fazer filmes que sejam anatensores profiláticos, como você. Quero intranquilizar, causar distúrbios, ânsias, perplexidades, insônias, vômitos."

"O doutor Plessner sabe disso?"

Olhei o relógio. Minha vontade era mandar aquela mulher para o inferno.

Ficamos calados durante o resto da viagem.

Ao chegar ao Tegel, separamo-nos sem uma palavra.

2

Na verdade eu não gostava de trabalhar com ninguém quando escrevia meus roteiros. Livrar-me de Veronika deu-me um grande alívio.

O equipamento que eu pedira a Plessner já fora entregue no hotel, quando cheguei de Munique. Conectei o micro, a impressora, o terminal de vídeo. Abri a caixa nova de disquetes.

Passei o resto do dia trabalhando. Parei apenas para sair e comer um sanduíche de bratwurst num quiosque da rua. Na verdade saí mais para ver pessoas, pois não sentia fome. Em Berlim — como em qualquer outra cidade que já visitara — eu não olhara, e certamente não olharia, para uma vitrine, nem mesmo se fosse de videocassetes ou de livros ou de máquinas fotográficas. A única coisa que via eram os homens e as mulheres, mais as mulheres do que os homens. Eu virava a cabeça quando elas passavam por mim, sem me incomodar se isso parecia impróprio ou grosseiro. O movimento do corpo das pessoas é sempre muito indicativo, expressivo, não podia desprezar essa demonstração, essa revelação do ser. Agora estava eu ali, comendo o meu sanduíche de linguiça acompanhado de uma lata de cerveja, enquanto observava duas mulheres comendo. Uma delas parecia a Hanna Schygula. Hanna tentava tornar civilizado aquele gesto de fraqueza, e por ser fraco, comovente: abrindo menos a boca do que deveria para poder comer de maneira eficiente, curvando a cabeça sobre a comida num delicado ademane, abafando os sons que deveria emitir ao mastigar ou sorver os alimentos. Havia algo de animal na sua postura. Por isso, para fingir que somos diferentes dos outros bichos, o homem inventou pratos, copos, talheres, etiquetas. E as duas mulheres tinham sua própria liturgia, que não tinha a sobriedade mística da Eucaristia nem a vulgaridade exibicionista da esbórnia de Trimálquio. Uma coisa parecida com um gato comendo.

Tive um encontro com Dietrich nesta noite, no meu hotel.

"O que foi que houve entre você e Veronika? Você não quer trabalhar com ela?"

"Prefiro trabalhar sozinho."

"Vamos descer para tomar um drinque no bar?", Dietrich perguntou. Parecia nervoso e infeliz.

Dietrich pediu aguardente e cerveja. Tomou a aguardente de um único gole.

"Você não gostou de Veronika?"

"É uma pessoa entediante. Mas não é só por isso que não quero trabalhar com ela. Eu lhe disse, em nosso primeiro encontro, que fazia meus próprios roteiros, lembra-se?"

"Sim, sim."

"Ela sabe coisas demais. Até para um alemão isto não é bom", eu disse. "Mas não é por isto que não quero trabalhar com ela."

Ficamos calados.

"Estou satisfeito com as estimativas que fiz dos custos do filme. Para um épico creio que vamos gastar pouco."

"Este filme não é *Guerra e Paz*", eu disse. "Pode ser feito com pouco dinheiro."

"Pouco dinheiro em cinema é sempre muito dinheiro." Deu um tapa nas minhas costas. "Você não tem inveja dos escritores? Para criar um livro eles gastam apenas papel e tempo, os personagens todos trabalham de graça, fazem coisas que os atores de cinema não saberiam fazer, ou se recusariam a fazer. Produzem as cenas mais custosas gastando apenas palavras. Matam, mutilam, fazem pessoas enlouquecer de paixão, arruinar-se ou ganhar o paraíso. Uma epidemia que mate milhões ou um aperto de mão tem para eles o mesmo custo. Houve época em que pensei em me tornar escritor, mas verifiquei que não era louco o suficiente para tanto. Acho que o sujeito que é escritor, em princípio, não é muito bom da cabeça. O mais megalomaníaco dos diretores, Griffith, Pabst, Gance, Coppola, não teria coragem de se julgar dotado da onipotência de um escritor de província."

Não respondi.

"Você concorda comigo?" Dietrich era um homem gentil que se esforçava para impedir que a conversa morresse.

"Mais ou menos."

"Eu gostaria que você trabalhasse com Veronika."

"Ela também não gosta de mim."

"Veronika não gosta de ninguém. Mas é extremamente competente e informada. O que tem ela saber demais?" Ele disse essa última frase rindo. Agora, grave: "Ela seria muito útil, todos ganharíamos".

"Sinto muito."

"Você quer jantar comigo, amanhã?" Tirou um pequeno bloco do bolso, escreveu e me deu o papel. "Se for de U-Bahn salte na estação Kleistpark. Kleistpark, não se esqueça."

"Como é que vou esquecer um nome destes?"

Jantar na casa de Dietrich. Uma atriz, Marthe, um diretor de teatro, um poeta e Veronika. Ela me cumprimentou, civilizadamente. As pessoas bebiam vinho e falavam trivialidades, de maneira amena.

Afinal sentamo-nos em volta da mesa. Dietrich, ajudado por Veronika, serviu o jantar.

Alguém perguntou se eu já conhecia Berlim.

"Um de nós precisa mostrar a cidade para ele", disse Marthe.

"Eu mostro", disse Veronika, me surpreendendo.

"Não quero lhe dar esse trabalho."

"Mas será um prazer para mim", disse Veronika.

"Quando estiver disposto eu lhe digo."

"Eu também posso lhe mostrar a cidade. Afinal, nasci aqui", disse Marthe com um sorriso.

Sorri de volta, sem nada dizer. Seria ela candidata a algum papel na *Cavalaria*? Os papéis femininos não seriam grande coisa.

Aos poucos a conversa foi derivando para o filme que íamos fazer.

"O doutor Plessner lhe disse que está pensando em fazer o filme na União Soviética?", perguntou Dietrich.

"Disse. Mas tenho a impressão de que existe ainda alguma resistência ao nome de Bábel na União Soviética."

"Bábel começou a ser reabilitado no fim dos anos cinquenta, quando publicaram suas obras completas, com uma introdução de Ehrenburg. Não há problema. Ainda mais agora, com a glasnost gorbacheviana", disse Veronika.

"O diário de Bábel até hoje não foi publicado", eu disse secamente. "E também alguns contos. Não eram as obras completas, o que foi publicado com prefácio de Ehrenburg."

"De qualquer maneira, Bábel foi reabilitado", disse Veronika, irritada.

"Quando dirige um filme você parte de alguma concepção estética prévia?", perguntou Marthe.

"No caso da *Cavalaria Vermelha* o estilo do filme será mais importante do que tudo. Bábel, em conversa com seu biógrafo, Paustovski, disse que uma história podia ser feita apenas de estilo — sem conteúdo, ou trama, ou suspense. Claro que exagerava, suas histórias têm trama e suspense, qualquer uma delas pode ser contada oralmente, sem perder o fascínio, por um contador de histórias numa praça pública. Mas acima de tudo os contos de Bábel têm estilo. Este é um desafio que tenho de enfrentar."

"Mas o que é estilo?", perguntou Veronika, de maneira hostil.

"Uma maneira característica de expressão", respondi.

"Mas isto não engloba a trama, o suspense, o conteúdo enfim?", disse Veronika, agora agressiva. "Um filme tem que ser visto de uma maneira holística, pois o 'todo' integrado de uma obra de arte tem uma realidade maior do que a soma de suas partes — no caso, roteiro, luz, montagem, interpretação."

A hostilidade de Veronika criara um certo constrangimento na mesa. O rosto de Dietrich demonstrava toda a sua infelicidade.

O diretor de teatro falou dos diretores que tinham estilo — Fellini, Bergman, Ford, Visconti. Alguém mencionou Fassbinder, o que causou uma pequena discussão, da qual eu e Veronika não participamos.

O resto da noite, eu e ela ficamos emburrados e pouco falamos.

Fiquei trancado três dias no quarto do hotel escrevendo o argumento do filme. Várias vezes Dietrich ligou para mim. Falou em Veronika. "Ela é uma boa pessoa." Mudei de assunto. Perguntou quando o argumento estaria pronto. "Amanhã." Dietrich disse que mandaria alguém buscá-lo.

A pessoa que veio apanhar o argumento era Veronika.

Sorriu, quando abri a porta.

"Vamos fazer as pazes?", perguntou.

Surpreendido, não respondi. Apenas abri mais a porta para ela entrar.

"Acho que tenho ciúmes do Bábel", Veronika disse. "Fui muito rude com você. Me desculpe."

Parecia uma outra mulher. O que teria acontecido? O arrependimento nunca é um gesto espontâneo, há sempre alguma coerção por trás dele.

"Também agi mal", eu disse. Quando alguém me pede desculpas sempre as aceito.

Veronika me estendeu a mão. Macia e firme.

"Aquela cena que você escreveu da morte do Dolguchov estava muito boa."

Talvez Dietrich tivesse razão e Veronika não fosse má pessoa. O certo é que eu sempre tivera uma relação complicada com as mulheres a minha volta, quer tivesse com elas um envolvimento sentimental — como ocorria com Liliana, como havia ocorrido com Ruth — quer a relação fosse profissional, quer fosse familiar. Pensei na minha mãe. Ela era uma mulher dominadora, dedicada à família — para ela só existia o meu pai, eu e o meu irmão. Mas havíamos pago um alto preço por essa dedicação, eu mais do que todos.

"Você quer tomar um chá?", perguntei. "O chá deste hotel é muito bom."

Durante o chá — que veio acompanhado de uma grande variedade de biscoitos — conversamos sobre a reabilitação de Bábel.

"Ate 1957 consideravam Bábel um escritor subversivo e suas obras eram proibidas", disse Veronika. "Nesse ano foi feita uma 'edição reabilitadora' de seus contos, com introdução de Ehrenburg. Mas as coisas na União Soviética andam muito lentamente. Bábel continuou quase um proscrito e um ano depois, na primeira edição da *História da Literatura Soviética*, mereceu apenas algumas linhas. Na verdade a reabilitação somente ocorreu de fato quando da comemoração do septuagésimo aniversário do seu nascimento, em 11 de novembro de 1964, na sede do Sindicato dos Escritores. Konstantin Fedin, secretário-geral do Sindicato, presidiu o acontecimento, que exigira um grande esforço de preparação de alguns intelectuais, entre eles Ehrenburg, Livshits, Munblit, Nikulin. Ehrenburg fez um belo discurso. Morreu três anos depois."

O cabelo de Veronika era muito liso e fino; balançava com qualquer movimento que fizesse com a cabeça.

"Mas tudo isso só foi possível por causa de Kruchev", continuou. "Em 1956, como primeiro-secretário do Partido Comunista, no Vigésimo Congresso do Partido, Kruchev iniciou o processo de desestalinização. Na cena literária a principal vítima de Stalin era Bábel. Mesmo assim o processo de reabilitação enfrentou obstáculos. Foi preciso que a história sinistra dos crimes de Stalin fosse exaustivamente denunciada por Kruchev para que os escritores e sua organização oficial, que sempre viveram amedrontados pelo sistema, pudessem agir, preparando o desagravo daquele novembro de 1964."

Veronika era uma mulher alta, bem-proporcionada. Levava a xícara aos lábios e sorvia o chá com grande delicadeza e elegância. Como as mulheres do quiosque.

"Antes, em 15 de outubro desse ano", prosseguiu Veronika, "Kruchev, forçado, abandonara os cargos de primeiro-ministro e primeiro-secretário do Partido Comunista, vinte e sete dias antes da cerimônia de reabilitação de Bábel no Sindicato dos Escritores. Mas foi graças a Kruchev, na verdade, que aquela homenagem póstuma pôde ser realizada. Kruchev nunca deixou de ser o operário grosseiro das minas de carvão, mas se não existisse Kruchev também não teria existido, mais de vinte anos depois, o suave Gorbachev, a glasnost e a perestroika. Um dado interessante: em 1964, quando se comemoravam os oitenta anos do nascimento de Bábel, também se poderiam comemorar os setenta anos do nascimento de Kruchev. Ambos nasceram em 1894, um em abril, o outro em novembro. Você não acha isso intrigante? Essas coincidências?"

Os olhos de Veronika eram azuis.

A cor dos seus olhos me fez pensar em Goya. O azul de Goya não tinha o brilho límpido dos olhos de Veronika, não sei o que causou aquela associação de ideias. Percebi que Veronika ficara perturbada ao sentir meu olhar sobre o dela. Expliquei: "Eu estava pensando no azul de Goya."

"No azul de Goya?!"

"Não exatamente no azul. Nas cores de Goya. Gostaria que a *Cavalaria* tivesse as cores de Goya. As sombras."

"Como você chegou a isso?"

"Por vários motivos. Bábel e Goya eram parecidos em muitas coisas. Até fisicamente. Até na miopia. Quer dizer, os retratos eram parecidos. Não existe uma boa descrição física de Goya. Na verdade também não existe uma boa descrição física de Bábel."

"Você conhece a que Canetti fez dele em *Die Fackel im Ohr*?"

"Não."

"Os dois estiveram juntos aqui mesmo em Berlim, em certa época dos anos vinte. Canetti descreve Bábel como um homem atarracado de cabeça grande, com óculos de lentes grossas que faziam seus olhos ficarem ainda maiores e mais redondos."

Conversamos mais um pouco, antes de Veronika ir embora, levando o que eu havia escrito. Ela resolvera se esforçar para estabelecer um bom relacionamento comigo e conseguira.

Saí logo depois dela. Cansara-me de ficar dentro daquele quarto de hotel. Percorri a Kudamm, abrigado em minha capa forrada de pele, à procura de um cinema. Todos os filmes não alemães que estavam sendo exibidos eram dublados em alemão. (Depois descobri que até os filmes mudos de Carlitos eram dublados em alemão. Havia um cinema que passava regularmente filmes estrangeiros em versão original. Outros, poucos, tinham sessões especiais, quase sempre no domingo pela manhã, para este fim.) Irritado, desisti de entrar num cinema que exibia um Kurosawa antigo. Uma das coisas boas do cinema japonês é aquela língua deles. Além do mais, iria soar grotesco, no mínimo, ver aquele monte de samurais a falar a língua de Goethe. A dublagem de filmes, como regra geral, foi feita pela primeira vez na Itália de Mussolini. Uma coisa fascista.

"Andei pela cidade. Jantei num restaurante italiano e voltei para o hotel. Vi televisão. Os programas, tanto os das televisões alemãs, oriental e ocidental quanto as transmissões francesas e americanas, eram muito chatos. Fui dormir.

Sonho: Um vento fresco desmancha os ralos cabelos grisalhos do homem. A mulher se esconde do vento, mas não da luz da manhã que rutila nos brilhantes espalhados pelo seu corpo. "O que foi isso?", pergunta o velho, acordando da sua modorra. "Foi um cachorro, senhor", diz o motorista. "Matamos um cachorro?" "Não pude evitar, senhor." A mulher diz: "Feche a janela, ligue o ar-refrigerado." "Isso é que é o ruim de ser velho", pensa o velho, olhando para trás, através das lágrimas, "cheio de dinheiro e choramingando por um cachorro morto."

De manhã, Veronika apareceu no hotel.

"O doutor Plessner quer almoçar com você hoje. No escritório aqui de Berlim. Vou levá-lo lá."

A pele do rosto de Veronika tinha uma suave luz uniforme. Surpreendi-me dizendo:

"Mudei de ideia. Gostaria que você trabalhasse comigo no roteiro."

O rosto dela ficou vermelho. Eu a via de perfil, dirigindo o carro.

"Por que você mudou de ideia?", disse, timidamente, olhando a rua em frente.

Hesitei. "Não sei."

"Não sabe?"

"Sou uma pessoa impulsiva."

"Tenho receio de trabalhar com você."

"Por quê?"

"Você é imprevisível."

"No trabalho não sou."

Ficou algum tempo calada. As pessoas andavam apressadas na rua, envoltas em roupas de lã, apenas os olhos e o nariz de fora.

Veronika deixou-me na porta do edifício.

"Eu não fui convidada."

"Você podia me mostrar alguma coisa da cidade, amanhã", eu disse.

Uma recepcionista levou-me ao escritório de Plessner, que ficava no vigésimo andar.

"Acho que você captou o que é importante na *Cavalaria*", disse, depois que nos sentamos em volta de uma longa mesa de madeira. "Incrível. Um latino dos trópicos entender tão bem a alma russa."

Novamente senti-me inconfortável, como da vez em que Plessner falara dos cineastas brasileiros que admirava.

"Você já conheceu alguma coisa de Berlim?"

"Ainda não. Veronika Hempel vai me mostrar a cidade, um dia destes. Por falar nisso, gostaria de trabalhar com ela no roteiro."

Plessner segurou minhas mãos entre as dele, num aperto forte. "Que bom você ter concordado em trabalhar com ela. Veronika é extremamente competente. Fiquei muito preocupado quando Dietrich me disse que você não gostava dela."

"Agora gosto."

Plessner me olhou, curioso, um pouco perturbado. Devia ser um homem que precisava entender as motivações dos outros.

"Venha aqui", disse, conduzindo-me para a janela do escritório. "Está vendo?"

De lá podia-se ter uma visão ampla da cidade. "Está vendo?", repetiu.

Plessner devia estar se referindo ao muro. Como um alto trilho sinuoso de concreto, uma grande extensão do muro podia ser vista do arranha-céu de Plessner.

"Não existe monumento mais significativo dos nossos tempos", disse. "O velho espírito do imperador Tsin reduzido a uma dimensão mesquinha. No princípio era de arame farpado. O homem moderno continua nas trevas." Fez uma pausa. "Está vendo aquela edificação cinzenta?"

Respondi que sim, mas na verdade não estava vendo nada. Apenas não queria pedir que identificasse melhor qual o prédio a que se referia.

"Ali fica o Checkpoint Charlie, uma das entradas para o outro lado. Mas a maioria das pessoas atravessa pela estação da S-Bahn da Friedrischstrasse."

"Conheço o Checkpoint Charlie do cinema", eu disse.

O almoço foi numa sala íntima, na verdade um salão, onde Plessner costumava almoçar com seus convidados. Duas mulheres altas e bonitas, irrepreensivelmente maquiadas e penteadas, vestidas com elegância, nos serviam. Pareciam ter saído diretamente de um desfile de modas para vir nos servir. Todavia, pela segurança que exibiam via-se que estavam acostumadas àquele trabalho.

"Em Munique, se você perguntar, talvez, alguém lhe diga que sou um produtor interessado apenas em dinheiro. Na verdade, meu único objetivo é criar um bom produto. O dinheiro é acidental. Escolho o tema, leio o roteiro, dou uma ou outra sugestão sobre o casting, sobre alguns técnicos, apenas isso. Deixo o filme nas mãos do produtor executivo, no caso Dietrich, e do diretor. E como sempre escolho estes muito bem", um sorriso sedutor sublinhou a última frase, "os meus filmes costumam ter êxito. Êxito é dinheiro."

Quando as mulheres trouxeram a sobremesa tive uma surpresa. Uma enorme tigela cheia de carambolas foi colocada no centro da mesa. Eu não comia carambolas há anos, era uma das minhas frutas preferidas, com seu instigante gosto acre, mas raramente eram encontradas nos supermercados do Rio ou de São Paulo, apesar de crescerem facilmente em qualquer fundo de quintal.

"Sirva-se, são verdadeiras", disse Plessner. "Sei que é uma fruta comum na sua terra."

"Tão comum que você não a encontra mais", respondi.

"Aqui você encontra", disse Plessner com um sorriso. "No KDW. Não há nada, absolutamente nada, que você não encontre no KDW."

"KDW?"

"É um supermercado. Há duas coisas que você não pode deixar de ver em Berlim: o KDW e a Filarmônica. Peça a Veronika para levá-lo a estes dois lugares."

Plessner pegou uma das carambolas e colocou-a no seu prato de sobremesa.

"Uma fruta estranha, bem tropical."

"Mas acho que foi levada da China para o Brasil, há muitos anos, provavelmente pelos portugueses", eu disse.

"Não deixa de ser estranha por isso."

"É verdade."

Plessner ficou olhando a carambola em seu prato, como se ela fosse um animal de duas cabeças.

"Parece artificial. Feita de massa."

"Elas são assim mesmo."

"Como é que a gente come isso?"

Peguei minha carambola com a mão e dei-lhe uma dentada.

"Assim."

Plessner pegou sua fruta e deu uma pequena mordida. Mastigou. "Fibrosa. Deve ser boa para os intestinos. Para mim é um pouco ácida", ele disse colocando a carambola mordida de volta no prato.

Comi três.

Enquanto uma das mulheres servia os licores, a outra trouxe uma caixa larga de madeira lustrosa com escaninhos onde se viam vários tipos de charutos.

"Você não fuma?", perguntou Plessner ao notar que eu não apanhara um dos charutos.

"Não."

"Fumo apenas dois por dia. Um após o almoço, outro após o jantar", disse Plessner apanhando um charuto na caixa. Por instantes, ficou calado, com o charuto numa das mãos e o cortador na outra. Depois disse em alemão para uma das mulheres que não queria ser interrompido.

As duas mulheres saíram da sala.

"Há uma revelação, extremamente confidencial, que gostaria de lhe fazer", disse Plessner acendendo o charuto.

Deu duas baforadas. Parecia estar escolhendo as palavras.

"Lembra-se da conversa que tivemos sobre Bábel, em Munique?", ele disse.

"Sim."

Outra baforada.

"O segredo importante de Bábel?", continuou ele.

"O livro que ele estava escrevendo e foi destruído?", perguntei.

"Até agora não se sabia que livro seria este — uma autobiografia, um livro de contos, uma peça teatral, um romance", disse Plessner.

"E agora já se sabe?"

"Era um romance", disse Plessner. "Era um romance. O único romance que Bábel jamais escreveu."

Meu coração bateu apressado. Um romance! Como seria esse romance? Teria Bábel conseguido o prodígio extraordinário de escrever um texto longo com a mesma concisão cortante dos seus contos? Se houvesse um escritor no mundo capaz de fazer isso, criar no romance a exatidão, a precisão do conto, este homem seria Bábel. Maupassant, Dostoiévski, Conrad, Lawrence não haviam conseguido. Joyce, Proust talvez tivessem tentado inutilmente e por isso desistiram e foram para o outro extremo, a prolixidade. Pensava apenas em escritores que haviam experimentado os dois gêneros. Flaubert, a rigor, nunca fora um contista.

"E o romance não foi destruído", disse Plessner.

"O quê?!" A revelação deixou-me atônito.

"O romance de Bábel não foi destruído. Não falei sobre isso com ninguém. Esta informação é extremamente confidencial."

"Onde está o livro? Você o viu? Você o tem?"

"Não posso falar mais sobre isso. Agora não. Lembre-se: essa informação é confidencial."

3

Naquele dia voltei para o hotel num estado de grande excitação. Um texto inédito de Bábel! A notícia me deixara abalado.

Veronika me telefonou.

"Você está livre para jantar? Eu queria te mostrar uma coisa muito importante."

Fui levado de carro até um restaurante que ficava na Leibnizstrasse.

"O que você quer me mostrar?"

"Olhe bem em torno de você."

Vi uma profusão de mulheres bonitas. Seria isto que Veronika queria mostrar? Não tinha sentido.

"Olhei", eu disse.

"Você pode ver, pelo ambiente, móveis, tudo, que é um restaurante dos anos vinte."

Olhei novamente.

"O nome deste restaurante é Aschinger. Sabe quem gostava de vir aqui?"

"Não."

"Bábel. Este era o seu restaurante favorito, quando esteve em Berlim. Ficava aqui, tomando lentamente sua sopa de ervilha, para poder ver com vagar as pessoas em torno. Canetti, que vinha com ele, conta tudo isso em sua autobiografia, diz que Bábel não falava muito. Bábel preferia ficar vendo as pessoas. Era aqui o lugar onde ele vinha discutir a Neue Sachlichkeit, a nova objetividade, a nova realidade. Berlim sempre foi a cidade perfeita para se discutir novas teses. Agora é a Neue Empfindsamkeit."

As mulheres do Aschinger diferiam das mulheres do quiosque. Estavam menos interessadas em comer do que em estabelecer com as pessoas em torno um intercâmbio de descobertas e revelações. Bábel certamente gostaria de vê-las.

"Aqui", disse Veronika, "Bábel ensinou Canetti a olhar insaciavelmente para as pessoas, a entender as pessoas, sem julgar ou condenar."

"O que é essa tese que você mencionou?"

"Neue Empfindsamkeit? A nova sensibilidade."

A responsabilidade social e política, disse Veronika, não devia excluir a sensibilidade, a reflexão do indivíduo sobre si mesmo. A subjetividade não significava necessariamente um escapismo individualista. O que se buscava era um novo tipo de engajamento social, mais amplo, que não anulasse o indivíduo, não o submetesse a condicionantes sociais e políticas, à desumanização da sociedade e do Estado modernos.

Foi uma noite muito agradável. Sem sonhos lembráveis.

Veronika passou de carro para me apanhar. Ia me mostrar a cidade.

"Você não quer ver museus?"

"Não."

"Não quer ver nem a Nefertiti?"

"Não. Meu único interesse, em qualquer lugar, são as pessoas. Sou como o Bábel."

"Nefertiti é uma pessoa. Há até um livro que diz que ela quer voltar para casa. *Nefretete will nach Haus.*" Pausa. "E a Lola Montez? Você está discriminando."

"A Lola não estava num museu."

"Aquele palácio é um museu."

"Eu não gosto de museu. Vou lhe dizer uma coisa: os únicos museus onde entro e vejo todas as porcarias que estão lá dentro são o American Museum of the Moving Image em Nova York e o Museum of the Moving Image em Londres."

"Deformação profissional?", ela interrogou.

"Pode ser. O certo é que nos outros museus entro apenas para ver alguma coisa especial e saio logo."

"Comprei entradas para o Konzert de um grupo de rock. Mas só começa às dez horas da noite. Você gosta de rock? Rock é gente, viva."

"Dez horas? O que vamos fazer até as dez horas?"

"Estava pensando em ver museus", disse ela.

"Eu queria comprar um radiocassete. O hotel só tem televisão e quero ouvir música."

"Então vamos às compras", disse ela.

Veronika me ajudou a escolher um radiogravador estereofônico, fácil de carregar.

"Pode comprar. O preço está muito bom", disse ela.

Depois fomos a uma loja de música. Comprei sinfonias de Tchaikovski, as óperas *Boris Godunov*, *Sadko* e *Príncipe Igor*, em cassetes produzidos na União Soviética, que eram mais baratos que os ocidentais.

"Só sei escrever ouvindo música."

"Você não vai se inspirar em nenhum músico polonês? Afinal a *Cavalaria Vermelha* se passa também na Polônia, não?"

"Quem, por exemplo?"

"Chopin."

"Chopin não tem força. É muito piegas."

"E Tchaikovski? Quer alguém mais piegas do que ele?"

"Quem ganha a guerra e a cavalaria de Budeni", eu disse.

"Ah, então é a visão do vencedor."

"Não é nada disso. É a visão de Bábel. De um cossaco judeu."

"E míope", disse Veronika. "Não se esqueça da frase de Afonka: 'Saia da minha frente', ele disse ficando pálido, 'ou eu o mato. Vocês, sujeitos de óculos, têm tanta pena de pessoas como nós quanto um gato tem de um rato.'" Veronika riu. "Bábel era o único míope no regimento de Budeni, talvez o único cavaleiro míope em toda a história cossaca, pelo menos o único assumido, que usava óculos. Os militares não gostam de mostrar sua miopia. Veja Jaruzelski. Usa óculos escuros, como se fosse um playboy. No seu país também é assim. Os generais usam óculos escuros. E provavelmente os capitães também, porém não posso garantir pois os capitães nunca têm seus retratos publicados nos jornais."

"Você acha que o fato de Bábel ser míope tem mais importância do que ele ser judeu?", perguntei.

"Digamos que as duas coisas são importantes. O Cossaco Judeu Míope. Você não acha um bom título para o filme?"

"Pergunte ao Dietrich."

"Ele me mataria, se eu sugerisse isto", disse Veronika.

Voltamos para o carro. O frio havia aumentado.

Veronika propôs que fôssemos ver o último filme do Alexander Kluge.

"O Plessner sugeriu que eu fosse ver o KDW."

"Você quer ir ao KDW?"

"Não. Vamos ver o Kluge."

"Você está entendendo tudo?", sussurrou Veronika, na sala escura. Senti seu hálito perfumado, como o de uma criança, como se ela apenas tivesse dentes de leite na boca: "Posso explicar qualquer dúvida para você".

"Não precisa", eu disse.

Havia uma multidão a porta do cabaré. Veronika precisou mandar chamar alguém para facilitar nossa entrada.

Era um enorme salão, muitas mesas, todas ocupadas, uma pista de dança apinhada e muita fumaça. Sobre um estrado não muito alto um conjunto se exibia, predispondo os assistentes para a chegada da banda principal. Veronika pegou-me pela mão e fomos furando a multidão até chegarmos perto do estrado. O ruído era muito forte. Veronika fez um gesto para eu tirar a capa, enquanto tirava seu casaco. Depois colocou-os numa pilha de roupas ao lado do estrado.

A banda era muito boa. Veronika se colocou a minha frente, balançando levemente o corpo ao ritmo do rock, ampliado com terrível brutalidade sonora pelos alto-falantes a pouca distância de nós.

Evitei que o corpo de Veronika tocasse no meu. Não pude impedir que algumas vezes o fino cabelo louro dela roçasse na minha boca e no meu nariz.

Quando o Konzert terminou, pegamos os casacos e saímos.

"Tinha muita fumaça lá dentro", disse Veronika. "Você gostou?"

"Muito."

"O que você quer fazer agora?"

"Estou com vontade de tomar vinho tinto."

"Não está com fome?"

"Sim."

"Você gosta de carpaccio?"

Ela conhecia um lugar onde faziam um carpaccio muito bom.

Andamos de carro por várias ruas, desertas àquela hora, cerca de duas da madrugada, até que chegamos ao restaurante.

Era um lugar com poucas mesas, algumas delas ocupadas, e um balcão comprido com banquetas. Sentada numa delas, uma mulher bebia vinho tinto. Atrás do balcão um homem moreno, com aspecto latino, fumava um cigarro. Calculei que devia ser o dono. Sentamos a uma mesa, perto de uma enorme janela de vidro que dava para a rua. A mesa era iluminada fracamente pela luz de uma vela.

"Só", disse Veronika.

"Um lugar simpático", eu disse.

O homem moreno saiu de trás do balcão e perguntou o que desejávamos.

"Carpaccio e vino rosso", eu disse.

"Estou morrendo de fome", disse Veronika.

A mulher sentada no balcão saiu do seu lugar e postou-se ao nosso lado, em pé.

"Are you speaking English?"

"Sim", disse Veronika.

"Meu nome é Ellen", continuou, em inglês. A luz da vela fazia seu rosto pálido ficar muito bonito.

Veronika convidou-a a sentar-se com a gente.

"Você acha que um cossaco poderia usar óculos?"

"Isto é uma piada?", perguntou Ellen.

"Mais ou menos. Não tem muita graça", eu disse.

"Não tem mesmo", disse Ellen.

"Você não é alemã", disse Veronika.

"Sou americana."

Estudava na Universidade de Berlim. Estava sozinha em casa quando sentira, no meio da noite, uma vontade irrefreável de ver gente. Entrou no primeiro lugar que viu aberto. Pela sua voz via-se que devia estar a beber há um bom tempo antes que eu e Veronika tivéssemos chegado.

Bebemos e conversamos sobre cinema e literatura. Foram consumidas três garrafas de Chianti.

O dono do restaurante, que várias vezes conversara em italiano comigo, aproximou-se e disse, constrangido, que estava na hora de fechar.

"O que foi que ele disse?", perguntou Veronika.

"Que está na hora de fechar."

"Que pena", disse Veronika. "Por que não vamos todos para minha casa?"

"Não. Vamos para a minha", disse Ellen.

Eu quis pagar a conta, porém Veronika e Ellen fizeram questão que a despesa fosse dividida.

Precisamos subir vários andares para chegar ao apartamento de Ellen. Quando abriu a porta deparamos com um gigantesco cômodo que servia ao mesmo tempo de sala, biblioteca e quarto. Mas a primeira coisa que se via eram as estantes cheias de livros. Devia haver ali milhares de livros. Ao fundo, separada por um imenso biombo, uma cama larga. Parecia o cenário de um filme alemão dos anos 1920.

"Este apartamento é de um amigo meu", disse Ellen.

Ellen e Veronika faziam um interessante contraste. Olhando para Veronika, para a luminosidade rosada de sua pele, após inúmeros copos de vinho, eu pensava, obviamente, nas Vênus de Boticelli. Já Ellen, que mexia num aparelho de som, cabelos e olhos cada vez mais negros, a pele cor de gelo, parecia uma mulher de Delvaux, o Paul, não o cineasta. Raciocínios etílicos.

Peguei a mão de Veronika.

"Vamos dançar?"

"Não danço muito bem."

"Não tem importância. Só quero abraçar você."

Ficamos abraçados muito juntos, os corpos movimentando-se lentamente.

Encostei a boca na orelha de Veronika: "Depois você vem para o meu hotel, comigo?"

Veronika não respondeu, porém apertou o corpo contra o meu.

Dançamos mais um pouco. Quer dizer, movimentamos nossos corpos abraçados.

Nesse instante Ellen me agarrou pelo braço e disse: "Também quero dançar." Parecia ter ficado subitamente embriagada. Me beijou a boca. Veronika afastou-se. Vi que apanhava um livro na estante e sentava-se a ler, calmamente.

"Fica aqui comigo", disse Ellen, enquanto dançávamos. "Quero que você durma comigo."

Fiquei pensando um pouco, sem saber o que fazer. Larguei Ellen e fui até perto de Veronika, no outro canto da sala, lendo.

"Que livro é esse?"

"*Frauen vor Flusslandschaft.*"

"Você se incomodaria se eu ficasse aqui, com ela?"

"Não", disse Veronika, calmamente.

Ellen aproximou-se com uma garrafa de vinho na mão e um copo. "One for the road", disse Ellen, alegremente, colocando vinho no copo e estendendo-o para Veronika.

Veronika tomou um gole de vinho. "Obrigada", disse devolvendo o copo. Em seguida, apanhou seu casaco e vestiu-o tranquilamente.

Levamos Veronika até a porta. Despedimo-nos dela beijando-a efusivamente no rosto. Veronika abriu a bolsa, pegou um pedaço de papel e escreveu. "Meu telefone." E saiu, fechando a porta.

Ellen me pegou pela mão e me conduziu, através do cômodo, até o canto do salão onde estava a grande cama.

"Me ajuda a tirar a roupa."

Tirei os sapatos de Ellen, suas grossas meias de lã, as calças compridas. Depois, o suéter e a blusa. Ellen não usava sutiã. Caiu de costas sobre a cama. A calcinha de algodão, frouxa, deixava aparecer os escuros pelos do seu púbis.

"Eu gosto de você", disse Ellen, com esforço, pronunciando mal as palavras.

"Como é o meu nome?", perguntei, enquanto me despia.

"Fuck you!", disse Ellen, sem agressividade.

"Você esqueceu o meu nome?"

"Fuck me!", disse Ellen.

Tirei a calcinha dela. Então percebi que Ellen dormia.

"Ellen!"

Não consegui acordá-la. Fiquei em pé, ao lado da cama. "Ellen", repeti, desconsolado, em voz baixa. Cobri-a com o lençol. Vesti minhas roupas.

Apanhei na estante um livro sobre Otto Dix e fiquei olhando as ilustrações. Liguei o rádio. "Berlin, the city that never sleeps", disse o locutor da estação do Exército americano. Desliguei e voltei à cama. Preocupado, coloquei o ouvido sobre o peito de Ellen e ouvi seu coração bater, um pouco acelerado. O corpo dela era cálido e perfumado. Que idade teria? Dezoito? Lamentei não ser um necrófilo ou coisa parecida.

Que fazia eu ali, com uma jovem mulher nua embriagada, dormindo? Para ir embora, todavia, era preciso resolver um problema. Eu viera de uma cidade violenta, onde as portas deviam sempre ser bem fechadas. Como fechar a porta por fora e deixar Ellen dormindo em segurança? Não podia levar a chave comigo. Notei então uma pequena abertura na porta, para permitir a passagem de cartas. O molho de chaves não passava pela abertura. Seria preciso descobrir primeiro qual era a chave que fechava a porta e depois retirá-la do molho. Descobrir a chave não foi difícil. O problema era que as chaves estavam presas numa argola com um fecho defeituoso. "Uma casa que tem todos os livros do Auden deve ter um alicate", pensei, sem muita lógica. Afinal, depois de muito procurar encontrei uma caixa de ferramentas. Arrebentei com um alicate a argola, retirei a chave que fechava a porta.

Deixei as outras chaves sobre a mesa, com um bilhete explicando o que fizera. Saí, tranquei a porta por fora e introduzi a chave pela fenda de cartas. Pronto, a moça agora dormia em segurança.

Não vi nenhum táxi e não sabia em que direção seguir à procura de um ônibus. Comecei a andar rapidamente, abrindo e fechando os braços estendidos à frente do corpo. Dobrei umas duas esquinas até que encontrei um muro grande, não muito alto, escuro, cujo fim não via, quer olhasse para a esquerda ou para a direita. Era o *muro*. O muro moderno do imperador Tsin, que vira da janela do escritório de Plessner. Dei-lhe as costas e caminhei no sentido oposto. Sentia as orelhas duras de frio. Do nariz e dos olhos começaram a escorrer um líquido, que eu limpava com a manga da capa. Olhei as horas. Seis horas, porém as ruas estavam envoltas em uma escuridão cerrada, não havia um laivo de luz antecipando o dia. Eram raros os carros que passavam. Lembrei-me, então, que deixara o radiogravador e os cassetes no carro de Veronika. Sentia uma dor no peito, quando respirava o ar gelado. Fiz uma concha com a mão e passei a respirar o próprio ar quente que exalava pela boca.

Andei muito tempo sem achar um táxi. Seria melhor ficar parado na rua pois, provavelmente, no meu caminhar poderia estar perdendo os táxis, em vez de encontrá-los. Esta tese se comprovou em poucos minutos. Um táxi logo me recolheu, deixando-me na porta do hotel.

Não me deitei, pois sabia que não conseguiria dormir. Enchi a banheira de água quente, enfiei-me nela e fiquei pensando. Pensei em muita coisa, na caixinha de pedras escondida atrás do *Mahabharata*, em Gurian, em Liliana, em Bábel, em Veronika. Sim, pensei em Ruth.

Por volta de onze horas da manhã saí da banheira, enxuguei-me, peguei o telefone e disquei.

"O que quer dizer *Frauen vor Flusslandschaft*?", perguntei, quando ela atendeu.

"Você quer mesmo saber?"

"Não. Queria que você viesse ao meu hotel."

Pausa. "Mulheres ante uma paisagem fluvial. Agora?"

"Se não causar problemas."

"Vai demorar um pouco. Vou tomar banho, me vestir."

"Toma banho aqui."

"Uma hora, está bem?"

Demorou menos tempo. Veronika vestia calças compridas de couro castanho, uma blusa de seda, suéter de lã e um casaco comprido, azul, também de lã.

Ficamos calados, em pé, no meio do quarto. Ela sorriu daquela maneira oculta. Era engraçado, um rosto com aquela claridade mostrar um sorriso tão secreto.

Ajudei-a a tirar o casaco.

"Que edredom bonito", ela disse. "Adoro edredons." Não mencionou Ellen, o encontro da noite anterior.

Com naturalidade, começou a tirar a roupa. Gostei da maneira firme e equilibrada como tirou a calcinha, primeiro ficando em cima de um pé, depois do outro, com a elegância de uma miniatura art nouveau. Também admirei a cor uniforme da sua pele, a fluorescência rosa, que antes já me impressionara tanto. Seus olhos pareciam ter ficado mais densos.

"Você demorou a ligar", ela disse.

Abracei o corpo nu de Veronika. Uma sensação de pureza me invadiu. Uma sensação de beatitude. Ela estendeu a mão e segurou meu pau.

Deitei-a na cama. A luz do seu corpo era a do nascer do sol. Tenho que saciá-la, pensei, fazê-la gozar repetidas vezes, usar minha capacidade de ficar com o pênis ereto um tempo infindável sem gozar, meu prazer é secundário. A velha dúvida me assaltou — generosidade ou exibicionismo? — apenas por alguns instantes.

Veronika deitou a cabeça sobre meu peito.

"Obrigada", ela disse.

"Fale-me de Bábel."

"Eu lhe falo de Bábel e você me fala de você", disse me beijando, agora com um carinho fraternal.

"Queria saber mais sobre a maneira obsessiva com que ele revia o texto."

"Paustovski conta que Bábel reviu no mínimo vinte vezes 'Liubka, o Cossaco', que tem apenas oito páginas."

"Esta história não está na *Cavalaria*."

"É um dos contos de Odessa. Há um conto na Cavalaria, também muito curto, como todos os contos de Bábel, que ele reviu mais de trinta vezes antes de publicar, e que, depois de ser publicado, reviu de novo, para as futuras edições. É a história do pintor sacrílego Apolek que usa como modelos para suas pinturas religiosas os marginais da cidade onde vive. Lembra da história?"

Veronika me beijou. A tensão ficara diferente, havia uma confiança recíproca maior. Não, pensando bem, não era uma confiança maior. Apenas estávamos nos acostumando um com o outro, na cama e fora dela.

"Faz amor comigo novamente", ela disse.

Repetiu-se a mesma cena anterior: Veronika buscando fruir ao máximo a relação sexual e eu desempenhando o papel de sedutor exibicionista ou de saciador generoso. Claro que nessas ocasiões chegava um momento (que eu decidia quando e como) em que eu tinha um orgasmo, quase sempre depois da minha parceira estar esgotada. Mas este orgasmo era menos para me dar prazer do que para deixar uma marca viscosa que demonstrasse, para a minha parceira, que eu também me envolvera profundamente na relação. As pessoas acreditam nos sinais exteriores do gozo.

"Eu já falei do Bábel. Agora fale de você", disse Veronika.

"Não gosto de falar de mim."

"Você já falou. Da sua doença, da sua maneira de sonhar."

"Essa coisa que tenho não é exatamente uma doença."

"Você deve ter uma vida interessante", disse Veronika. "Vê-se pelo seu rosto."

"Não, não tenho."

"Mas sua maneira de sonhar é interessante. Nem sobre isso você quer falar? Se me falar sobre seus sonhos, eu lhe falo dos meus. Também tenho algo muito curioso para lhe contar."

"Vou resumir: meu sonho é como se estivesse lendo um livro mal-escrito."

"Como assim?"

"A maioria das pessoas sonha como se estivesse vendo um filme malmontado."

"Os pesadelos são sempre bem-montados. Cheios de suspense."

"Você tem pesadelos?"

"Primeiro vamos falar dos seus sonhos. Depois falamos dos meus."

"Houve uma época em que a minha relação com a... as pessoas estava tão complicada que resolvi procurar um analista."

Veronika esperou algum tempo. "E depois?"

"Uma mulher, freudiana. Queria que lhe falasse da minha vida e eu só lhe falava dos meus sonhos."

"Quem mandou você arranjar uma analista mulher", brincou Veronika.

"Parece que Freud acreditava, e ela também, que os sonhos estão ligados, em seu conteúdo manifesto, a experiências recentes e em seu conteúdo latente a experiências mais antigas. A analista precisava de outros dados a meu respeito, além dos sonhos. A tradução do sonho, para minha analista, dependia, em parte, dos produtos desta associação entre o sonho e a minha experiência, a minha realidade, que ela não conseguia obter, e em parte das circunstâncias em que eu lhe relatava o sonho, isto é, das minhas reações. Contudo eu descrevia o sonho de maneira fria e lacônica, sem fazer comentários, não lhe permitindo as outras revelações que ela queria, impedindo que as coisas ocultas fossem inferidas, viessem à tona. Uma pessoa que sonha muito é um paciente teoricamente fácil de lidar. Eu porém não preenchia estas expectativas. Ela fazia perguntas e eu não respondia."

"Que coisa complicada."

"Durou pouco, evidentemente. Ela precisava de tempo. Larguei a análise, achando que a analista precisava mais de mim do que eu dela. Mas eu estava errado. E os seus sonhos?"

"Não sonho nunca. Essa é que é a coisa engraçada a meu respeito. Quer dizer, nunca me lembro dos meus sonhos. Minha analista (também era uma mulher) disse que isso resultava da minha falta de imaginação aliada a uma atitude inconsciente de negação ou desafio. Também parei." Fez uma pausa. Acendeu um cigarro. "As estatísticas dizem que os homens estão deixando de fumar e as mulheres estão fumando cada vez mais. Eu sei, eu sei, há uma explicação sociológica para isto, há uma explicação sociológica para tudo, mas não quero ouvi-la." Fez outra pausa. "Às vezes penso que não tenho mesmo nenhuma capacidade de criar imagens, que não possuo nenhum poder criativo, que a minha analista estava certa, e que desenvolvi minha memória de uma maneira anormal para compensar a falta de inventividade. Conheço um sujeito que sabe par coeur, inteira, a enciclopédia *Der neue Herder von A bis Z*. Eu o vi um dia fazendo uma demonstração estarrecedora. Mas ele é quase um idiota. Não, pensando bem é um consumado idiota. Isso às vezes me assusta."

Mas Veronika não estava assustada. As pessoas que me cercavam eram, sem exceção, atores desempenhando um papel misterioso. Todos guardavam um segredo, escondiam algo do mundo — de mim.

4

O telefone tocou. Era Liliana.

"Onde diabo você se meteu?"

"Estou aqui em Paris."

"Liguei para o Le Bréa e disseram que você não estava lá. Você não recebeu meu recado?"

"É uma história complicada. Não posso te contar pelo telefone."

"Afinal, onde você está?"

"Em Paris."

"Sei que você está em Paris, porra! Em que lugar?"

"Não posso contar agora."

"Como faço para te encontrar?"

"No Le Bréa. Mas não pelo telefone. Qualquer coisa me telegrafa. Ou melhor, telegrafa para messiê Castelô Brancô."

"Para de brincadeiras."

"Não estou brincando. Telegrafa para Monsieur Castelo Branco, aqui no Le Bréa. Ele sabe como me encontrar. Telegrafa, viu? Não telefona. Estou morrendo de saudades." Desligou.

Era grande a minha ânsia para falar com Plessner, saber mais coisas sobre o romance desaparecido de Bábel. Eu ia ligar para Plessner, mas ele se antecipou a mim.

"Tenho mais coisas a lhe contar sobre o Bábel", ele disse.

Recebeu-me no seu amplo escritório. Disse à secretária que não queria ser incomodado. Depois foi até a janela, provavelmente para espiar o muro. Sentei-me.

"Os asseclas de Stalin que foram prender Bábel", disse Plessner, ainda da janela, "certamente receberam ordem de destruir todos os papéis que encontrassem."

"Por que você culpa Stalin?", perguntei. "Sabemos que Budeni odiava Bábel, acusava-o de ter difamado os cossacos com a *Cavalaria Vermelha*, culpava-o de corrupção cultural, ignorância política. Na verdade tudo não passava de pundonor militar ferido, Budeni queria a glorificação do cossaco, Bábel oferecia o perdão. Por outro lado, consta que Stalin considerava Bábel um bom escritor."

"Stalin opinava sobre tudo, fosse o que fosse, e assim era, também, o mais importante crítico de arte e literatura da União Soviética. Budeni não teria força para mandar prender Bábel. Mas concordo que poderia ter influenciado Stalin, poderia tê-lo feito mudar de opinião, se é que de fato, como Veronika alega ter lido alhures, Stalin gostava de Bábel. Foi Veronika quem lhe disse isto, não?"

"Não."

Olhou-me. Sabia que eu mentia.

"Na verdade", continuou, "Stalin, o revolucionário no poder, via os escritores e os artistas em geral com grande suspeita, como pessoas desleais, indecisas, idiotas e inúteis. As revoluções, para se consolidarem e se perpetuarem — todo poder quer se perpetuar, esta é uma verdade-clichê — exigem coerência, coisas que os artistas não têm para dar. Portanto, não creio que Stalin precisasse ser muito estimulado para prender e matar um reles escritor e destruir sua obra perniciosa."

Plessner olhou-me avaliativamente. Escondia alguma coisa, que eu não podia imaginar o que fosse.

"Mas por um milagre, o sequaz encarregado desse crime não teve coragem de destruir o manuscrito, talvez porque o tivesse lido antes. Ninguém lê Bábel sem amá-lo. O certo é que o manuscrito foi acabar na Biblioteca Lenin, de Moscou, no departamento de documentos confidenciais. Uma parte substancial da Biblioteca Lenin é vedada ao público. São milhares, talvez milhões, de documentos que, por um motivo ou outro, não foram destruídos apesar das ordens em contrário. Uma coisa parecida com o que aconteceu aqui na Alemanha, onde foram preservados os arquivos referentes à matança dos judeus. Matamos os judeus, e ao mesmo tempo os mantivemos vivos preservando a documentação referente a esta ação infame. O homem necessita purgar os horrores que comete e uma das maneiras de fazer isto é não esquecê-los. Mesmo sendo os russos tradicionalmente mais secretos que os alemães, a memória dos horrores eslavos também foi preservada."

"Parece que muitas pessoas", continuou Plessner, "suspeitavam da existência do manuscrito. Dizem que Ehrenhurg, que conhecia o segredo, trabalhava discretamente para resgatar o livro. Mas Ehrenburg teria cometido um engano ao discursar de maneira tão veemente na homenagem prestada a Bábel no Sindicato dos Escritores Soviéticos, em 11 de novembro de 1964. Note bem a data, vinte e tanto anos antes da glasnost."

Mal conseguia controlar minha impaciência. Queria saber logo o que ocorrera com o romance, não me interessavam os detalhes descritos por Plessner; além do mais, parte do episódio do Sindicato dos Escritores já me fora contada por Veronika ou por Gurian.

"O discurso de Ehrenburg tem momentos patéticos. Ele estava emocionado, ainda mais pela presença da filha de Bábel, Lidia. 'Estou disposto a suplicar como um cão às organizações responsáveis para que reeditem Bábel', disse Ehrenburg. A explicação oficial era de que não existia papel disponível para isto. 'Não há papel para publicar um pequeno livro? O papel tem que ser achado!', bradou Ehrenburg. O pequeno livro era a *Cavalaria Vermelha* e mais alguns contos, entre eles as histórias de Odessa. Em determinado momento, Ehrenburg disse: 'Quem não ama Bábel é nosso inimigo.' Isto deve ter sido encarado pelas 'organizações responsáveis' como uma intolerável provocação. Assim, o trabalho delicado de reabilitação de Bábel e de recuperação do manuscrito inédito, ainda perdido no meio da imensidão de documentos proibidos da Biblioteca Lenin, foi prejudicado. Ehrenburg pretendia fazer uma edição completa da obra de Bábel, incluindo o manuscrito apreendido. Mas a edição publicada em 1966, com prefácio de Ehrenburg, além de não ser completa, não continha o romance, que sequer fora achado. Possivelmente o livro foi escondido com mais zelo ainda. A burocracia conservadora entrincheirava-se também no Sindicato dos Escritores. A censura é um resistente produto cultural. Os esforços de Ehrenburg de nada adiantaram. Ele morreu pouco depois, em 1967, talvez pensando que o romance de Bábel não passasse de um mito, suspeitando, logicamente, que se esse texto realmente tivesse existido, os rumores e boatos que circularam no início dos anos sessenta teriam levado algum funcionário diligente, de qualquer das organizações culturais, a destruí-lo definitivamente."

"Será que você podia suprimir um pouco da intriga burocrática?"

"A intriga burocrática faz parte da nossa vida, não importa em que parte do mundo você esteja."

"Eu sinto que você tem uma revelação importante para me fazer. Faça-a logo."

"Tenha paciência. Nós, alemães, temos uma mente ordenada. E isto, que você muito curiosamente chama de revelação importante, é na verdade algo tão instigante que merece ficar para o fim."

Calei-me, esperando.

"Em 1985 o manuscrito foi roubado do departamento de documentos confidenciais da Biblioteca Lenin. Uma mulher que trabalhava na biblioteca pegou o romance e entregou-o ao amante, um diplomata soviético, atualmente servindo na embaixada de Berlim Oriental. Vamos chamá-lo de Ivan. No passado Ivan foi protegido de Iuri Churbanov, o genro corrupto de Brejnev e creio que andaram fazendo alguns negócios juntos, provavelmente contrabando de moeda. Com a queda de Brejnev, a situação de Ivan se complicou. Você permite que lhe fale um pouco sobre intrigas burocráticas? Ajudam a entender a alma russa, a entender Bábel. Hein?"

"Desculpe minha sofreguidão."

"A derrubada de Brejnev foi tão completa que removeram seu nome de praças e ruas em Moscou, Leningrado e outras cidades, além de navios, fábricas, escolas. A maneira russa de obliterar o passado. Brejnev foi acusado de ser o responsável pela estagnação econômica e social e pela corrupção desenfreada nos dezoito anos em que foi o supremo dirigente soviético. Logo que Brejnev caiu em desgraça, o nosso Ivan, que é um homem muito inteligente, conseguiu a proteção de Andropov, que saiu da KGB para comandar o país. Com a morte de Andropov, Ivan procurou se amparar em Ligachev, que subira na hierarquia com apoio de Andropov e passara a ser o novo Suslov, o ideólogo do partido. Não demorou muito para Gorbachev e Ligachev entrarem em choque. Em março do ano passado estive com Ivan em Moscou e ele me parecia perdido. Ligachev, um stalinista honesto, fazia restrições a Ivan, conquanto este fosse tão conservador ou antiliberal quanto o velho ideólogo. Moscou, nessa época — falo dos lugares frequentados por jornalistas estrangeiros e diplomatas —, fervilhava de boatos. Gorbachev convocara uma reunião extraordinária do Politburo para pedir um voto de confiança a sua política interna. Em todo lugar falava-se do apoio que os onze membros do Politburo haviam dado ao secretário-geral, aprovando uma advertência a Ligachev. Dizia-se que este, na reunião, defendera as posições de Stalin e criticara duramente a política liberal de Gorbachev, chamando-a de 'mixórdia ideológica', alegando que estimulava a permissividade e denegria a história soviética. Gorbachev afastou informalmente Ligachev de suas funções de ideólogo, colocando Iakovlev em seu lugar e ao mesmo tempo iniciou um processo de reabilitação das vítimas políticas famosas de Stalin. O todo-poderoso chefe da KGB, Viktor Chebrikov, que acabou sendo substituído por Kriuchkov, entrou no debate, criticando, ambiguamente, a excessiva atenção dada aos fatos negativos. Começou então uma guerra de cartas de encomenda nos jornais, o que é uma tradição soviética, defendendo e atacando a glasnost. Você se lembra disso, não?"

"Não sou um especialista em política soviética, como você."

"Não estou mesmo aborrecendo-o com esta história?"

"Não, continue, por favor."

"Na Décima Nona Conferência Extraordinária do Partido Comunista, convocada por Gorbachev para fortalecer sua política de reestruturação, o então apenas secretário-geral falou em liberdade religiosa, liberdade política, falou da estagnação econômica e da necessidade de iniciativas dramáticas para que a sociedade soviética respondesse satisfatoriamente às reformas da perestroika. Mas ele, na verdade, foi muito hábil e cauteloso. Outros participantes da Conferência se encarregaram de provocar a velha guarda stalinista representada par Gromiko e Afanasiev. No mesmo momento em que falava em liberdades políticas, Gorbachev permitia, numa concessão aos velhos comunistas, que a KGB prendesse os membros de uma tal União Democrática, que se proclamava partido de oposição. Ele sabia que tinha que agir de maneira prudente, aquela coisa leninista de dois passos a frente e um atrás.

"Em outubro, o secretário-geral do PC soviético foi eleito presidente do Presidium do Soviete Supremo, acumulando assim os dois cargos mais importantes e poderosos na estrutura do Estado soviético. Fortalecido, Gorbachev forçou a renúncia de Gromiko do cargo de presidente da República, tirou os poderes de Ligachev e de Chebrikov e ganhou a primeira batalha.

"Ivan, o nosso diplomata, nessa luta interna, simpatizava com os conservadores, que até agora estão perdendo a guerra. Todavia conseguiu, milagrosamente, não ser envolvido no julgamento de Churbanov. Escapou de um posto menor na África e foi enviado para Berlim. Mesmo que seu envolvimento com Churbanov não tenha sido comprovado, a qualquer momento isto pode ser reaberto. Além do mais, ele é um alcoólatra irrecuperável. Sabe que perdeu todas as oportunidades."

Como Plessner se calasse, eu disse: "E então?"

Plessner continuou calado.

Esperei-o dizer o que queria dizer.

Não sei quanto tempo ficamos calados.

"O romance inédito de Bábel está com Ivan, em Berlim Oriental. Ele quer vendê-lo. Basta alguém ir lá com o dinheiro", disse Plessner, afinal.

Meu coração disparou.

"Esta é realmente uma notícia excitante", eu disse.

"Espere um pouco mais, pois não é isso que estou guardando para o fim."

Que revelação Plessner poderia ainda fazer que me deixasse mais excitado do que saber que o livro inédito de Bábel se achava ali perto, atrás do muro, quase a salvo, prestes a se materializar ressurrecto?

"Perguntei a Ivan", continuou Plessner, "por que não vinha aqui, apanhava o dinheiro e pedia asilo, como um bom defector. O governo da Bundesrepublik lhe daria asilo remunerado. Com lágrimas nos olhos — é verdade que estava bêbado — Ivan me explicou por que não pode se tornar um dissidente. Ele separou-se da mulher, com quem tinha filhos, para viver com a amante, a bibliotecária que roubou o manuscrito da Biblioteca Lenin. Tentou várias vezes e não conseguiu licença para ela viajar, vir se encontrar com ele em Berlim. Ivan quer ficar ao lado da mulher amada, seja onde for. Não é comovente? Ivan acredita que a reiterada negativa do visto só pode estar acontecendo, nesta época de liberalização, porque ele está sendo vigiado pela KGB e pela SSD. Pode ser paranoia, mas os diplomatas costumam mesmo ser vigiados rotineiramente pelas polícias políticas. Mas não creio que Ivan esteja sofrendo riscos reais devido ao roubo do manuscrito. Há dezenas de anos não se especula mais sobre isso, o assunto morreu. E existem tantos documentos secretos na Biblioteca Lenin que provavelmente é correta a afirmativa de Ivan de que o furto não foi descoberto até agora. Ivan quer cem mil dólares pelo manuscrito, uma quantia ridícula. Eu daria um milhão de dólares."

"Por que Ivan pede tão pouco?"

"Bábel é hoje praticamente desconhecido. Se você perguntar a duzentas pessoas aqui em Berlim se elas conhecem Bábel, a grande maioria responderá que não e as que responderem sim pensarão que se trata da torre construída depois do Dilúvio. Um editor ocidental comum não daria nem dez mil dólares de advance para ter o livro. Mas não sou um editor comum."

Até então eu desconhecia que Plessner era editor. Sabia que dirigia um conglomerado de empresas, mas não que uma editora — uma das maiores da Alemanha — se incluía entre elas.

"Dizem que construí um império", disse Plessner, "mas o problema não é construir um império, é mantê-lo. E para isso você tem que tomar muito cuidado. Você precisa se associar com outros grupos, mas não pode ficar vulnerável. O Burda, os Springer, Leo Kirch, Bauer, todos já lançaram olhares gulosos sobre mim, inutilmente. Sou inexpugnável. Eles acabaram se entredevorando, tiveram que se contentar com brigar entre eles mesmos."

"E o livro do Bábel?"

"Assim que o manuscrito de Bábel estiver em meu poder, iniciaremos um grande movimento publicitário que fará o nome de Bábel ser conhecido e debatido no mundo inteiro. Juntamente com a minha editora, outras associadas a nós, na França, na Itália, no Japão, na Espanha, na Inglaterra, nos Estados Unidos, na China, anunciarão que estão editando o manuscrito que escapou da destruição e os demais livros de Bábel."

Levantou-se e caminhou até a janela. Segui-o.

"Nesta época do ano escurece tão cedo aqui em Berlim...", ele murmurou. Depois, ainda em voz baixa, acrescentou, e tive certeza de que falava a verdade: "Não estou fazendo isso tendo em vista nenhum lucro. Faço por amor. Bábel é a minha paixão. Quero que o mundo tome conhecimento dele."

Ficamos calados olhando a penumbra envolver a cidade. Não se ouvia um ruído. As revelações de Plessner pareciam ter acabado.

"E o filme? Precisamos falar sobre ele", eu disse.

"O filme pode ficar para outra ocasião. Há ainda uma coisa muito importante que preciso lhe dizer."

Aguardei.

Plessner continuou olhando pela janela. Quando era criança minha mãe lia histórias de príncipe para mim. Os príncipes da minha infância tinham a cara do Plessner.

Ainda não eram quatro horas da tarde e a cidade já se cobria de escuridão.

"Diga o que você precisa dizer."

Aguardei.

"É um pedido", disse Plessner, afinal. "Eu lhe peço que leve o dinheiro para Ivan em Berlim Oriental e traga o manuscrito para nós."

Fiquei um minuto calado, meu coração batendo forte.

"Como foi que Ivan ofereceu o manuscrito a você?"

"Esta é uma boa pergunta... Eu sou editor de Bábel, aqui na Alemanha. E também de muitos escritores de língua russa, antigos, novos, a favor ou contra o sistema... Ivan sabia disso... Eu tive a sorte de me encontrar com ele num coquetel do corpo diplomático, na viagem que fiz a Moscou em março do ano passado. Conversando com ele, levantei, por acaso, a questão do mistério do manuscrito de Bábel e disse que daria um bom dinheiro por ele, caso existisse realmente. Eu não sabia que sua amante trabalhava na seção de documentos confidenciais da Biblioteca Lenin."

Mais um minuto, pensando. Plessner tamborilava na mesa, nervoso.

“Está bem. Eu vou lá apanhar o manuscrito. Como encontrarei o Ivan? Como o identificarei?”

“Ele identificará você. Ivan já está com sua foto, aquela que o Dietrich tirou no aeroporto quando da sua chegada. Chegando a Berlim Oriental você vai direto para o Pergamon Museum. Deverá entrar no museu precisamente às treze horas. No Pergamon você deve se incorporar ao grupo de visitantes que estiver sendo conduzido por um guia. Ivan decidirá o momento em que deve contatar você. Se depois da excursão com o guia nada acontecer, você deve ir para a Alexanderplatz e ficar algum tempo em frente à entrada que dá para o elevador da torre de televisão. Se em quinze minutos novamente nenhum contato for feito, você vai procurar um escritório de informações de turismo da Alemanha Oriental existente na praça, entrar no escritório e ficar em frente a um mapa de Berlim existente nesse local, como se estivesse procurando se orientar.”

“Parece roteiro de filme de televisão querendo criar um suspense peripatético.”

“Ivan fez este roteiro. O homem está meio paranoico, já lhe disse.”

“Como saberei que Ivan está me dando a mercadoria certa e não uma falsificação, como fizeram com os papéis de Hitler? Não sei russo.”

“Ivan não pode me trair. Necessita do meu silêncio conivente, se tentar me enganar está perdido, posso fazer chegar ao conhecimento dos seus inimigos o grave crime que cometeu. Ivan não tem outra saída, a não ser cumprir sua parte do acordo. Uma coisa importante: ninguém poderá saber que você está indo nessa missão, nem Dietrich, nem Veronika, ninguém.”

Plessner fora surpreendido pela presteza da minha resposta. Mesmo sabendo o quanto o romance inédito de Bábel significava para mim, Plessner esperara uma certa vacilação da minha parte e preparara-se para me persuadir, me oferecer algum prêmio. Reconhecimento Universal de Alto Mérito pelo Grande Resgate Artístico e Humanitário de um Texto Literário Imortal? Dinheiro? Uma Carreira de Filmes de Grandes Orçamentos na Europa? Especiarias do KDW? Eu suspeitava que Plessner não queria fazer nenhum filme comigo, nunca quisera. Desde o princípio buscara apenas alguém para contrabandear os dólares para o outro lado e trazer o manuscrito.

Plessner devia ser muito idiota para supor que eu me arriscaria a ser preso sem ter um motivo muito forte. Ele teria tido um choque se soubesse o que se passara pela minha cabeça enquanto me relatava o insidioso e interminável enredo eslavo de maquinações políticas que antecedera sua proposição. Eu, que já era um ladrão de pedras preciosas, dispunha-me a cometer mais um roubo em proveito próprio. Plessner nunca poria as mãos naquele manuscrito.

5

Voltei para o hotel. Sentia-me como se estivesse no meio de um dos meus sonhos.

Chegando ao quarto deitei-me imediatamente. Comecei a suar. Aos poucos minha roupa foi ficando encharcada. O quarto começou a ficar muito quente. Levantei-me procurando na parede algum botão que pudesse desligar o aquecimento. Como não achei, abri a janela e sorvi o ar gelado. Subitamente tive consciência dos terríveis acontecimentos dos últimos dias: em menos de duas semanas, além daquela coisa horrível que acontecera e sobre a qual eu não queria falar, eu me tornara um ladrão, uma quadrilha de contrabandistas de pedras preciosas queria me assassinar e Bábel tornara-se uma obsessão compulsiva. Bábel! Bábel! O que acontecera com a minha vida? Meus tormentos não haviam terminado. Comecei a tremer de frio, de angústia, e voltei para a cama. A taquicardia parara, mas eu me sentia imensamente cansado.

Sonho com Abel Gance. Como sempre nada vejo — tudo nunca passa de uma ideia onírica — mas sei que estamos no set de filmagens de *Napoléon*. Pergunto-lhe como foi que inventou a steadycam. Gance responde (escondendo o rosto de mim) que a imobilidade da câmera o entediava. "Meus operadores faziam tudo que eu queria, mas não gostavam de segurar a câmera com as mãos. Veja como é pesada. Honegger, baixa um pouco essa música para eu poder falar com o moço." Eu seguro a câmera e, enquanto rodo o filme, ele grita: "Mais largo, mais rápido! Em cima do Antonin! Viu como é pesada? Por isso inventei esta espécie de cuirasse. Você pode caminhar com ela!" Gance fala enquanto amarra a couraça no peito, apoia a câmera nela, dirige: "Rápido, rápido; Honneger, música!"

Dietrich e Veronika apareceram no hotel quando eu estava no meio das minhas elucubrações soturnas.

"Então? Muito animado? Plessner me disse que teve uma boa conversa com você."

Não consegui entender o significado verdadeiro do que Dietrich me dizia. Que coisa Plessner teria dito para ele? Minhas mãos tremiam. Enfiei-as nos bolsos.

Veronika estava linda. Mas não senti desejo por ela. Além de planos criminosos abomináveis, só havia pulcritude na minha mente.

Sentia uma espécie de febre. Minhas mãos não paravam de tremer. Continuei com elas nos bolsos.

"Você está bem?", ela perguntou.

"Estou", respondi em português. Só então percebi que ela me fizera a pergunta também em português.

Ocorreu então, entre nós, este curto dialogo, em português:

"Você sabe português?"

"Estou estudando", ela respondeu.

"Você é um gênio."

"Apenas dedicada."

"What's going on?", perguntou Dietrich.

"Estamos falando em português", eu disse, em inglês.

"Veronika sabe português? Você sabe português?"

"Um pouco. Estou aprendendo."

"Daqui a pouco ela vai saber mais do que você", disse Dietrich. "Eu conheço essa garota."

"Quero falar com você a sós", eu disse para Veronika, em português.

"Vamos parar com isso", disse Dietrich, bem-humorado.

Veronika foi até a mesa. Passou os dedos no teclado do microcomputador.

"Vamos trabalhar?", perguntou Veronika.

"Vamos."

"Vocês precisam de mim para alguma coisa?"

"Não", disse Veronika.

Logo que Dietrich saiu, Veronika me perguntou se eu estava "com aquela pseudocoisa". Respondi negativamente.

"Acho que estou com febre."

Colocou a mão na minha testa.

"Você não tem febre. Por que não tira as mãos dos bolsos?"

"Por que tenho de tirar as mãos dos bolsos?"

"Não precisa. Apenas curiosidade."

Ficamos calados.

"O que você queria falar a sós comigo?"

"Posso confiar em você?", perguntei.

"Não."

"Como assim?"

"Se você me disser que está escondendo as mãos porque elas estão sujas do sangue de um inocente, não conte comigo."

Estávamos brincando?

"Ninguém é inocente", respondi.

Brincadeira?

"Posso confiar em você?", repeti.

"E eu? Posso confiar em você?"

Tirei as mãos dos bolsos. Tremiam menos.

"Você tem mãos de carpinteiro", ela disse.

"Existe aqui na Alemanha outra pessoa em quem eu possa confiar além de você?"

"Você não conhece ninguém na Alemanha."

"É uma coisa muito séria o que quero contar."

"Já me mostrou as mãos. Não se apresse."

Onde estava a mulher ingênua que me falara de Deus e da complexidade dos seres?

Enquanto tirávamos a roupa eu pensava que um poeta chamaria a cor do seu corpo de nacarada. Lorca. Eu a levava para a cama, como se a cópula fosse capaz de me fornecer elementos que comprovassem, ou não, a confiabilidade de Veronika. Os gemidos, o forte rubor do rosto, os gestos de entrega, as palavras — teria aquilo algum significado, provaria alguma coisa?

Ficamos, depois, deitados na cama nus, lado a lado. Veronika tinha os olhos fechados, mas não dormia, eu sentia pela sua respiração que ela estava concentrada como um atleta antes do salto. Por quê?

Resolvi contar-lhe minha conversa com Plessner, a proposta que ele me fizera — tudo.

Ela me ouviu em silêncio.

"E você quer ficar com o manuscrito?"

"Quero."

"O Plessner não deixará."

"O que ele pode fazer para impedir?"

"Você não sabe quem é o Plessner. Eu sei. Fui casada com ele."

"Você foi casada com ele? Por que nunca me disse?"

"Isso agora não interessa. O que importa é que você não sabe o quanto Bábel significa para ele. Plessner falava a verdade quando disse que daria um milhão de dólares pelo romance de Bábel. Sabe por que casou comigo? Por ter sabido que eu conseguira o meu magister com louvor com uma tese sobre Bábel. Nós íamos para a cama e Plessner não me fodia, fodia o escritor. Plessner não quis mais saber de mim depois que eu lhe disse tudo que sabia sobre Bábel. Pelo Bábel ele é capaz de fazer qualquer coisa. Até matar."

"Até casar. Você gostava dele?"

Veronika hesitou. "Gostava. Mas ele me abandonou."

"Você não vai contar para Plessner que pretendo ficar com o manuscrito, vai?"

"Não."

"Preciso da sua ajuda."

"Por favor, não me meta nisso ainda mais."

"Eu não sei russo. Preciso apenas que me diga se o manuscrito que vou receber de Ivan pode ou não ser de Bábel. Plessner diz que Ivan não tentará enganá-lo, mas não tenho certeza disso. Não quero roubar uma falsificação."

"Você é louco. Vai ser preso na fronteira."

"Plessner garantiu que os guardas não me revistarão. Por eu ser um diretor brasileiro de cinema convidado para o Festival."

"O Festival foi adiado."

"Não é difícil espalhar cem mil dólares pelo corpo. Com esse frio é natural que um brasileiro ande encapotado."

"Você mesmo vai se denunciar. Suas mãos vão ficar tremendo. Como agora. Você pensa que não vi que suas mãos tremiam? Se for descoberto você vai ficar preso muito tempo. Não vai adiantar ser brasileiro ou marciano. E que história é essa que brasileiro não é revistado? Plessner está mentindo."

"Eu corro o risco."

"E se você escapar dos comunistas não escapará de Plessner. Não será nenhum dos seus Schlaeger que fará o serviço, Plessner matará você com as próprias mãos."

"Duvido. Outras pessoas tentaram me matar e não conseguiram."

"Você não é apenas um idiota insensato. É um louco megalomaníaco. É um criminoso, que está cometendo um furto."

"O cinema começou com um grande furto: Edison roubando de Etienne Marey a invenção da primeira câmera cinematográfica."

"Isso é verdade?"

"Absoluta. Como é verdade que os sujeitos da KGB roubaram o manuscrito das mãos de Bábel, a amante de Ivan roubou-o da Biblioteca Lenin. Plessner pretende apossar-se dele corrompendo Ivan e contrabandeando dólares. É um roteiro de torpezas. Não sou pior que ninguém."

"Você crê que Plessner estava usando todos nós", ela perguntou, "você, eu, Dietrich? Que fomos todos enganados? Que ele nunca quis fazer filme nenhum?"

"Não sei. Ele não precisava ter ido me buscar no Brasil para isso. Mas tal especulação, a esta altura, não interessa mais. Você vai me ajudar ou não?"

"Sim", disse ela com um suspiro agoniado.

Contei a Veronika o meu plano, que era muito simples.

"Vou lá, dou o dinheiro a Ivan, apanho o manuscrito e volto no mesmo dia."

"Você terá que voltar no mesmo dia. Provavelmente eles te darão um visto de apenas vinte e quatro horas."

Veronika me esperaria no hotel. Ela examinaria o manuscrito. Se fosse verdadeiro eu fugiria imediatamente da Alemanha.

"Para onde você vai?"

"Vou para Paris. Tenho uma amiga lá."

"Uma amiga? Como eu?"

"Diferente."

"É de Paris?"

"Volta para o Brasil. Gostaria que você fosse comigo. Vou fazer a *Cavalaria* no Brasil."

"Não sei."

"Pense nisso. A essa hora, no Rio, o sol brilha intensamente."

"Gosto de neve."

“Não responda agora. Pense nisso. Depois a gente conversa. Chegando ao Brasil arranjo uma maneira de reembolsar Plessner. Assim o meu gesto não será tão desonesto.”

“Cem mil dólares não são nada para Plessner. Ele vai querer se vingar mesmo que você lhe dê dez milhões. Que dia você vai atravessar a fronteira?”

“Plessner vai dizer. Ele pediu meu passaporte para tirar o visto para mim.”

Passei o resto do dia com Veronika. Saímos, fomos ao cinema, jantamos juntos.

Ao chegar com Veronika de volta ao hotel, Plessner me esperava no vestíbulo, com uma maleta na mão.

Agora que sabia que os dois haviam sido casados, eu os via de uma outra maneira. Ele chamou-a de Veronika e ela, a ele, de dr. Plessner. Como antes. Mas eles, para mim, não eram mais como antes.

“Tive uma ideia sobre o filme”, disse Plessner, “e fiquei ansioso para conversar com você.”

“Tenho que ir”, disse Veronika.

“Que pena que você não pode ficar. Gostaria da sua opinião.”

“Infelizmente tenho que ir”, disse Veronika.

Parecia tudo combinado.

Plessner e eu subimos para o quarto. Ele colocou a pasta sobre a cama. Tirou meu passaporte do bolso. Dentro havia uma folha de papel timbrado.

“Este é o seu visto. Você vai amanhã. Tem vinte e quatro horas para entrar e sair.”

“Tem que ser amanhã?”

“Data e locais foram marcados por Ivan, já há dias. Não posso procurá-lo, conforme nosso acordo. Ele decide sobre a oportunidade e a conveniência dos contatos. Tem que ser amanhã.”

Em seguida Plessner abriu a maleta. Dez pacotes de dez mil dólares em notas de cem.

"Notas novas", disse Plessner. "Ocupam menos espaço."

Cada pacote parecia ter no máximo dois centímetros de espessura. Os dólares que trouxera do Brasil pareciam ter ocupado mais espaço.

Peguei os maços de dinheiro e espalhei-os pelo corpo. Cinco maços foram colocados no cinto, em volta do corpo. Dois nos bolsos de dentro do paletó. Outros dois nos bolsos de fora. Sobrou um maço. Vesti a capa. Coloquei-o no bolso da capa.

"É melhor deixar a capa aberta", disse Plessner, apanhando seu cachecol vermelho e colocando-o em torno do meu pescoço. "Anda um pouco, para eu ver."

Andei pelo quarto, observado por Plessner.

"Não dá para ninguém perceber. Mais uma vantagem de ser magro", disse Plessner.

Parei em frente ao espelho do armário e olhei-me demoradamente. O cachecol, com as pontas estendidas ao longo da capa aberta, dava um aspecto informal ao traje. Não se notava que eu carregava tanto dinheiro.

"Outra coisa: não leve chapéu. A cabeça descoberta lhe dará um ar desprotegido e frágil de latino imprevidente."

Em seguida Plessner tirou do bolso um pequeno mapa colorido, Übersichtsplan, e uma espécie de livro encimado pela palavra Stadtplan. Colocou os dois sobre a mesa. Com uma caneta na mão, curvado sobre o mapa, Plessner começou a dar suas instruções.

"Você vai de U-Bahn e depois troca para o S-Bahn. Não se esqueça de retirar o tíquete numa das máquinas automáticas de venda. Não queremos que você seja apanhado sem passagem numa das inspeções aleatórias feitas pelos fiscais. Há pessoas — estudantes principalmente, e capadócios, como você sabe, fomos invadidos pelos turcos — que nunca compram a passagem e preferem correr o risco de pagar uma multa de quarenta marcos caso sejam descobertos. É uma humilhação pública — os fiscais são muito grosseiros — que poderia deixar você nervoso e desanimado. Lembre-se, compre o tíquete."

"Onde ficam as máquinas de venda?"

"Você as verá. São de cor amarela. Se não tiver troco, as máquinas automáticas trocam o dinheiro para você. Não se esqueça."

"Não me esquecerei."

"Você pega o U-Bahn aqui, na estação Uhlandstrasse, esquina da Kurfürstendamm, a mais próxima deste hotel." Fez um círculo, com a caneta, no mapa. "Pega o trem Rathaus—Steglitz direção Osloer Strasse, esta linha laranja. É um trajeto curto. Você salta na estação Zoo Garten" — outro círculo, agora sobre um pequeno quadrado do mapa ao lado do qual se lia Zoologischer Garten — "aqui você pega o S-Bahn para a estação Friedrichstrasse." Plessner então, nervosamente, com força, desenhou um círculo de várias voltas em torno do pequeno quadrado, ao lado do qual se lia Friedrichstrasse, em letras negras. Ali ficava a fronteira das duas Berlins que eu devia atravessar.

"Você deve chegar a Friedrichstrasse por volta de meio-dia", disse Plessner. "Nessa hora homens e mulheres de Berlim Oriental, de mais de sessenta e cinco anos, que têm passe livre para vir fazer compras do lado de cá, estarão voltando com suas sacas cheias de mercadorias. Os guardas perdem um tempo enorme examinando o carregamento dessas pessoas. A espera, nas filas, será enervante para você. Mas a vigilância dos guardas será menos rígida. Saindo da estação você faz esse trajeto para o museu e se necessário, caso Ivan não esteja lá, até a Alexanderplatz."

Então Plessner marcou este trajeto no mapa. Depois me estendeu a mão.

"Você não sabe o quanto admiro seu gesto. Eu não teria coragem de fazer isso." Uma pausa, enquanto apertava com força minha mão. Continuou: "É bem verdade que meus riscos seriam infinitamente maiores, se fosse eu a ir em vez de você."

Depois que Plessner saiu, vesti novamente a capa e distribuí os maços de dólares pelo corpo, de várias maneiras, até encontrar a que me pareceu melhor. Anotei num papel — três maços no cinto na frente, dois no cinto nas costas etc., para lembrar-me na manhã seguinte, quando fosse me preparar.

Depois deitei-me. Apaguei a luz.

Eu corria grande risco contrabandeando dólares para a Alemanha Oriental, arriscava-me, se fosse apanhado, a passar longos anos numa prisão. Mas o prêmio era grande, valia a pena.

Sonho com a mulher de pivô escuro, o pé sobre o ralo. "Agora diga", ela diz, "se você se lembra ou não do dia em que dançamos sobre o azulejo frio." "Você tem a cara da Claudette Colbert", digo. "Quero saber da dança, você não se emenda, rapaz, sei muito bem como é a minha cara!" "Você tem peitos redondos pequenos", digo. "Ora, ora", ela diz. "Claudette Colbert representando Cleópatra no Museu de Arte Moderna", digo. "Você foi longe demais", ela diz tirando o pé do ralo. Vou sendo sorvido e antes de entrar no vórtice grito: "E cheiro de flor de maçã!" Mas não há mais tempo de me salvar. Começa a agoniante sensação cega de queda, a agonia física.

Por um segundo, ao acordar, pensei que meu sofrimento fosse ainda uma "ideia" do sonho. Mas sonhos que nem sequer possuíam imagens não poderiam ter aquela realidade corpórea dolorida. Eu estava em meio a um ataque de pseudossíndrome de Menière, sofrendo a horrenda vertigem que o acompanhava.

Tentei levantar e caí, arrastando comigo a mesinha de cabeceira com o abajur. Fiquei imóvel no chão. Se me mexesse seria pior. O remédio estava no armário do banheiro. Que horas seriam? Devia ter dormido algum tempo, umas duas horas no mínimo. Lá fora ainda estava escuro, mas isto queria apenas dizer que podia ser algo entre três da madrugada e oito da manhã. Dentro de algumas horas Ivan estaria me esperando no Pergamon. Com o canto dos olhos tentei descobrir algum sinal da alvorada.

Felizmente vi apenas um negror profundo vindo de fora, nenhum indício de que o dia poderia surgir logo. Quanto menos tempo tivesse transcorrido desde a hora em que fora me deitar, cerca de uma hora da manhã, tanto melhor. Teria um prazo maior para me recuperar.

Continuei caído de costas no chão, sem me mexer, algum tempo. As piores vertigens ocorriam quando a cabeça era movida lateralmente; por isto, mantendo a cabeça rigidamente imóvel, e os olhos bem abertos, comecei a levantar muito lentamente o tórax do chão. Quando me sentei a vertigem foi tão forte que quase caí novamente. Minha vontade era fechar os olhos e deixar-me engolfar pelo abismo, mas sabia que precisava mantê-los abertos para não perder totalmente o equilíbrio, mesmo que o escuro fosse total e eu não tivesse nenhum objeto visível para me servir de referência.

Fiquei uma meia hora sentado, os olhos arregaçados, procurando ver melhor o volume embaçado obscuro da cama a pouca distância do meu nariz. Minha cabeça estava imobilizada com tanta força que os músculos do pescoço começaram a doer.

Então me ajoelhei. A tontura foi menor. Depois fiquei em pé. Novamente senti que desmaiava e mergulhava no precipício.

Demorei algum tempo a recobrar os sentidos. Agora, estendido de borco no chão, sentia uma umidade morna no rosto.

Uma difusa luz delicada começou a entrar pela janela. Não podia ficar ali, entregue às minhas fraquezas. Bábel me esperava. Mantendo a cabeça reta, como se fosse um jabuti, fui me arrastando pelo chão na direção do banheiro. Senti o ladrilho frio nas mãos e nas pernas. Agarrei-me na pia e levantei-me devagar. Senti que ia desmaiar novamente. Mantendo uma das mãos agarrada na borda da pia estendi a outra à procura do interruptor de luz. Uma claridade forte inundou o banheiro. A minha frente vi o frasco de remédio. A luz, a visão do vidrinho de pílulas, pareceram me dar forças. Abri o vidro e tomei duas pílulas. Tive um susto ao ver o meu rosto coberto de sangue no espelho. Devia ter me ferido quando desmaiei pela segunda vez.

Depois que tomei o remédio sentei-me no chão e fiquei agarrado ao vaso sanitário esperando o surto passar.

Eram dez horas da manhã quando fiquei em condições de me vestir. Continuava sem poder mexer a cabeça lateralmente, para olhar para os lados precisava virar o corpo inteiro, mas já podia ficar em pé e caminhar pelo quarto.

O mais difícil foi enfiar as meias e os sapatos já que não podia olhar para os pés.

Já vestido coloquei os pacotes de dólares, que iriam presos no cinto, por debaixo da camisa. O contato do dinheiro na carne repugnou-me. Distribui os pacotes restantes pelos bolsos do paletó, conforme o croqui que fizera. Então vesti a capa, pus o cachecol sem enrolá-lo em volta do pescoço, como Plessner sugerira.

Coloquei-me frente ao espelho, de pescoço duro, mexendo apenas os olhos nas órbitas para poder ver meu corpo inteiro. A capa aberta e o cachecol dependurado no pescoço davam-me um ar descontraído. Estava pronto para embarcar na minha aventura.

Eram onze horas quando saí do hotel. Uma neve fina, que devia ter começado a cair durante a noite, cobria as ruas. Fui andando até a estação Uhlandstrasse. A frieza da neve teve um efeito estimulante. Fiquei algum tempo na entrada da estação, deixando a neve se depositar na minha cabeça.

Não identifiquei logo meu trem — U9 Rath Steglitz. O vagão já havia parado na estação quando percebi isto e entrei com a rapidez que meu pescoço duro permitia. E saí imediatamente, quando as portas começavam a se fechar, ao lembrar-me de que não comprara o tíquete. Senti um princípio de tonteira, vendo o trem se afastar. Que merda de criminoso eu era, agindo tão negligentemente? O crime só compensava quando era muito bem-planejado e quando o herói, ou bandido, estava engajado numa boa causa. Já vira esse filme muitas vezes, devia seguir o roteiro à risca.

Encontrei a máquina automática e comprei o tíquete. Esperei que meu trem viesse novamente, o que demorou pouco mais de cinco minutos.

Fiquei em pé no vagão, perto da porta, olhando para fora. Antes mesmo do trem parar completamente vi as palavras Zoo Garten escritas em algum lugar. Saltei. Peguei o S-Bahn, direção Friedrichstrasse.

Os velhos e as velhas dentro do trem vestiam grossos casacos surrados e carregavam sacas atulhadas de compras. Em muitas delas, vi garrafas de Metaxa. Fiquei imaginando qual seria a razão da preferência por aquela marca de brandy. Outras pessoas, dentro do trem, pareciam turistas.

A estação de Friedrichstrasse era o fim da linha. Os velhos e velhas pegaram suas sacas. Deixei-os sair na minha frente.

O trem havia parado numa plataforma bastante elevada. Uma escada levava ao térreo, onde a fiscalização examinava os passaportes e as bagagens. Os velhos andavam lentamente e eu me controlava para não ultrapassá-los.

Chegamos a um enorme salão. As pessoas faziam filas a fim de exibir o passaporte para guardas fardados.

Vi que o controle era feito por dois guardas, em cada fila, primeiro um deles, e logo adiante o outro. As filas eram divididas em dois setores: o das pessoas que tinham passaporte da Alemanha Oriental e o dos visitantes estrangeiros. Plessner não previra isto. Os velhos com suas sacas de mercadorias estavam em outras filas.

Os guardas eram homens altos e bem fardados. Olhei com admiração seus belos uniformes, sua postura marcial. Já na minha chegada vira alguns militares fardados, de botas lustrosas e longos e bem-talhados capotes de lã. Pensei: ninguém veste tão bem um uniforme quanto um prussiano.

Mas minhas preocupações estéticas duraram pouco. O olhar dos guardas era duro e atento. Olhavam para o passaporte e depois para o rosto das pessoas, bem dentro dos olhos. Este escrutínio era feito pelo primeiro guarda e mais adiante o segundo fazia o mesmo. Este parecia ter uma cara ainda mais implacável. Era parte da rotina, mas comecei a suar, preocupado. E quanto mais suava mais tenso ficava. Suando talvez chamasse a atenção daqueles guardas para o fato de manter-me com a capa, ainda que aberta, e o cachecol.

Lembrei-me de *Die Angst des Tormmans heim Elfmeter*, do Wim Wenders. Um policial explica para um sujeito de que maneira um criminoso pode ser descoberto: "Temos que olhar nos olhos deles." O sujeito que fala com o policial é um assassino procurado, porém o policial não suspeita dele por um instante sequer. Na verdade os policiais olham nos olhos do assassino e nada veem. Ou melhor, veem o mesmo que veem nos olhos do inocente. Aqueles policiais ali na fronteira das duas Berlins, com suas belas fardas, olhavam nos olhos apenas para intimidar, também sem nada ver, seguindo uma rotina burocrática. Se não me intimidasse, meu olhar teria a mesma pureza do da velhinha na outra fila carregando sua saca de mercadorias.

Eu não suava mais ao chegar em frente ao primeiro policial. Encarou-me, depois pegou meu passaporte, abriu, viu o retrato e voltou a me arrostar ameaçador, onisciente, impiedoso como lhe haviam ensinado na Polizeischule.

Mas eu havia visto o filme.

Deixei-o fitar-me nos olhos por alguns segundos, o tempo suficiente para ver que eu era inocente e depois desviei os olhos — eu não devia insistir, os inocentes não desafiam.

O policial devolveu-me o passaporte.

Adiante foi novamente repetida a mesma encenação. Outro guarda examinou meu passaporte fazendo uma reprise do que ocorrera antes. Deixou-me passar. Mas eu não podia me considerar livre. Ainda faltava a cabine, onde entrava um visitante de cada vez, o último obstáculo a ser transposto.

Uma luz acendeu sobre a porta e o guarda mandou-me entrar.

Era uma espécie de corredor pequeno com duas portas. A luz que vinha do teto era muito forte. No lado esquerdo de quem entrava, notei uma abertura fechada por um vidro. Certamente alguém, ali atrás, me observava, mas eu não conseguia vê-lo através do vidro.

Perturbado, fingi ocupar-me com o passaporte, dentro do qual estava o visto. Enfiei o passaporte por uma abertura sob o vidro.

Esperei.

"Levante a cabeça", disse uma voz áspera, humilhante.

Levantei a cabeça. Pareceu-me ver um vulto impreciso por trás do vidro escuro. Estaria ele, mesmo dali, olhando nos meus olhos?

Esperei.

"Vinte e cinco marcos", disse a voz áspera. Era o Zwangsumtausch, o câmbio obrigatório de todo visitante. Dei a ele o dinheiro da Alemanha Ocidental.

O tempo parecia haver parado. De dentro da cabine escura não vinha o menor som. Estava faltando o quê?

Roteiro: O guarda percebe no meu rosto sinais da culpa. Sabe que carrego comigo cem mil dólares, um crime nefando na Alemanha Oriental e começa a me punir com a angústia da espera, nota com prazer as primeiras gotas de suor frio na minha testa, o tremor nos meus lábios, coloca de leve o dedo num botão que fará soar, quando ele quiser, o alarme que me denunciará.

Ouvi um leve ruído. Meu passaporte, afinal empurrado pela mão invisível do ser ameaçador que se escondia atrás do vidro, apareceu por baixo do vidro, com o visto e os marcos orientais.

Uma luz se acendeu na outra porta. Abri a porta e saí. Estava do outro lado.

6

Subi, calmamente, uma escada larga de poucos degraus, dominando a sensação de triunfo que fazia o meu coração bater apressado. Ainda não deixara a estação. Vi um café. Pessoas andando. Quanto mais depressa eu saísse dali, melhor.

Fazia frio na rua. Caminhei alguns minutos. Quando encontrei um lugar seguro abri a página do Stadtplan marcada por Plessner.

Seguindo o traçado feito no mapa peguei a Friedrichstrasse e fui até a Unter den Linden. Percorri parte da Unter den Linden e logo cheguei ao canal do rio Spree e vi a Museuminsgel, onde ficava o Pergamon. A ilha dos museus situava-se num triângulo em que um dos lados era o Spree. Havia vários museus na ilha.

Comprei a entrada. Entrei, talvez excessivamente apressado, procurando um grupo de visitantes com um guia.

O prédio do Pergamon era o maior na ilha dos museus. Seus imensos salões estavam vazios, parecia não haver um só visitante dentro dele, apenas guardas. Depois de caminhar sem destino percebi que um guarda me encarava de maneira suspicaz. Inconscientemente levei as mãos à barriga e apalpei os maços de dólares escondidos. Não havia nenhum Ivan, nem guia, nem visitantes naquele maldito museu. Era perigoso ficar num lugar vazio cheio de guardas. Além do mais eu não gostava de museus. Era melhor dar o fora dali o mais rápido possível.

Percebi que estava perdido. Mas eu não queria pedir informações a um dos guardas e por mais que caminhasse não encontrava a saída. Depois de vagar a esmo, dominado por uma insuportável aflição, encontrei a saída. Apressei meus passos. Neste momento vi um grupo de pessoas em volta de um sujeito que falava apontando as paredes.

Juntei-me ao grupo. O guia falava em alemão, francês e inglês. Estávamos num longo e largo corredor ladeado por paredes de tijolos vitrificados mostrando em relevo leões em movimento, que pareciam urrar. O guia explicou que aquela babylonische Prozessionsstrasse, rua da procissão da Babilônia, fora reconstruída com fragmentos originais. Era do tempo de Nabucodonosor II, que reinou de 604 a 562 e destruiu Jerusalém cinco anos antes de morrer. Engraçado o guia falar nisso. As coisas na vida real tendem a adquirir uma inesperada coincidência. Áureo de Negromonte, o carnavalesco, que de maneira imprevisível se ligara a minha vida, tivera uma fantasia baseada na corte de Nabucodonosor.

Enquanto o guia descrevia, agora, os Stiere und Drachen, touros e dragões, da fachada do portão de Ishtar, eu procurava dissimuladamente descobrir qual dos outros visitantes a meu lado seria Ivan. Havia, no grupo, quase o mesmo número de homens e mulheres. Ivan certamente seria um homem. É verdade que se estivéssemos num filme Ivan poderia ser uma mulher. De qualquer forma decidi investigar primeiro os homens. O melhor momento para isto seria quando o guia nos fizesse parar um tempo maior para ouvir suas explicações. Isto aconteceu quando chegamos em frente ao altar de Pérgamo que ocupava todo o salão em que estávamos.

"Este altar", dizia o guia, "é uma Weltwunder, uma maravilha do mundo, foi construído em homenagem à deusa Atena, no antigo reinado grego de Pérgamo, na Ásia Menor, hoje Bergama, na Turquia."

O altar fora descoberto em escavações feitas por arqueólogos alemães no século XIX. "Mostra a luta dos deuses contra a raça dos gigantes. Vejam como são impressionantes estas figuras, mordendo-se uma as outras, a confusão dramática de formas, asas, corpos musculosos, em fantástico movimento. Die Götter, os deuses, têm corpo humano, cabeças bonitas e nobres. Os gigantes também, mas com pés de répteis. Essa luta foi decidida par Héracles."

"Onde esta Héracles?", perguntou um sujeito em francês, que fez questão de esclarecer que Héracles na França era Hércules. Até então eu suspeitava desse francês, pois ele agia de maneira nervosa, olhando para os lados e para as pessoas.

O guia explicou que aquela era uma boa pergunta, que a escultura de Héracles não existia, que o altar, com exceção dos murais bizantinos, tivera que ser reconstruído e que Héracles se perdera. "Deveria estar ali", o guia apontou um lugar no mural, "os deuses estão agrupados por parentesco, sendo o grupo mais importante o originado de Zeus e Atena, mas não está. Perdeu-se."

Eu começara meu passeio pelo museu fingindo olhar interessado o butim que os germânicos haviam amealhado em suas guerras de conquista ao longo dos tempos, para poder descobrir Ivan. (Os museus de todas as grandes nações imperialistas permitem uma interessante reflexão sobre o poder.) Mas aquele altar, misteriosamente, despertou-me interesse maior. Já não analisava os outros visitantes como devia. Pensava em Atena e Héracles. Atena, a deusa da sabedoria, protetora das artes e ofícios, mas também a deusa dos combates militares, uma deusa bem germânica. Lembrei-me do Homero lido no ginásio... "Palas Atena de olhos glaucos..." Como? Em todo o Homero que lera eu gravara apenas a cor, a luz verde-azulada do olhar de uma mulher?

Um homem alto, gordo, de cabelos grisalhos, carregando uma pasta preta olhou em minha direção. Mas eu pensava em Hércules, o herói enlouquecido por sua madrasta Hera, e que depois de se tornar imortal foi morto por uma esposa despeitada.

Afinal a excursão acabou e ninguém se aproximou de mim. Aos poucos foram todos se retirando do museu. Fiquei mais um pouco em frente ao altar.

Quando saí do Pergamon, peguei novamente a Unter den Linden que dava diretamente na Karl-Liebknechtstrasse. O nome da rua levou-me a fazer indagações interiores: teria sido naquele canal do Spree, que eu acabara de passar, que Liebknecht e Rosa Luxemburgo haviam sido jogados depois de assassinados? (Na verdade, os corpos de Liebknecht e Rosa haviam sido atirados da ponte Cornelius no Tiergarten, em Berlim Ocidental.)

Entrei na Spandaustrasse — meus olhos e meu nariz, devido ao frio, começaram a produzir em grandes quantidades um líquido que eu limpava com lenços de papel que enchiam meus bolsos depois de usados — passei em frente da Rotes Rathaus, a antiga Prefeitura, segui pela Rathausstrasse, atravessei a estação da S-Bahn e vi a enorme torre de TV. Havia gasto um pacote de lenços de papel até chegar à praça.

A praça não era a mesma de Fassbinder, e muito menos a de Doblin. A torre de TV plantada no meio da Alexanderplatz era um feio tributo ostensivo à soberania do progresso. Apesar do frio, uma porção de gente andava de um lado para o outro no meio da praça. Procurei uma cesta de lixo para jogar fora os lenços usados guardados nos bolsos da capa. Depois passei pela porta do escritório de turismo. Era uma construção baixa, quase um galpão, devia ser uma instalação provisória. Segui até a torre e postei-me na porta de entrada, que dava acesso aos elevadores, de maneira a me proteger do frio e a ser visto por quem passasse do lado de fora. Mesmo assim o nariz e as orelhas doíam-me de frio.

Novamente Ivan não apareceu.

Dirigi-me então ao escritório de turismo e entrei. Vários turistas pediam informações, apanhavam folhetos. Vi na parede um mapa grande. Postei-me a sua frente.

Um senhor ao meu lado falou qualquer coisa em alemão.

Respondi, em inglês, que não falava alemão.

"Já esteve no Museu Pergamon?", ele perguntou.

"Sim", eu disse.

"É sua primeira visita a Ost Berlim?"

A pronúncia era fortemente acentuada. Mas ele falava inglês com desembaraço.

"Nós não nos vimos no museu?", perguntei. Ele era o homem alto de cabelos brancos que me olhara no museu enquanto eu pensava em Hércules. Continuava com a pasta preta.

"Você é muito observador", ele disse, rindo, "mas achei que havia pessoas suspeitas a nossa volta. Você notou?"

"A mitologia grega me perturbou."

"Ah, vocês, americanos, são muito engraçados." Ele parecia ter bebido. "Você é americano, sim?"

Plessner, astuciosamente, não lhe dissera quem eu era. Ivan não poderia perceber pela minha pronúncia se eu era ou não americano. "Sim, sou americano."

"De que parte?"

"Nova York."

"Ah, Nova York!", ele disse. "Você gosta de comida húngara? Melhor gostar, a essa hora são poucos os restaurantes que ainda servem almoço." Tirou do bolso o retrato que Dietrich havia tirado de mim no aeroporto. "Tome. Não preciso mais disto."

Saímos do escritório de turismo juntos.

Ele parecia ter-se assegurado de que não corria mais riscos. Caminhou ao meu lado, segurando meu braço.

"Infelizmente Ost Berlim não tem um restaurante de comida americana. Qual é a comida típica americana? Hot dog?" Outro riso.

Afinal qual era a comida típica americana?

Ri também: "A minha é hambúrguer."

"Do McDonald's?"

Eu: "Ah, ah, ah!"

O restaurante não ficava longe da praça.

Era um salão de velhos móveis escuros, estilo Bauhaus, com muitos espelhos na parede. Uma aparência decadente, simpática.

Ivan pediu logo uma vodca.

"Você sabe russo?"

"Lamentavelmente não."

"Os dólares estão com você? Cem mil?"

"Sim."

Apanhou a pasta do chão e colocou-a sobre a mesa.

"Vá até o banheiro com a pasta, apanhe o manuscrito que está aqui dentro e coloque os dólares no lugar dele."

Peguei a pasta e fui para o banheiro. Fechei-me numa das privadas. Abri a pasta. Peguei o manuscrito com as mãos trêmulas. Deviam ser umas duzentas páginas, cobertas com pequenos caracteres cirílicos. Bábel, afinal! Exalei um suspiro de alegria. Bábel! Bábel!

Retirei os dólares do corpo e coloquei-os dentro da pasta. Dividi o manuscrito em quatro maços de cinquenta páginas aproximadamente e enfiei os maços por dentro do cinto, dois na barriga e dois nas costas.

Voltei para a mesa. Os maços de papel do manuscrito na minha barriga quase impediram que me sentasse. Dei a pasta para Ivan. Uma garrafa de vodca aparecera na mesa.

"Sou um homem sem imaginação. Vou pedir um gulasch. Você conhece gulasch?", ele disse.

"Você leu o manuscrito?", perguntei.

"Não tive interesse. Li apenas uma página."

"Do que se trata? É sobre o que, o livro?"

"Não me lembro. Li apenas uma página, o que posso lembrar?"

O garçom se aproximou. Fizemos o pedido.

Em poucos minutos Ivan tomou mais duas vodcas. À medida que bebia ficava mais loquaz e seu inglês ia piorando. Disse que fora traído pelo "homem de Tomsk" (demorei a descobrir que se referia a Ligachev) e pelo "secretário-geral-presidente". Lamentei não ter prestado maior atenção ao que Plessner me havia contado sobre a política interna soviética.

"Você acha que sou mau comunista? Mau cidadão? Não, você não sabe." Fez uma longa pausa. "Eu sou poeta. É isso que sou. Conhece Puchkin?"

"Sim."

"O maior poeta do mundo!"

Ivan recitou Puchkin em russo enquanto o garçom servia nosso gulasch. Comecei a comer. Ivan havia pedido um Tokay, que bebia sozinho. Notei que algumas pessoas nas mesas próximas olhavam discretamente em nossa direção.

Ivan disse que não havia conseguido publicar seus versos. Todavia a União Soviética publicava anualmente cerca de noventa mil títulos, uma tiragem global de dois bilhões e meio de exemplares, inferior apenas ao movimento editorial da China. Mas ninguém lia a maior parte dos livros publicados, montanhas de livros, milhões de toneladas de papel gastos com palavrório enfadonho inútil. "O que o povo quer ler ele não encontra nas livrarias."

"Por que seu livro não foi editado?"

"Politicagem mesquinha... A moda agora é falar mal de Stalin... Viu o Shatrov falando em mito da revolução socialista? Viu o Ribakov? Agora denuncia os horrores cometidos no tempo que ele gozava a vida em sua dacha em Peredelkino... Ievtushenko vem dizer agora que chega de priterpelost, de paciência servil, mas ninguém mostrou uma resignação mais subserviente do que ele nesses anos todos. Com exceção de alguns poucos, como Luri Bondariev e Vladimir Karpov, que atacaram o terrorismo dos liberais com desassombro, não se pode confiar nos intelectuais... Li muitos poemas desses traidores do povo chamando Stalin de paizinho..."

Gorbachev fizera da política soviética uma farsa hipócrita e repugnante, segundo Ivan. Estivera em Moscou a maior parte do ano, aguardando ser indicado para um posto no exterior, "um ano em que aconteceram muitas coisas, a luta surda pelo poder nos altos escalões do governo, a visita de Reagan, os primeiros protestos de rua".

Ivan assistira à cerimônia comemorativa do aniversário do nascimento de Lenin, no dia 22 de abril, no Palácio do Congresso, quando os governantes armaram "uma farsa para a opinião pública". Ligachev chegara ao palácio, nesse dia, sorridente, coisa rara, pois ele "é um homem que ri pouco" e fora saudado pelo primeiro-ministro Nikolai Rizhkov, um aliado de Gorbachev, com um beijo na boca, como os russos costumam fazer para demonstrar amizade. Por seu turno Ligachev aplaudira o discurso que Georgi Razumovski fizera apoiando vigorosamente o programa de reestruturação e transparência de Gorbachev.

A garrafa de Tokay estava vazia.

"Repugnante", disse Ivan. "Boris Ieltsin aproveitou a visita de Reagan para fazer queixas contra Ligachev. Você pode imaginar uma coisa humilhante destas acontecendo na União Soviética?"

Uma coisa no rosto de Ivan, a agonia, o sofrimento, me fizeram entender por que a bibliotecária roubara o manuscrito para ele. A ladra tivera pena daquele homem frustrado e procurara uma maneira de ajudá-lo. Ou, hipótese cínica, roubar o manuscrito teria sido a forma, encontrada por ela, de envolvê-lo numa aventura que o afastaria da família.

"Ligachev estava certo", continuou Ivan, "ao exigir, e conseguir, a derrubada de Boris. Foram dias de confusão. Eu testemunhei tudo. Assisti os protestos de rua em Moscou, os primeiros na história da União Soviética, pessoas exigindo liberdade para os dissidentes, gritando por maiores reformas, enquanto a polícia vigiava confusa.

Deixaram Sakharov, o velho biruta, aparecer na televisão e fazer suas queixas senis à imprensa ocidental, para o mundo inteiro ver como o Gorbachev era bonzinho. Vi Gorbachev e Raisa, comemorando hipocritamente no Teatro Bolshoi o milênio da cristianização da Rússia, para conseguir aliados entre os crentes e enganar esse papa idiota. Gorbachev pensa que é muito esperto mas não passa de um aprendiz de feiticeiro."

Ivan falava alto. Notei olhares de censura de algumas mesas em nossa volta.

"Fale mais baixo, por favor", eu disse.

Ivan não deu atenção a minha advertência. "Vou lhe dizer uma coisa: os verdadeiros ideais comunistas foram traídos por Gorbachev e sua gang. Um diretor da KGB, Alexei Soloviov, chegou a dizer que milhões de pessoas haviam sido eliminadas durante a era de Stalin e que a função elementar da KGB era descobrir a verdade. A KGB descobrir a verdade?"

Ivan deu uma gargalhada alta.

"Iakovlev passou a controlar as questões ideológicas e Alexandr Sukharev foi feito procurador-geral. Você viu o que Ambartsumov, do Instituto de Marxismo e Leninismo, disse? O Partido e Stalin seriam os grandes responsáveis pelos crimes, pela corrupção da sociedade soviética a partir da Revolução. Ambartsumov disse isso! E o livro do coronel Dmitri Volkoganov, diretor do Instituto de História Militar do Ministério da Defesa? Volkoganov diz que Stalin levou o povo russo a uma tragédia cujas consequências a nação inteira sofre até hoje. Chamou Stalin de assassino louco, imoral e hipócrita. Além de possuir estes traços perversos, Stalin, para Volkoganov, era também burro. Um general soviético dizer isso! Não é inacreditável, americano? Reabilitaram traidores como Kamenev, Zinoviev, Radek, Bukharin. Vão acabar reabilitando Trotski. Iuri Afanasiev, que Gorbachev colocou na direção do Instituto Soviético de Arquivos Históricos, disse que Trotski foi condenado com base em provas falsas.

É o Grande Retrocesso, armado por esses traidores do povo. Depois de mentiras contra Stalin eles se voltaram contra o próprio Lenin."

"O Kruchev não fez coisa parecida em 1956?", perguntei.

"Kruchev não tocou em Lenin. O ódio dele era contra Stalin. Mesmo assim, viu o que aconteceu? Foi deposto por Brejnev."

Ivan curvou-se sobre a mesa e segurou minha mão. Seu rosto ficara muito vermelho.

"Depois ocorreu o Congresso do Partido, em princípios de julho. Assisti tudo por uma tela de TV que eles puseram na praça Puchkin. Um palhaço chamado Melnikov, testa de ferro de Gorbachev, tentou atacar Gromiko, Solomentov, Afanasiev, Arbatov, que dedicaram suas vidas à grandeza da União Soviética, mas teve que calar a boca ante a frieza dos congressistas. Sabe quem foi aplaudido com entusiasmo? Um delegado que perguntou 'onde está essa perestroika? O que eu vejo são as filas, continua não havendo carne, açúcar, batatas'.

"Mas isso foi em julho. Nos primeiros dias de outubro fui transferido aqui para Berlim, na mesma ocasião em que Gorbachev deu o seu golpe afastando Gromiko, anulando Ligachev, Chebricov. Agora ele é quem manda."

Ivan deu um soco na mesa. "Gorbachev e sua quadrilha revisionista querem destruir Lenin! Querem destruir o socialismo, querem a volta do capitalismo. Mas o povo não vai deixar. Eles conseguiram enganar o povo até agora, com mentiras sórdidas. Mas as frustrações populares estão crescendo a cada dia. Vai surgir outro Brejnev a qualquer momento, toma nota do que estou lhe dizendo." Ivan suspirou, duas ou três vezes. "Mas estou fora disso. Quero estar longe. Eles todos, de um lado e do outro, que afundem na merda!"

Notei que um dos vizinhos da nossa mesa se levantava e ia até o fundo do restaurante telefonar. Não gostei da maneira como esse sujeito falava ao telefone, todo curvado, a cabeça encostada no peito, a mão em concha sobre o bocal.

"Tenho que ir embora", eu disse.

"A garrafa ainda está cheia", disse Ivan mostrando a outra garrafa de Tokay que o garçom acabara de trazer.

"Mas tenho que ir embora", repeti. Além de preocupado com o sujeito que fora telefonar — e que acabara de voltar para a mesa ao lado da nossa, e agia agora de maneira extremamente suspeita, evitando olhar em nossa direção, coisa que anteriormente fizera ostensivamente — as folhas do manuscrito estavam machucando minhas costelas.

Levantei-me.

Ivan colocou vinho no copo e disse qualquer coisa em russo que não entendi. Sorriu.

"Goodbye, americano", ele disse.

Saí do restaurante e atravessei a rua para o outro lado. Andei até a esquina. Esperei. Nevava. Eu me arriscava estupidamente, era uma loucura ficar ali, a espiar a porta do restaurante. Mas esperei. Depois de um tempo que me pareceu interminável, mas que deveria ser apenas de uns cinco minutos, um carro negro chegou à porta do restaurante e parou. Senti vontade de fugir, sair correndo. Mas esperei. Dois homens usando sobretudos escuros e barretes de pele na cabeça saltaram do carro e entraram no restaurante. Esperei, aflito. O que estaria acontecendo lá dentro?

Imaginei este roteiro: os dois homens saltam do carro e entram lentamente no restaurante, olhando em torno com duros olhares perspicazes. Sentam-se à mesa de Ivan e se identificam como agentes da SSD, a polícia política da Alemanha Oriental. Ivan diz que é um diplomata, servindo na embaixada da União Soviética em Berlim. O que o senhor está carregando nesta mala? A embriaguez de Ivan desaparece. Ele começa a suar abundantemente. Papéis da embaixada, diz Ivan, agarrando a pasta de encontro ao peito. Um dos policiais arranca violentamente a pasta dos braços de Ivan. A pasta é aberta e os dólares saltam como bonecos de mola. Ivan grita que tem imunidades diplomáticas. O garçom que nos serviu denuncia: Foi um americano que deu este dinheiro para ele, em troca de documentos confidenciais. O espião americano carrega os papéis secretos junto ao corpo, por baixo de uma capa. O espião acabou de sair, não deve estar longe. Um dos agentes corre em direção à porta da rua.

Antes que o garçom acabasse essa frase (inventada no meu cenário, mas que poderia muito bem estar sendo dita realmente lá dentro) afastei-me das proximidades do restaurante com passos apressados.

A fotografia!, pensei enquanto caminhava em direção à Alexanderplatz. Comecei a procurar nervosamente nos bolsos a foto que Dietrich fizera de mim no aeroporto e que Plessner entregara a Ivan para que ele me identificasse. Eu tinha uma vaga lembrança de que Ivan a devolvera para mim. Querendo certificar-me de que a foto encontrava-se em meu poder, busquei-a freneticamente nos bolsos, enquanto escorregava na neve acumulada no chão. Sem parar de andar, terminei de revistar os bolsos sem achá-la. Teria sido deixada por mim no restaurante? No Pergamon? Não, Ivan não falara comigo no museu. No restaurante! Eu deixara a foto sobre a mesa do restaurante! Era um homem perdido!

Parei no meio da praça sem saber para onde ir. A neve gelava minha cabeça. Procurei rememorar todos os meus passos. Felizmente me lembrei que Ivan me dera o retrato no escritório de turismo. Recordei com nitidez como fora a cena: "Você é muito observador", ele dissera, rindo (por que estaria rindo?, ele ria em horas impróprias, como quando dissera alguma coisa em russo ao se despedir no restaurante, "goodbye, americano"), e tirara do bolso a foto que Dietrich fizera no aeroporto, "tome, não preciso mais disto". Eu pegara a foto e... e a pusera no bolso da camisa, debaixo do suéter!

Com grande alívio encontrei a foto. Voltei a andar. À medida que caminhava rasgava a foto feita por Dietrich em pedacinhos pequenos, que ia largando sobre a neve, como se rasgando minha fotografia eu me tornasse invisível, inatingível.

Não precisei me orientar pelo mapa para voltar à estação Friedrichstrasse.

Ao passar pela fiscalização para sair da Alemanha Oriental meu nervosismo era maior do que antes, ao entrar. Eu não sentira medo de ser preso e muito menos de ter os cem mil dólares confiscados. Mas perder o manuscrito de Bábel! A simples ideia me enchia de horror.

Os guardas eram outros, mas executavam a mesma mímica ensinada na escola de polícia. Será que o coração das velhinhas com as garrafas de Metaxa na saca batia sempre apressado ao ser varado semanalmente por aqueles imutáveis olhares penetrantes?

A minha frente um americano, depois de mostrar seu passaporte, foi retirado da fila e conduzido até uma porta por onde ele e os dois guardas desapareceram.

Cenário: Ivan fora preso e falara no espião americano, quer dizer, eu mesmo.

"Está sentindo alguma coisa?", perguntou o guarda que examinava meu passaporte.

"Comida ruim. Gulasch. Gulasch!", disse eu batendo com a mão na barriga. Fiz uma careta verossímil, na verdade de susto, pois minha mão havia batido num dos maços de papel.

O guarda me devolveu o passaporte e eu passei. Depois foi a vez do outro guarda.

Afinal atravessei todos os obstáculos, subi à plataforma superior da estação Friedrichstrasse, e aguardei a chegada do trem. Quando este chegou, sentei-me num banco e fechei os olhos. O suor escorria pelo meu rosto.

Ao chegar à estação Zoo Garten quase esqueci de saltar para pegar o U-Bahn. Sai correndo antes que as portas fechassem. Estava ansioso para chegar ao hotel e encontrar Veronika. Queria que ela lesse logo um trecho do livro do Bábel para mim.

Ao me aproximar do hotel tive uma surpresa. Plessner e Veronika estavam em frente à porta principal, conversando. Recuei, instintivamente, e me escondi na entrada de uma loja de artigos de papelaria que ficava perto do hotel.

Pela maneira de Plessner falar vi que dava instruções a Veronika. Ela ouvia atentamente. Era uma outra pessoa. Plessner, todavia, não mudara, falava com Veronika da maneira que falara comigo ao me dizer o que devia fazer para encontrar Ivan do outro lado — um homem sempre a dar instruções. Mas Veronika parecia diferente. Aquela não era a minha Veronika.

Eles se despediram, mas não com um aperto de mão formal. Lado a lado, os dois com os braços estendidos ao longo do corpo, num gesto quase secreto, seguraram-se as mãos num longo aperto, sem nada dizerem, apenas se olhando intensamente, um rapport de parceiros, de cúmplices. Em seguida Plessner entrou no carro parado à porta do hotel e partiu. Veronika levantou a gola de pele do casaco, para se proteger do vento frio, e entrou no hotel.

Em uma cabine telefônica da rua liguei para o hotel.

"Queria falar com Frau Veronika Hempel. Ela deve estar no lobby", eu disse para quem atendeu.

Veronika não demorou.

"Onde você está? Correu tudo bem?", ela perguntou.

"Sim."

"Você está com o manuscrito?"

"Sim. Estou esperando você aqui no Aschinger."

"No Aschinger?"

"Vem logo." Desliguei.

Esperei. Estava sem relógio. Contei, cento e um, cento e dois, cento e três... Depois de cinco minutos saí da cabine e fui para o hotel.

Subi para o meu quarto. Tirei o manuscrito do corpo. Olhei aqueles caracteres cirílicos escritos a tinta, com uma sensação horrenda de impotência. Coloquei na mala o manuscrito, o livro com a *Cavalaria Vermelha* e os *Contos de Odessa*, que Dietrich me dera ainda no Rio, os meus papéis com o argumento e as anotações, junto com as poucas roupas que tinha. Desci, apanhei os dólares no cofre do hotel. Paguei a conta.

O vento na rua aumentara e com isso também o frio. Um táxi me levou ao aeroporto. Um avião da Air France saía para Paris em duas horas. Consegui um lugar nele.

Eu atravessara momentos difíceis nos últimos tempos, mas aquelas duas horas foram talvez as mais longas e tensas da minha vida. Não consegui me sentar um minuto sequer. Fiquei andando de um lado para outro no aeroporto, aguardando a partida, fazendo cenários na minha cabeça.

Cenário: Veronika chega ao Aschinger e não me vê. Senta-se a uma mesa e aguarda um pouco. Depois pergunta a um garçom se ele viu um homem com uma capa (neste instante ela hesita: e uma resma de papel na mão?), vestido com uma capa etc., mas não fala no manuscrito. O garçom responde que não. Então Veronika tenta recordar o que eu lhe dissera. Estou aqui no Aschinger? Estou indo para o Aschinger? Na dúvida, ela resolve esperar. Espera quinze minutos. Os quinze minutos dela me esperando são mais ou menos quinze minutos da minha espera do avião, há uma coincidência entre uma coisa e outra. Preciso de duas horas. Veronika espera mais quinze minutos. Tenho agora apenas uma hora e meia. Então ela vai ao telefone e liga para Plessner. Doutor Plessner, ela diz. Não, ela diz: Querido, o brasileiro em vez de ir para o hotel etc. Plessner responde: Ele não irá ao Aschinger, mentiu para você, não confia em você — ainda bem que agora você pode ter certeza da sua perfídia — sabe onde ele está neste momento? Esperando o último avião de Paris.

Fui eu mesmo, com este cenário falso, quem tornou tensas, insuportáveis, aquelas duas horas de espera.

Afinal, não apareceu no aeroporto nenhum dos komplizen do dr. Plessner. Peguei, aliviado do medo, o avião para Paris, mas o meu coração doía carregado de infelicidade. Eu acabara de abandonar uma mulher devido a considerações subjetivas que podiam muito bem ser totalmente infundadas. Eu julgara Veronika com base em um cenário que talvez fosse falso, como todos os cenários. Revi, na minha imaginação, Veronika ao lado de Plessner, apertando sua mão. Aquilo podia muito bem não passar disso: Plessner querendo o conluio que me prejudicaria de alguma forma e Veronika apenas fingindo participar da trama.

"É preciso muito cuidado ao julgar os outros", eu disse, em voz alta.

"Oui, Monsieur?", disse a aeromoça, parando ao meu lado.

7

A alfândega do aeroporto de Paris revistou minuciosamente minha bagagem. Procuraram fundos falsos na mala. Chegaram a me revistar. Devem ter pensado que eu era algum traficante de drogas. Provavelmente porque eu declarara os dólares que levava comigo.

Quando me vi livre daquelas inconveniências, tomei um táxi para o Le Bréa.

Na portaria fui atendido por um oriental — que depois soube ser um vietnamita — que falava um inglês horrendo e que me disse que não havia nenhuma Liliana entre os hóspedes.

"E o senhor Castelo Branco?"

Castelo Branco era hóspede mas não se encontrava no hotel naquele momento.

Preenchi a ficha de admissão e subi, por um pequeno elevador, para o quarto. Tirei o manuscrito da mala e fiquei olhando para aquelas letras incompreensíveis. O manuscrito de Bábel! Era inacreditável que eu o tivesse em meu poder. Não sei quanto tempo fiquei ali, sentado, com o manuscrito nas mãos.

Senti fome. O vietnamita da recepção me dissera que havia um cofre no quarto. Achei o cofre, enrustido na parede, porém o manuscrito não cabia nele, apenas o passaporte e os dólares.

Eu não ia deixar o manuscrito no quarto, enquanto saía para comer. Veronika sabia que eu fugira para Paris e devia ter informado Plessner sobre isso. Poderiam descobrir que eu estava no Le Bréa e na minha ausência invadir o quarto e roubar o manuscrito.

Com o manuscrito debaixo do braço desci pelas escadas até a portaria. Ao entregar a chave do quarto ao vietnamita ele me disse que Monsieur Castelo Branco havia chegado e que estava na pequena sala de espera do hotel.

Sentado em frente a um minúsculo e bem-cuidado jardim de inverno, um indivíduo lia um jornal. Devia ser Monsieur Castelo Branco. Antes de me aproximar dele resolvi examiná-lo. Não podia ver-lhe o rosto, parcialmente coberto, via apenas seus cabelos negros, lisos. Ele vestia-se formalmente, com um terno de casemira escura, uma gravata de listas negras e vermelhas. Era um homem magro e pequeno.

Aproximei-me.

Em pé, defronte a ele, que continuava lendo o jornal, eu disse:

"Monsieur Castelo Branco?"

Ele tirou o jornal da frente do rosto.

"Você?!", exclamei surpreso.

"Schiu!", ela disse.

"Você..."

"Senta aqui."

Sentei.

"Explica isso para mim", eu disse.

"Fala mais baixo."

"Você é louca."

"Schiu!"

"Explica, sua idiota!"

Então Liliana contou que sempre desejara ter uma identidade masculina, se vestir de homem, como a Mademoiselle de Maupin, do romance de Gautier. Assim, comprara um passaporte falso em nome de Euribicíades Castelo Branco e viajara como se fosse um homem, desde o Brasil.

"Gostou do meu cabelo negro?"

"Vão descobrir que você não é um homem."

"Como? Eu tenho peito pequeno. Já passei por duas alfândegas, a do Rio e a de Paris, e ninguém suspeitou."

"Você vai acabar na cadeia. Euribicíades?"

"Não fui eu que escolhi. Existe um sujeito com esse nome, em alguma parte do nosso país." Então Liliana tirou um charuto do bolso, rolou-o entre os dedos, rente ao ouvido, e depois passou-o sob o nariz, aspirando o odor do tabaco. "Não é assim que os homens fazem?"

"Não fumo charuto", respondi. Olhei em torno para ver se alguém nos observava. "Sabe o que é isto?"

"Um monte de folhas soltas de papel."

"Olha, olha!"

"Que letra esquisita."

"Alfabeto cirílico. Sabe de quem é essa letra?"

"Você entende isso?"

"Sabe de quem é essa letra?"

"Não. De quem é essa letra?"

"Bábel."

"E daí?"

"É um romance inédito do Bábel", eu disse, diminuindo a voz. "Vem até o meu quarto que vou contar uma história impressionante para você."

Subimos juntos, pela escada. No pequeno corredor do andar onde ficava meu quarto, passamos pela arrumadeira, que também devia ser vietnamita. Ela nos olhou com um olhar curioso. Seria uma agente de Plessner?

Entrei no quarto e liguei a televisão.

"Este romance foi apreendido pela NKVD quando Bábel foi preso e deveria ter sido destruído..."

"Não estou entendendo nada. Fala mais alto ou abaixa a televisão."

Levantei-me e fui andando na ponta dos pés até a porta — o que era absolutamente desnecessário pois o carpete não permitiria que meus passos fizessem qualquer ruído se eu andasse normalmente — e abri a porta do quarto num repelão.

A arrumadeira vietnamita não estava atrás da porta, como eu temia.

"Você continua doidinho", disse Liliana.

Fechei a porta.

"Não estou maluco. Apenas cauteloso. Ouve o que vou lhe contar, com bastante atenção."

Liliana me abraçou. Me beijou na boca.

"Não pode ficar para depois?"

Eu a empurrei, livrando-me do abraço. E comecei a contar a história do manuscrito. No princípio Liliana fingiu desinteresse, deitando-se e rolando na cama, bocejando, suspirando. Mas aos poucos foi ficando interessada e sentou-se na cama, de olhos arregalados.

"Isto tudo é verdade?", perguntou Liliana quando terminei.

"Absoluta."

Acendeu um cigarro. "Você está virando protagonista de filme noir. E agora? Me dá um beijo?"

"Beijo? Pensar nisso numa hora dessas?", eu disse. "É o manuscrito de Bábel, sua desgraçada!"

"Bábel está morto e ninguém sabe quem ele é, nem sabem da existência do seu manuscrito inédito de passado eletrizante. Só a KGB, que não conta para ninguém, e Plessner, que é um alemão doido, e Ivan, que é um corrupto infeliz, e você, que é um brasileiro idiota."

"E Gurian", eu disse.

"Que é um judeu velho doente."

"E Veronika."

"Que é uma alemã pérfida. Enfim, o que quero dizer é que temos tempo para brincar um pouco."

Liliana me abraçou. No espelho do armário me vi abraçando um homem (um rapaz, melhor dizendo) vestido de preto, de aspecto andrógino.

"Tira essa roupa", eu disse.

Liliana se despiu.

"Você acha que eu devia pintar aqui também?"

"Deve ser difícil."

"Com uma escovinha é fácil..."

"Não pinta, não."

"Você gosta mais assim, com os pelinhos vermelhos?"

"Não é isso."

"É o que?"

"Não quero conversar sobre este assunto. Quero conversar sobre o Bábel."

"Depois. Tira também a sua roupa."

Fiquei nu.

"Você não tem vergonha de se apresentar neste estado?"

"Liliana, eu não quero brincar. Minha vida está muito complicada."

"É mesmo? Não quer?", perguntou ela, aproximando-se de mim. Os bicos eriçados dos seios de Liliana roçaram no meu peito.

"Mas o que é isso? Que intumescência progressiva é essa aí? Hum!?", perguntou Liliana.

Fiquei calado.

"Você não disse que não queria?"

Continuei calado.

"Não há nada no mundo melhor do que isso, você sabe disso."

Liliana tinha razão. Era a melhor coisa do mundo. Mas depois que passava, não era nada. Dava vontade de fazer outra coisa.

"Você acha que o Gurian já saiu do hospital?"

"Gurian? Meu Deus! Nós nem acabamos de brincar e você já está pensando em outra coisa. Onde está a sua volúpia?"

"Minha volúpia é antes e durante. Depois, meu desejo é telefonar para o Gurian. Você acha que ele já saiu do hospital?"

"Gurian?"

"O judeu velho doente amigo meu. Na casa de quem estão as pedras preciosas. Você esteve lá comigo."

A telefonista do hotel fez a ligação rapidamente.

Uma mulher atendeu. Pedi para falar com Gurian.

Fiquei muito feliz ao ouvir a voz do velho.

"E a saúde?", perguntei depois das saudações.

"Ótima."

"Que tal se você pegasse um avião e viesse aqui a Paris encontrar-se comigo?"

"Ir a Paris..."

"Pago todas as despesas", acrescentei de maneira prática.

Percebi que Gurian falava com alguém.

"Ir a Paris...", repetiu o sábio.

Uma voz de mulher entrou na linha: "Boris não pode viajar. O senhor não sabe que ele saiu do hospital ontem?"

"Alô? Alô", eu disse.

"Alô", disse Gurian, retomando o telefone.

"Quem era essa mulher?"

"Sara."

"Você saiu do hospital ontem?"

"Saí."

"Então ela tem razão", eu disse.

"Ela sempre tem razão. Ainda por cima Sara não tem filhos. Azar o meu."

Ouvi Sara protestando.

"O que você quer que eu vá fazer em Paris?"

"Traduzir uma coisa do russo para mim."

"Gente que sabe russo é o que não falta em Paris."

"Você conhece alguém?"

"Espera um pouco."

Esperei.

Sara entrou na linha.

"Boris está mexendo nos papéis calmamente. Pode ficar meia hora nisso. É melhor o senhor desligar e ligar depois. Este telefonema vai custar uma fortuna."

"Obrigado, dona Sara, mas prefiro esperar."

Esperei.

Novamente a voz de Sara reclamando.

Gurian voltou.

"Procura na rue Jacob, não sei se é vinte e oito ou trinta, um sujeito chamado Jacques-Henri Gauché."

"Ele é de confiança?"

"Sim, sem dúvida. Fale no meu nome. Diga que é meu amigo."

"Posso pedir outra coisa? Vê na estante se atrás do *Mahabharata* está aquela caixinha de pedras preciosas que eu lhe mostrei no hospital."

Esperei.

"Está sim."

"Guarda para mim."

"Quando você volta?"

"Não sei."

Enquanto eu falava ao telefone, Liliana se vestira.

"Vamos jantar no La Coupole, já fiz a reserva", ela disse.

Fomos a pé. Passamos pela estátua de Balzac. Fazia um frio suportável, sem vento.

O restaurante estava cheio.

"Vou comer apenas ostras com vinho branco", disse Liliana.

Também bebi um pouco.

Liliana comeu duas dúzias de ostras.

"Eu te amo", disse Liliana. "Amo mesmo. Em parte por causa do vinho, em parte por causa das ostras, em parte por tua causa. Quer dizer, por tua culpa. Senta aqui ao meu lado."

Saí da minha cadeira e sentei-me próximo de Liliana no longo assento com encosto forrado de vermelho.

"Me dá um beijo", disse Liliana.

Beijei-a.

Liliana deitou a cabeça no meu ombro.

Beijei-a outra vez. A boca de Liliana tinha um gosto estranho de ostras com Chablis.

Notei que pessoas olhavam em nossa direção, com expressões variadas. Uns divertidos, outros censurando ostensivamente. Que diabo estava acontecendo com Paris que um homem não podia mais beijar uma mulher no La Coupole?

Percebi então o motivo daqueles olhares. Afastei Liliana de mim, bruscamente. Senti meu rosto ardendo.

"O que foi?", disse Liliana.

"Você está vestida de homem."

"E daí? Ninguém desconfia de nada. Atravessei duas alfândegas."

"Por isso mesmo, sua idiota. Todo mundo acha que eu estou aqui a beijar descaradamente um homem."

"Ninguém conhece a gente. Deixa pra lá."

"Lembre-se da lei da implicância universal: se você não quer ser visto, será — e vice-versa. Garanto que estão aqui vários sujeitos que me conhecem, um jornalista, um diretor de cinema, o meu dentista — vão espalhar lá no Brasil que sou gay."

"E daí?"

"Vão nos expulsar daqui."

"A gente não sai."

"Você nunca mais vai comer ostras e vinho comigo."

Numa mesa próxima à nossa um homem e uma mulher levantaram os copos numa saudação e beberam. Era um casal de meia-idade. Liliana e eu também levantamos nossos copos e bebemos.

"Não existe nada melhor do que a civilização", disse Liliana.

Nas outras mesas, porém, não percebi a mesma solidariedade. Senti um alívio quando saí do restaurante.

"Se eu gosto de mulher, por que você não pode gostar de homem?", perguntou Liliana enquanto caminhávamos para o hotel. Agora um vento frio tornava inconfortável a caminhada.

"Tira essa roupa", eu disse quando chegamos ao quarto.

"Você quer me olhar?"

"Quero."

"E o mistério?", disse Liliana.

"Amanhã cedo temos que ir procurar Jacques-Henri Gauché", eu disse.

Levando o manuscrito de Bábel dentro de um largo envelope pardo desci com Liliana a rue Vavin em direção ao Jardin du Luxembourg. Decidíramos caminhar até a rue Jacob e aquele era um dos caminhos possíveis. Em Paris fazia menos frio do que em Berlim. A caminhada pelo jardim foi muito agradável. Várias vezes Liliana tentou me abraçar pela cintura enquanto caminhávamos, mas eu a afastei, não queria chamar a atenção. Eu usava um boné de lã, mas Liliana mantinha a cabeça descoberta. Ela inventara uma maneira de andar que julgava viril, adequada aos trajes masculinos que usava. Na verdade parecia um efebo afeminado.

Demoramos uma meia hora para chegar até o boulevard Saint--Germain. Dali pegamos a rue Bonaparte. Logo chegamos à rue Jacob.

O número 30 era uma casa muito antiga. Entramos por uma pequena portinhola aberta no meio de um largo portão de madeira e chegamos a um grande pátio escuro calçado de pedras, cercado de portas altas, e de janelas no andar superior, todas fechadas.

Passamos por uma moça e perguntamos por Jacques-Henri Gauché. A moça apontou uma porta.

Na porta havia uma velha placa onde mal se podia decifrar o que estava escrito. Dava porém para ler a palavra Gauché. Não vimos nenhuma campainha.

Bati à porta.

Esperamos.

Agora com mais força, bati novamente.

Um rapaz com cara de Hare Krishna entreabriu a porta.

"Sim?", ele disse.

"Estamos procurando por Monsieur Jacques-Henri Gauché."

"Entrem, por favor", ele disse abrindo a porta.

Entramos num grande salão ainda mais escuro do que o pátio. Velhos armários de madeira sólida, mesas e cadeiras pesadas atravancavam o salão. Mas o que me interessou foram as três pessoas que estavam ali.

Dois eram muito jovens. O Hare Krishna e uma menina feia e pálida de cabelos louros e grandes olhos redondos. O terceiro era um sujeito que devia ter cem anos. Aquele era certamente o Jacques-Henri Gauché, que sabia russo e muitas outras coisas. Ninguém vive impunemente cem anos.

Fui direto ao velho.

"Monsieur Jacques-Henri Gauché?"

"Jacques-Henri morreu", ele disse.

Fiquei algum tempo sem saber o que dizer. E Liliana também, por menos tempo.

"O senhor sabe russo?", ela perguntou.

"Se eu sei russo?", disse o velho. E inclinou a cabeça para trás e abriu a boca sem nenhum dente e deu uma longa gargalhada que parecia mais um uivo. Depois esticou a mão descarnada, enfiou-a pelo meio da minha capa, segurou minha camisa agarrando os cabelos do meu peito: "Sei muito mais do que isso!"

"Esse velho é um lobisomem", disse Liliana, em português, "vamos embora."

"Não existem lobisomens em Paris, todo mundo sabe disso", respondeu o velho em português, com um sotaque impossível de ser identificado. "Por que lobisomem?", perguntou olhando intensamente para Liliana, como se ela fosse um vulto envolto em neblina. Atônita, Liliana se agarrou na mesa.

O velho tocou no envelope pardo onde estava o manuscrito de Bábel, que eu segurava com força, e disse: "É isto que o senhor quer que eu traduza?" Apertou o envelope, como se procurasse sentir as letras através do papel.

"Ahahahahah!", ele disse.

"Vamos embora", disse Liliana, assustada.

"Muito obrigado", eu disse para o velho, com um gesto de cabeça de despedida, enquanto Liliana me puxava pelo braço.

"Idiota", disse o velho.

Saímos.

Quando chegamos ao boulevard Saint-Germain, Liliana parou de me puxar pelo braço. "Aquele cara é um feiticeiro. Podem não existir lobisomens em Paris, mas feiticeiros existem", ela disse. "Ou então fomos hipnotizados. O que você prefere?"

"Acho melhor a gente voltar para o Rio. Preciso de alguém para traduzir o manuscrito. Quer saber quais são meus planos? Não vou mais filmar a *Cavalaria*. Vou filmar o manuscrito de Bábel." Brandi com força o envelope pardo, como se fosse um chocalho.

"E se for a história de uma família judia em Odessa nos anos vinte?"

"Filmo seja lá o que for. Construo uma Odessa em Jacarepaguá."

Liliana balançou lentamente a cabeça, como alguém que se conforma com o irremediável. No caso, a minha loucura.

"Vamos almoçar?", disse Liliana.

"Mas não no La Coupole", eu disse.

"Por quê?"

"Já vi todas as pessoas que havia lá para ver."

"A razão não é esta", disse Liliana.

"Se você quisesse achar um brasileiro em Paris aonde iria?"

"Galerie Lafayette, Deux Magots, Brasserie Lipp, calçadas do boulevard Saint-Germain e da avenue Champs Élysées..."

"E...?"

"La Coupole."

"Então? Você quer que os verdugos de Plessner nos encontrem? A Veronika garantiu que ele me mataria se lhe roubasse o manuscrito."

Fomos a uma agência da Varig marcar as passagens de volta para o Rio, para dois dias depois.

Nesses dois dias ficamos a maior parte do tempo dentro do hotel, na cama, brincando e vendo televisão. Não fomos nem mesmo aos cinemas próximos no boulevard du Montparnasse.

Era uma quinta-feira, à noite, quando pegamos o avião para o Rio.

III

O DIAMANTE FLORENTINO

1

No avião, vendo Liliana dormir, comecei a pensar em Ruth, pela primeira vez sem lutar contra minhas recordações.

Conheci Ruth por intermédio de Liliana. Eu precisava de alguém para fazer a coreografia de um curta que ia produzir e dirigir. Liliana, que naquela época tinha dezesseis anos, disse que uma bailarina e coreógrafa chamada Ruth, por quem estava apaixonada, poderia fazer o trabalho para mim. Liliana me dissera ainda que, aos quinze anos, Ruth fora vendida pela mãe a um homem rico, não como a mãe de Corália vendeu a filha ao Camusot, mas como a Marguerite foi vendida ao Chinês, uma coisa mais sutil. A mãe de Ruth ao enviuvar descobrira que não podia mais manter sua vida fútil e dissipada, a menos que se desfizesse de parte dos seus bens. Assim, vendeu as joias, as propriedades e, por fim, a filha. Era uma mulher que bebia muito e acabou internada num asilo de doentes mentais, onde morreu. O homem que comprou Ruth — e que não era um velho, como acontece na maioria dos romances — deu-lhe condições de continuar estudando balé. Este homem, ainda segundo Liliana, também não era muito bom da cabeça. Suicidou-se no dia em que completou quarenta anos. Ruth tinha dezoito anos, então. Mas, graças ao protetor, já podia ganhar a vida como bailarina. O passado de Ruth, nesta versão de Liliana, em parte confirmada depois pela própria Ruth, era tão complicado, tão cheio de lances insólitos que, ao pensar nele, como agora no avião, eu tinha sempre a impressão de que era tudo mentira.

Cheguei à casa de Ruth às sete da manhã. Ruth estava regando o jardim, com os pés molhados e a barra da saia suja de terra e a blusa branca, bordada em ponto de cruz, toda respingada. Esperei, paciente, que terminasse de aguar as plantas. Falei-lhe do curta-metragem que estava dirigindo.

"Não sei que coreografia poderia ser feita num documentário sobre os miseráveis do centro da cidade", ela disse.

Expliquei-lhe que os personagens eram ladrões, pivetes, malabaristas desempregados, prostitutas, travestis, basbaques da periferia em seu lazer — além dos mendigos. Queria que ela inventasse uma coreografia para uma família de mendigos.

"Coreografia para uma família de mendigos? De verdade?"

"Eles já concordaram em dançar para mim", eu disse.

"É um documentário?", ela parecia confusa.

"Vamos chamá-lo assim, se você gosta. Mas a rigor não existe essa coisa chamada documentário, tudo é montagem, tudo, no cinema, é fictício, de uma forma ou de outra."

Ela me disse que era mais bailarina do que coreógrafa.

"Pense no desafio: uma coreografia para mendigos verdadeiros que nunca dançaram", eu disse.

"Acho que tenho uma boa ideia." Ela fechou a torneira, largou a mangueira. Levou-me até seu quarto. Colocou um cassete no aparelho de som.

"Que tal eles dançarem ao som desta música? É o 'Passeio nas Tulherias', dos *Quadros de uma Exposição*, de Mussorgski."

Não deixei que ela trocasse de roupa. Fomos para a cidade numa Kombi, com o fotógrafo e o material da filmagem, câmera e outros apetrechos.

Quando chegamos ao Largo da Carioca, de dentro da Kombi mostrei uma família de mendigos nos fundos do prédio da Caixa Econômica, perto da entrada do metrô. Eram uns vinte mendigos, alguns deitados sobre cobertores.

Uma mulher jovem, de rosto imundo, chamou a atenção de Ruth, pela dignidade e elegância na maneira de se conduzir.

Chamava-se Eurídice. Em pouco tempo os mendigos estavam prontos. Ruth sugeriu que primeiro devíamos tocar a música para eles ouvirem.

Enquanto ouviam Mussorgski, Ruth pediu a Eurídice que olhasse para ela. Ruth dançou um pouco e depois perguntou-lhe se era capaz de repetir os mesmos movimentos que fizera. Eurídice respondeu que iria tentar.

Então aconteceu uma coisa maravilhosa, uma mistura de grotesco e sublime. Todos os mendigos resolveram imitar os movimentos de Ruth, cada rosto com uma expressão diferente, cada corpo com uma enunciação peculiar. Naquele dia descobri, fascinado, que todo ser humano tem a aptidão da dança, a capacidade de criar movimentos corporais significativos.

Ruth sugeriu que aquela cena ficaria linda se todos os mendigos estivessem nus. "Poderíamos levá-los para uma dessas ruas desertas do centro onde filmaríamos sem sermos incomodados."

Um mendigo nu deixa de ser um mendigo. Ainda mais no cinema, onde o traje dos personagens é muito importante.

"Você já imaginou se em *Casablanca* o Humphrey Bogart andasse de um lado para o outro vestindo uma camisa de manga curta? O filme seria um fracasso. Bogart é interessante porque veste uma capa com bolsos onde pode meter as mãos. E usa um chapéu. E os outros personagens também *estão vestidos*."

Em vez de desnudar nossos mendigos, nós os cobrimos de andrajos. Ruth concordou comigo. Ainda mais por alguns deles serem gordos. A ideia de pobreza sugere magreza.

"É porque eles não fazem regime", brinquei.

No filme a cena toda ficou ainda mais bonita. Eu improvisara uma espécie de dolly, usando um carrinho de mão com rodas de pneu, desses conhecidos como burro sem rabo, sobre o qual coloquei a câmera. Queria que a câmera se movesse o tempo inteiro, às vezes em sentido contrário ao dos mendigos dançando e isto seria feito empurrando-se o carrinho lentamente, para a frente e para trás. Enquanto isto faria um zoom, in and out, sempre extremamente devagar.

O fotógrafo que operava a câmera achou que isto era impossível. Eu lhe disse que a grande conquista do "impossível" em matéria de movimento de câmera fora realizada par Allan Dwan, em 1915, filmando *David Harum*. Pela primeira vez a câmera, libertada do tripé, saiu andando pela rua atrás do personagem. Depois disso não parou mais. Disse-lhe ainda que Altman havia feito, em *The Long Goodbye*, aquilo que eu estava propondo. Ele respondeu que não estávamos em Hollywood mas no Largo da Carioca, não sobre uma grua sofisticada mas em cima de um burro sem rabo. Como poderia ele tiltar direito, para cima e para baixo, a porra daquela câmera?

Filmamos, não apenas a dança, mas quase tudo, daquela maneira. O efeito que obtivemos foi sensacional. Este meu curta, *O Baile dos Mendigos*, correu o mundo, elogiadíssimo, e nunca contei a ninguém o segredo da sua intrigante cinematografia. Na verdade obtive um resultado melhor do que o de Altman, que, conquanto dispusesse de uma melhor tecnologia, trabalhou restringido pelos limites dos cenários de estúdio e não alcançou o efeito estético que buscava: fazer o espectador se sentir como um bisbilhoteiro, um eavesdropper. Eu, que trabalhava ao ar livre, numa praça ampla cercada de arranha-céus, queria colocar o espectador não apenas na posição do voyeur que ele sempre é, mas na do magnetizado-recalcitrante, assumida pelas pessoas perante uma visão chocante que, contraditoriamente, repugna e atrai; a postura, por exemplo, que manifestam ao ver um morto nu estendido na calçada. Na verdade o ser humano tem esta atitude ambígua diante do sexo, do poder, da loucura, da miséria, da dor, da morte.

"Foi a dança mais bonita que vi em minha vida", disse Ruth quando mais tarde tomávamos uma cerveja. Curvou-se e deu um beijo na minha mão.

Por instantes, não entendi o que estava acontecendo. Eu supunha que ela não se interessasse por homens, apenas por meninas como Liliana, mas o olhar de Ruth dizia outra coisa. Pegamos a Kombi e fomos para um motel.

Era um apartamento cheio de espelhos. Sem saber o que fazer fui até as janelas e abri as cortinas. A paisagem exterior era um paredão de cimento.

Ela veio para perto de mim. Abracei-a por trás. Ficamos algum tempo assim, olhando o paredão de cimento. Senti sua respiração presa, um cheiro perfumado de shampoo nos cabelos. Ruth virou-se de frente para mim. Vi que sentia medo — de não gozar, de se decepcionar? Quanto a mim, estava tranquilo. Sabia o que queria: dar, principalmente, prazer a ela. Não era difícil, pois eu podia controlar o meu gozo. Seria isto uma impostura? Uma maneira astuta de enfrentar a superioridade feminina? Aquele apartamento cheio de espelhos era um cenário adequado a todos os embustes. Até o paredão parecia uma coisa falsa. Mas não havia mentira em mim, apenas meu autocontrole criava uma imagem, que eu não buscava, de amante ardoroso, quando na verdade eu era apenas generoso.

Generoso? Ou um fanfarrão? Eu inventara para Ruth um homem que não existia, e que tinha, por isto, que durar pouco. Principalmente depois que aquilo acontecera. Mas eu não queria mais pensar. Apertei freneticamente a campainha chamando a aeromoça.

"Uísque", eu disse quando ela surgiu. "Quero uísque." Queria esquecer. Novamente, eu lutava contra minhas recordações.

2

Fazia calor no Rio, naquela manhã em que chegamos de Paris. A temperatura dentro do táxi, que nos conduzia pela avenida Brasil em direção à zona sul da cidade, estava insuportável. Não sabíamos se íamos para minha casa ou para a de Liliana, pois tínhamos medo de que o homem da capa ainda estivesse a nossa procura.

"Vamos para a casa de Mitiko", disse Liliana. "O despejo dela vai demorar uns dois anos, segundo o advogado que ela arranjou."

Mitiko recebeu-nos com manifestações de carinho. Não me lembrava de ela ser tão branca e de ter cabelos tão negros. Eram da cor dos cabelos falsos de Liliana.

Liliana não falara do seu disfarce e Mitiko nunca a vira vestida de homem, com os cabelos curtos pintados. Mas não pareceu surpresa com tudo isso. Quis saber como era passar por homem, que tipo de sensações Liliana sentira, se as mulheres faziam-lhe propostas, avanços galantes. Liliana respondeu que quem lhe fazia propostas, quando vestida de homem, eram os homens. E que concluíra que pelo menos trinta por cento dos homens eram homossexuais — ostensivos, enrustidos ou latentes.

Mitiko disse que ela também iria assumir uma falsa identidade de homem. Tinha peitos pequenos, bundinha pequena, como a dos homens, era alta, magra.

"Todo rapazinho chinês parece uma mocinha", disse Liliana.

"Eu não sou chinês", reclamou Mitiko.

"Tudo a mesma coisa", disse Liliana. Para mim: "Você não quer se disfarçar de mulher?"

"Vou pensar nisso", eu disse.

"Ele não fica bem de mulher", disse Mitiko.

"Não sabemos", disse Liliana.

"Quero me vestir de homem e fazer uma mulher se apaixonar por mim pensando que sou um homem", disse Mitiko.

"Pois eu quero que um homem se apaixone por mim pensando que sou mesmo um homem", disse Liliana.

Eu não ia ficar ali ouvindo a conversa de duas garotas idiotas.

"Tenho que sair. Não sei a que horas volto."

"Descansa um pouco", disse Mitiko.

"Não posso, é uma coisa urgente."

Apanhei o manuscrito.

O trânsito nas ruas parecia ter piorado. Os transeuntes estavam mais feios em meio àquele calor opressivo.

Gurian abriu a porta para mim.

"Você já está bom?", perguntei.

Antes que ele respondesse, acrescentei, mostrando o manuscrito na minha mão. "Está vendo isso?"

"Estou", disse Gurian. "Entra, entra."

"Isto aqui", eu disse, entrando no apartamento, "é o manuscrito de Bábel que foi confiscado pela NKVD quando ele foi preso."

Contei tudo para Gurian. Enquanto eu falava, Gurian, que tirara o manuscrito da minha mão, sacudia-o de maneira desesperada de encontro ao rosto, sapateava e chutava coisas que estavam no chão

— havia sempre coisas no chão da sua casa, além dos livros — e exclamava palavras ininteligíveis.

Afinal entendi o que ele dizia: "Quebrei os meus óculos, não posso ler!"

"Não pode ler?!", eu gritei. "Como não pode ler?!"

"Quebrei os meus óculos hoje de manhã. Pisei em cima deles."

"Como é que você foi pisar nos próprios óculos?! Isso é coisa de maluco."

Ficamos gritando algum tempo, exasperados, ele porque não podia ler imediatamente algo tão instigante e extraordinário como um texto inédito de Bábel e eu por depender de um velho maluco.

"O que vamos fazer?", perguntei, quando nos acalmamos. "Você não tem um amigo que leia isto para nós?"

"Não, não, não, não, não", disse Gurian rosnando como um cão danado, "não quero que ninguém no mundo reinaugure este texto em meu lugar." (Eu lhe havia dito que depois de apreendido e escondido na Biblioteca Lenin o manuscrito de Bábel provavelmente não fora lido por pessoa alguma, nem mesmo por Ivan e sua amante ladra.) "Deixa isto comigo", continuou Gurian, abraçando os papéis, "ninguém no mundo é melhor qualificado do que eu para guardar esta preciosidade."

Deixei-o agarrado ao manuscrito. Tirei o *Mahabharata* da estante. Apanhei a caixa de pedras escondida atrás dele.

As pedras estavam todas na caixa. Eu não me lembrava de quantas havia antes, mas tive certeza de que não faltava nenhuma.

Pretendia levar as gemas comigo. Mas mudei de ideia.

"Posso deixar estas pedras aqui? Só mais alguns dias?"

Gurian disse que sim. Coloquei a caixa no lugar em que estava antes.

"Quando é que você recebe os óculos?"

"Não sei. São lentes especiais. Talvez ainda hoje."

"Liga para o dentista e pede para hoje sem falta."

"Ele não é dentista. É oculista."

"Eu não disse dentista. Disse oculista."

"Falou dentista, eu ouvi muito bem."

Começamos outra discussão acalorada. Chamei-o de velho surdo nefelibata. Ele chamou-me de jovem estúpido.

Depois tomamos o resto de uma garrafa de uísque, que Gurian mantinha escondida de Sara debaixo da cama.

Deixei com Gurian o manuscrito e o telefone da casa de Mitiko.

Liliana não estava, quando voltei.

Mitiko sentou-se ao meu lado e sorriu para mim.

O que fazia uma pessoa ser atraída por outra? O que me fizera segurar a mão de Mitiko, naquele instante? Casanova, segundo Schnitzler, queria muito mais dar do que receber prazer. Eu também era assim. Esse dar prazer era uma forma de se exibir? Uma espécie de bazófia? Eu agira assim também com Ruth.

"Você acha que sou um casanova?"

"Não parece", disse Mitiko. "Quer que eu beije você?"

"Não sei."

"Por que você segurou minha mão?", ela perguntou.

"Se você fosse um gato eu teria feito a mesma coisa."

"Gato tem mão?"

"Teria posto o gato no colo."

"Então é isto o que sou para você? Um gato?"

"Um mistério."

"Agora está virando um sedutor profissional, chamando a mulher de mistério."

"A mulher e o gato."

"Eu quero beijar você", ela disse.

Beijou-me. Ouvimos o barulho da porta sendo aberta.

"As pessoas estão muito doidas nesta cidade", disse Liliana, entrando.

Mitiko levantou-se do sofá onde estávamos. Seu rosto ficara muito vermelho; arrumou a blusa, nervosa.

Liliana contou que estava no banco, na fila do caixa, quando percebeu que um cavalheiro bem-vestido a olhava fixamente. Quando ia sair o cavalheiro se aproximou e falou, de maneira educada e gentil, da beleza das orelhas dela. Liliana agradeceu e o cavalheiro perguntou se as orelhas eram furadas. Liliana respondeu negativamente. Então o cavalheiro perguntou quanto ela queria, em dólares, para deixar que ele lhe furasse as orelhas. Liliana, espantada, perguntou se ele estava brincando. O cavalheiro respondeu que falava seriamente, que poderiam assinar, caso Liliana quisesse, um contrato no escritório do advogado dela, antes da operação.

"Como é que ele ia furar suas orelhas?", perguntei.

"Fetiche auricular em sua forma sádica semissublimada", disse Liliana.

"Ou coisa pior", disse Mitiko.

"As pessoas estão muito doidas", repetiu Liliana.

"O Gurian quebrou os óculos", eu disse.

"Acho que nós também estamos ficando doidos", disse Mitiko.

Depois disso ficamos calados.

"Vou ligar para meu irmão." Aquelas duas mulheres juntas me deixavam nervoso.

José disse que queria me ver imediatamente.

"Onde você está? Passo aí para te apanhar de carro."

Mitiko apanhara um estojo com objetos de manicure para fazer as unhas de Liliana.

"Meu irmão vem me apanhar."

"Você vai demorar?"

"Não. Daqui a pouco eu volto."

José chegou num carro grande, escuro, dirigido por um motorista. Entrei no carro.

"O que você queria falar comigo?"

"Depois", ele disse, olhando significativamente para as costas do motorista.

Fomos para a igreja de Copacabana.

"Consegui uma emissora de televisão", ele disse, quando já estávamos em seu gabinete, na igreja.

"Conseguiu como?"

"Consegui a concessão. Quer dizer, a Igreja conseguiu. Mas eu sou o diretor-presidente. Não preciso enfatizar para você a importância que isto tem para meus planos, quer dizer, os planos da Igreja. Você sabe melhor do que eu a força dos veículos de comunicação de massa."

"Sim, sei. Mas o que tenho com isso?"

"Preciso de você. Quero que você me ajude."

"Não entendo nada de TV. Você entende mais do que eu."

"Não seja modesto. A modéstia tem prejudicado você."

"Um sujeito escreveu no jornal que eu era arrogante."

"Não vamos discutir isto agora. Minha proposta é que você tome conta de toda a programação não evangélica da nossa emissora de TV. Você terá uma boa participação no faturamento total."

"Eu quero dirigir meu filme."

"Que filme? Você está há dois anos tentando arranjar dinheiro para dirigir um filme e não consegue."

"Para que você quer também uma TV?" Era uma pergunta idiota, eu sabia que José, ou a Igreja de Jesus Salvador das Almas, sociedade civil devidamente registrada como pessoa jurídica, isenta de impostos, já possuía uma gravadora de discos, uma editora, uma estação de rádio.

"Precisamos divulgar a palavra de Jesus e pretendemos usar os mesmos recursos dos ímpios, lutar com as mesmas armas dos hereges."

"Os mesmos motivos que estão levando vocês a se elegerem deputados e senadores?"

"Sim! A sociedade brasileira chegou a este ponto de podridão moral por falta de fé. Depravação, corrupção, narcisismo, consumismo, violência, degradação moral, poluição do meio ambiente, ambição desenfreada, conflitos sociais — tudo por falta de fé."

Parecia *Il Generale della Rovere*, do Rosselini. Um vigarista se faz passar por um homem de bem, assume o código de honra deste e acaba sacrificando, por isso, a própria vida. Seria meu irmão um velhaco como esse personagem vivido por De Sica, que se redime afinal por acreditar na própria mentira? Olhei bem seu rosto.

Neste instante uma mulher abriu a porta.

"José...", ela começou a dizer e calou-se quando me viu.

"Meu irmão, o cineasta", disse José. "Esta é a nossa irmã — irmã em Cristo — Dalva. Sim, irmã Dalva?"

"Não é nada importante, reverendo. Pode ficar para depois. Com licença", disse a nossa irmã Dalva, saindo apressadamente.

"Estamos vivendo novos tempos", disse José, "você não está vendo? Não somos mais aqueles 'crentes' ridicularizados pelos católicos, segregados em guetos na periferia das grandes cidades. Só aqui no Rio existem duzentas denominações, centenas de templos evangélicos, dois milhões de fiéis. Você não tem ideia de quanto arrecadamos por mês só com o pagamento do dízimo."

Não era difícil calcular, se o número de adeptos mencionado por José fosse verdadeiro, tendo em vista o imposto eclesiástico que eles cobravam.

"Oito milhões de dólares", eu disse. "Oito milhões de dólares por mês."

José sorriu. Teria eu feito um cálculo modesto?

"Vocês pretendem chegar à Presidência da República?"

José sorriu docemente, paciente. "Nosso objetivo não é a Presidência da República. E se fosse? Pergunto: por que um membro da Igreja evangélica não pode ser presidente deste país? Tivemos presidentes fazendeiros, advogados, militares, médicos — por que não um pastor evangélico? O que um pastor evangélico poderia fazer que fosse pior do que fizeram estes todos que já ocuparam o cargo?"

“A mesma porcaria então?”

“Você precisa controlar o seu rancor.” Fez uma pausa. “Desculpe lhe dizer isto, mas tenho estado atento à palavra de muitos dos nossos fiéis — que não sabem, é claro, das nossas relações sanguíneas — e todos, todos!, odiaram *A Guerra Santa*. Perdoe-me por lhe dizer isto, mas acho que eles estão certos. É um filme antirreligioso, anticristão.”

Olhando-me nos olhos, continuou: “Você é meu irmão, mas Jesus é o meu pai, a minha família!” Tentou segurar minha mão. “Não se entregue à depressão. Desde menino você tem essas fases.”

“Foda-se, José.”

“Que Jesus lhe dê paz!”

José estendeu as mãos para mim.

“Meu irmão”, ele começou com uma voz cheia de carinho e perdão.

Virei as costas e saí sem ouvir o que ele dizia.

Ao caminhar pela rua senti uma espécie de mal-estar, como se estivesse sendo seguido. Parei e olhei para trás. O meu coração gelou. O homem da capa estava parado na rua. Sorriu, daquela maneira torta represada widmarkiana dele. Fui ao encontro do homem da capa decidido a perguntar, como Raymond Burr em *Rear Window*, “what you want from me?”

Cheguei até a uma curta distância dele, não muito curta, uns oito metros.

“O que você quer de mim?”, gritei. (Burr dissera isto quase sussurrando.)

O homem da capa se aproximou com passos lentos, calmamente.

“Você sabe o que queremos de você.”

“Foda-se você também!”, gritei.

Outro sorriso. Aquele desgraçado devia estar no cinema.

“Você está jogando fora todas as suas chances.” Falava como um heavy de Hollywood.

Deixei-o parado na rua, fui andando, sem olhar para trás. Eu tinha a força, o poder. Era dono do manuscrito inédito de Bábel, o único romance do maior contista do mundo, o que podia fazer contra mim um bandido canastrão que imitava um ator que ninguém mais conhecia, contra mim que derrotara o fantasma de Josef Stalin?

Mitiko e Liliana conversavam de mãos dadas, no sofá da sala, quando cheguei.

"O seu amigo ligou", disse Liliana.

"Que amigo?"

"O velho. Disse que havia recebido os óculos. Quer muito falar com você."

"Ele recebeu os óculos?", eu disse, correndo para o telefone.

A linha de Gurian estava ocupada.

Liguei dezenas de vezes e o aparelho de Gurian dava sempre o sinal de ocupado.

"Espera um pouco", disse Liliana. "Você está muito nervoso."

"Acho que ele deixou o telefone fora do gancho. Gurian é muito distraído."

O sinal de ocupado continuava.

"Vou lá na casa dele", eu disse.

"Você entrou e saiu o dia inteiro. Eu quero conversar com você. Coisa séria", disse Liliana.

"Você vendeu as orelhas, é isso?"

"Idiota. É sério mesmo."

"Na volta. Na volta a gente conversa."

"Vou também me vestir de homem, durante um ano, pelo menos", disse Mitiko.

"Na volta, na volta a gente conversa", eu disse.

No corredor havia dois sujeitos, esperando o elevador. Um deles tinha nas mãos algo que parecia um pano preto dobrado. O outro se aproximou e disse: "O senhor podia me dizer as horas?"

Não tive tempo de fazer nada. Colocaram violentamente um capuz sobre a minha cabeça. Tentei me defender sem gritar, não queria dar demonstrações de covardia para Liliana e Mitiko, que certamente seriam as primeiras pessoas a ouvir meus gritos, porém estava imobilizado, agarrado com força e sendo empurrado. Além disto, o fato de estar sendo arrastado, de ter que andar às cegas, deixara-me aturdido; por instantes, senti mais medo de cair do que do ataque insólito que estava sofrendo. Então senti algemas de metal prenderem meus pulsos.

Ouvi o barulho do elevador chegando. Agora estávamos dentro do elevador e eu continuava me debatendo para me livrar dos meus captores. O elevador descia.

"Socorro!", gritei.

O elevador parou. Eu devia estar no hall do edifício. Talvez na garagem. Minha cabeça bateu numa superfície dura. Um carro? Bati novamente com a cabeça, agora sabia que era na capota de um carro. Baixei a cabeça, num reflexo idiota que ajudou meus sequestradores. Ouvi a porta do carro batendo. Depois outra.

"Vamos embora!", disse uma voz.

Ouvi o ronco do carro posto em movimento.

"Socorro!", gritei novamente.

Com brutalidade colocaram uma mordaça em minha boca.

Mexi o corpo. Havia espaço onde eu estava caído. Devia ser um furgão, talvez uma Kombi.

"Eu não disse que era fácil?"

"Cala a boca!"

Esse deve ser o chefe, pensei.

Som de rock. O rádio do carro. A música costumava ter um efeito tranquilizador sobre mim, mas aquele som pareceu-me agressivo, encheu-me de medo. A quadrilha de contrabandistas certamente estaria por trás do sequestro. Eles me matariam se eu não lhes desse as gemas. Me matariam de qualquer maneira.

Dentro de pouco tempo eu seria um homem morto, como Bábel. A ideia de que Bábel estava morto e de que eu estava prestes a morrer me parecia uma coisa absurda, extravagante. Não estava pensando na imortalidade da alma, não acreditava nisto. A rigor, meus sentimentos em relação ao homem Bábel não eram muito diferentes daqueles que havia experimentado quando um cachorro meu morrera. Depois que o cão foi levado — é quase tão complicado livrar-se de um cão morto, um cão a quem você ame como a um amigo, quanto de uma pessoa morta — fiquei imaginando como pudera desaparecer a doçura, a inteligência, a elegância daquele ser? Só restara dele a minha memória e uma coleira — nada. E o que restara de Bábel? Palavras, como a coleira do meu cão — nada? Onde estava a dor de Bábel ao ver o pai lamber as botas do cossaco? A alegria de conhecer Eugenia Gronfein? O medo na frente do carrasco naquela prisão da Sibéria?

E de mim? O que restaria de mim? Onde estaria o meu assombro ao ver a boceta vermelha de Liliana? Minha felicidade ao ler um poema de Drummond?

"Essa música me irrita", disse o chefe dos sequestradores.

Ouvi os ruídos de várias estações sendo brevemente sintonizadas. O ronco do motor do carro era muito forte.

Ruth.

Agora eu queria pensar em Ruth novamente. E era bom que estivesse com aquele capuz na cabeça, pois assim não poderiam presenciar minha dor.

Sempre que me lembrava do acidente, eu dizia para mim mesmo que não tivera culpa. Uma bailarina com um grande futuro que fica paralítica num estúpido desastre de automóvel parece filme lacrimoso feito para a sessão da tarde da TV. Mas aconteceu. E eu não tive culpa.

Eu fora apanhá-la no teatro, depois do espetáculo. Normalmente era Ruth quem dirigia nosso carro. "Dirigir automóvel é coisa de mulher", eu costumava dizer. Na verdade ela dirigia muito melhor do que eu. Mas naquele dia disse que estava muito cansada e me pediu que dirigisse. Uma derrapagem, uma leve batida no poste — foi tudo o que aconteceu. Mas Ruth estava cochilando. Com a batida sua cabeça, sem amparo, foi levada com violência para a frente e para trás, causando uma ruptura na coluna vertebral que afetou a medula. O sistema nervoso central foi atingido.

Ruth estava cochilando. Ruth pediu-me que dirigisse o carro. Qual a minha culpa? Antes eu não pensava no acidente nestes termos. Minha racionalização ainda me levaria a culpar Ruth pelo que aconteceu.

"Sempre fui uma pessoa indecisa", ela me dissera naquela outra maldita noite. "Na dúvida entre ser uma bailarina clássica ou moderna tentei os dois estilos e acabei conseguindo apenas ser medíocre em ambos. Demorei tanto tempo a me decidir se teria ou não um filho que hoje é tarde demais, sou uma aleijada sem alternativas."

Abracei-a, curvando-me sobre a cadeira de rodas onde ela estava. Senti as lágrimas de Ruth umedecendo meu pescoço. "Não fala assim", supliquei.

"Fui convidada para dançar com o Bejart, mas nunca consegui decidir se devia ou não sair do Brasil. Agora é tarde. Fazemos nosso destino e eu não soube fazer o meu. Mas agora sei o que quero."

Agora sei o que quero. Ah!, como eu fora estúpido.

"Que bom", eu disse.

Coloquei-a na cama, como sempre fazia. Continuávamos dormindo numa cama de casal, ainda que não fôssemos mais um casal, por culpa minha. Eu não conseguia sentir desejo por Ruth. Todo dia fazia massagens em suas pernas atrofiadas pela paralisia. Suas pernas fortes, que antes eram cheias de calor e vida, haviam se transformado em dois membros raquíticos, envoltos por uma pele fosca e áspera, debaixo da qual eu sentia, em meus dedos, a tíbia e o perônio, como se estivesse apalpando os ossos de uma caveira. Não éramos mais um casal de amantes. Eu não sentia desejo por Ruth, havia unicamente pena em meu coração.

"Você me amaria se minhas pernas não estivessem atrofiadas pela paralisia?", ela perguntou.

Não respondi. Na verdade meu desejo por Ruth acabara muito antes do acidente. Por quê? Quem pode explicar por que o desejo por uma mulher linda pode acabar? Não devo, não posso continuar a mentir. O acidente me fornecera uma justificativa para não ter mais que fazer amor com ela. Eu a amava, sim, eu a amava, queria viver com ela, como se vive com uma irmã, com um amigo. Como amante eu queria Liliana.

Naquela maldita noite Ruth tomou o vidro inteiro de comprimidos para dormir. Quando acordei, estava morta ao meu lado.

E onde estava a alegria que Ruth sentia ao dançar *O Filho Pródigo*? Onde estavam os movimentos que ela fizera de maneira deslumbrante no espaço que a cercava? Sua doçura? O que restara dela? O absorvente íntimo?

3

Tentei, desesperadamente, livrar-me do capuz. Queria ar, luz — a luz me livraria de pensar em Ruth. Rolei de um lado para o outro no curto espaço em que estava caído. Tentei arrebentar as algemas que prendiam meus pulsos. Afinal parei exausto, sentindo muitas dores no corpo inteiro. Minhas mãos estavam úmidas de sangue. Tentei registrar o passar do tempo. Cento e um, cento e dois, cento e três, cento e quatro — cada centena correspondia a um segundo — cento e cinco, cento e seis... Desisti, depois de chegar a novecentos e um.

Senti uma picada dolorosa no braço. Dormi.

O esquadrão coloca-se em formação, na planície, para a carga, os cavalos, contidos, lado a lado. Aguardamos as ordens. Cada um de nós segura, na mão direita, em posição vertical, uma longa, encimada por um galhardete verde e amarelo, as cores do nosso Brasil; sobre as costas, atravessado, o cano apontado para cima, do lado direito, com a bandoleira presa no peito, levamos um mosquetão Mauser. Os cavalos começam a ficar indóceis e esfregam-se uns nos outros, espremendo nossas pernas, dolorosamente, apesar da proteção das botas. O comandante grita a ordem de marcha. Fustigamos os animais de leve com nossas esporas. Os cavalos, a rédea curta apertando o freio em suas bocas, levantam a cabeça, pois sabem o que vai acontecer. O comandante cavalga isolado, à frente. Vira-se para trás e grita o comando de trote. Os cavalos, freados, torcem o pescoço e arregalam os olhos. Tento ver o inimigo, sem conseguir. O comandante levanta o braço com a espada e ordena: "Esquadrão! Carregar!", com voz rouca e estridente. Uma força eletrizante toma conta de homens e animais. Nossas lanças são colocadas em posição horizontal e os cavalos, esporeados, disparam num galope impetuoso, com a cabeça inclinada para a frente. Um dos cavaleiros solta o primeiro grito de euforia e logo todos os homens gritam enlouquecidos e todos os cavalos bufam desembestados. Sei que se galopar mais rápido do que os outros serei o vencedor — "vamos! vamos!", peço a minha montaria, que atende aos meus anseios e arremete em arrancos violentos. Há um momento em que o cavalo vira o focinho para trás, em pleno galope, e crava seu olhar desvairado no meu. Isto pouco antes de chegarmos quase na cola do cavalo do comandante do esquadrão, o capitão Mário Bocamole. "Vamos!", grito para o cavalo, "carregar!" O cavalo, em pleno galope, dá um salto para a frente e eu posso cravar minha lança na cabeça do capitão. A lança entra pela nuca e sai pelo nariz, e o galhardete auriverde da pátria trêmula rubro de sangue, ao vento. Meu ímpeto é tanto que, depois de arrancar a cabeça de Bocamole, ultrapasso sua montaria e mostro para o capitão decapitado, que cavalga ereto e elegante, como sempre, o troféu que levo na ponta da minha lança.

Acordei do meu primeiro sonho imagístico com o ruído do motor do carro. Devíamos estar numa subida. Este barulho demorou muito tempo, horas certamente. Depois entramos numa estrada que não era asfaltada. Estávamos provavelmente numa estrada de terra, cheia de ondulações que faziam o carro sacudir fortemente. Não sabia quanto tempo havia dormido, eu fora dopado, e portanto não podia me orientar. Meus pulsos doíam. Senti vontade de vomitar. Sabia que se começasse a vomitar a mordaça me faria morrer sufocado.

O carro parou.

Fui tirado de onde estava. Não conseguia ficar em pé e os sequestradores me ajudaram. Descemos os degraus de uma escada. Eu sentia frio. Provavelmente estávamos num porão. Fizeram-me sentar numa cadeira.

"Pode tirar a mordaça dele", disse o chefe.

Tentei falar sem conseguir, minhas palavras saíram truncadas.

"Que diabo ele está falando?"

Repeti.

"Fala direito, porra."

Repeti.

"Ele está pedindo para a gente tirar o capuz", disse o chefe. "Por enquanto nada feito", ele continuou, "o patrão é que resolve e ele ainda não chegou."

Ouvi passos se afastando. Teriam todos ido embora ou ficara um deles me espiando, calado? A ideia de que houvesse outra pessoa naquele porão, me vigiando em silêncio, encheu-me de pânico.

"Tem alguém aí?", perguntei.

Silêncio.

"Anda, responde."

Silêncio. Que ruído era aquele? Uma sola de sapato esmagando um pouco de terra? Uma pequena passagem de ar levemente sugada entre dentes? Podia também ser um rato. Que bom se fosse um rato, pensei. Ouvi um canto de passarinho, ao longe. E o rock.

Eles não iam tirar o capuz da minha cabeça. Era uma maneira de me coagir. Eu não podia me desesperar. Precisava manter a mente ocupada em outras coisas além do medo. O medo acabaria comigo.

Resolvi recriar em minha mente — e no meu coração, não diziam os antigos que o coração era a sede da memória? — as histórias da

Cavalaria Vermelha. Primeiro, a mais odiada por Budeni. "O Cemitério de Kozin". Não deve ter mais do que vinte linhas, como tão poucas palavras haviam merecido um ódio tão grande? Estamos no cemitério de uma pequena vila judaica, com lápides com inscrições e altos relevos grosseiramente esculpidos, velhas de três séculos. Cordeiros e peixes sobre uma caveira, rabis com barretes de lã. Ao lado de um carvalho despedaçado por um raio está a sepultura do rabino Azrael, morto pelos cossacos de Bogdan Khmelnitski. Quatro gerações estão enterradas ali e a lápide fala deles com eloquência, diz que lutaram contra o oblívio: oh morte, oh gananciosa, oh ladra cobiçosa, por que não pudeste nos poupar, ao menos uma vez? Isto era toda a história, ou minha mente me enganava? Se fosse só isso, qual a causa do rancor de Budeni? Havia mais uma coisa que eu esquecera: um dos mortos era rabino da Cracóvia. Então era esta a razão do ódio? Por serem judeus poloneses os protagonistas daquela elegia? Por Budeni acreditar que o conto deixava claro que Bábel acima de tudo era judeu?

Lembrei-me de uma entrevista que tive com uma jornalista.

"Qual o seu sonho de consumo?", ela perguntou.

"Acreditar em Deus", eu disse.

"Isto mudaria alguma coisa?"

"Talvez o meu estilo. Minha linguagem é assindética, cheia de elipses de conjunção. A fé tornaria meu estilo hiperbólico, polissindético." Etc. Na época pensei que estava brincando.

"Se os filmes brasileiros", escreveu a jornalista, "fossem tão interessantes quanto as entrevistas dos seus diretores, o cinema brasileiro seria o melhor do mundo."

Meu sonho de consumo, eu sabia agora, era a liberdade. O ser humano se caracteriza, na verdade, por uma grande estupidez. Ele só descobre que um bem é fundamental quando deixa de possuí-lo. Preso naquele porão, eu descobria que a liberdade mais importante que existia era a liberdade de ir e vir, a liberdade de movimento. Eu tinha todas as outras liberdades, preso no porão — de pensar, de xingar meus captores, de ter uma religião (caso quisesse uma), de escolher minhas convicções políticas. Tinha liberdade de sonhar. Mas de que me adiantava isso, se estava preso dentro de um porão?

"Tem alguém aí?", gritei. "Quero urinar."

Passos.

"Quer mijar?", uma voz masculina.

"Quero."

Alguém me ajudou a ficar em pé. Senti uma tontura e me apoiei na pessoa ao meu lado.

"Leva o cara para mijar." Era a voz do chefe.

Fui sendo conduzido. Com medo de cair, arrastava meus pés pelo chão. Não é fácil andar com um capuz na cabeça e ainda por cima algemado. Paramos.

"Abre a braguilha dele", o chefe disse, rindo.

"Eu abro e você dá as três pancadinhas", disse o outro.

Gargalhadas.

"Você se vira ou então faz nas calças."

Apesar das algemas, consegui abrir a braguilha e tirar para fora meu membro flácido. Fiquei segurando meu pênis, sem conseguir urinar.

"Como é?"

"Não consigo", eu disse, "estou inibido. É difícil para mim urinar na frente dos outros."

"Vamos deixar o cara sozinho."

Lembrei-me de que em certa ocasião eu fora hospitalizado, com suspeita de uma hemorragia estomacal, que aliás acabou não se confirmando. Puseram-me de cama com ordens estritas de não me levantar. Uma bela enfermeira entrou no quarto carregando um daqueles recipientes de metal a que chamam de "papagaio" e que servem para os pacientes urinarem deitados. "Está na hora de fazer pipi", ela disse, com um sorriso. Em seguida levantou o lençol, e antes que eu pudesse me defender colocou meu pênis no bocal do recipiente. Feito isso, ficou me olhando. "Pronto?", perguntou ela, depois de algum tempo. "Não." Dez minutos depois eu ainda não havia conseguido. Meia hora mais tarde, idem. "Precisamos da sua urina", ela disse. Pegou um copo com água e molhou meus pulsos. "Às vezes isto funciona." Não funcionou. Abriu a torneira do quarto e deixou a água escorrer. "Está ouvindo o barulhinho? Pensa na água correndo. Às vezes isto funciona." Pensei desesperadamente na água correndo. Inútil. "Estou inibido", eu disse. "Vou chamar o médico", ela disse. Quando saiu, pensei que conseguiria urinar. Mas havia acontecido alguma coisa, algum bloqueio, o certo é que não consegui. O médico demorou muito a aparecer, um gordo amável, simpático, vestido de branco. "Então? Como é? Não consegue fazer seu pipizinho?" "Estou inibido." "Tem muito tempo que ele está tentando urinar?" "Quase uma hora", disse a enfermeira. O médico pegou um copo com água. "Já molhei os pulsos dele", disse a enfermeira. "Há um macete melhor", disse o médico, dando o copo com água para a moça, "anda, molha o pipi dele." A enfermeira, com o copo na mão, pegou a ponta do lençol, para levantá-lo. Mas eu não deixei, agarrei-o com força de encontro ao meu corpo, gritando "não quero que façam isso!" Que diabo, eles não entendiam que a retenção urinária originara-se exatamente do fato daquela bela mulher ter-se proposto a testemunhar minha micção? "Precisamos da sua urina, para exames, precisamos muito", disse o médico. Não era mais um gordo amável e simpático. Na verdade ele nunca fora um gordo amável e simpático; seu olhar tornara-se rancoroso, sua voz, fria e ameaçadora: "Vamos ter que passar uma sonda!" E o pior de tudo é que não havia nada de mal com minha saúde, como vim a saber depois.

Agora estava eu, naquele porão, sofrendo a mesma coisa. "Há alguém aí?", gritei. Meu capuz fedia. Ouvi passos.

"Como é?", perguntou o chefe. "Deixamos você sozinho e não adiantou nada?"

"Não consigo."

"Então põe essa merda para dentro das calças. O patrão vem aí para falar com você."

Guardei meu pênis. Novamente me levaram para a cadeira e sentaram-me nela.

Ouvi passos muito leves, como se fossem de uma criança.

"Deixe-me sozinho com ele", disse o patrão.

"Sim, senhor", disse o chefe. Ouvi passos se afastando.

O capuz foi tirado da minha cabeça.

A minha frente estava Alcobaça, o homem muito branco que comandava os contrabandistas.

"Prazer em vê-lo, senhor Alcobaça."

Ele me olhou. Não havia sentimento em seu olhar. Talvez, quando muito, uma leve curiosidade.

"Eu quero aquelas pedras", ele disse. Minha pele se arrepiou, ao ouvi-lo: sua voz era a de uma pessoa incapaz de sentir fome, ódio, amor, medo. Olivier exultaria se encontrasse uma voz como aquela para colocar no fantasma do pai de Hamlet. "Eu preciso delas... Onde estão?", ele pediu.

Eu não podia dizer onde as pedras estavam. Colocaria em risco a vida de Gurian, e, mais do que isto, poria em risco o manuscrito de Bábel. Além do mais, se dissesse onde elas estavam, eu podia ser morto.

"Não direi. Pode me torturar, se quiser."

"Torturar? Como? Para quê? Tenho horror à violência."

Eu estava em pé. "Com licença", disse Alcobaça, "vou sentar na sua cadeira, estou muito cansado."

"Você matou o porteiro. Matou Angélica, a gorda."

"Isto foi uma estupidez do Ricardo. Ele já foi punido por isso."

"Quem é Ricardo? O sujeito que está sempre vestido com uma capa?"

"Ele mesmo."

"Ele se chama Ricardo. Richard. Incrível."

"Onde estão as pedras?"

"Não posso dizer."

"Ouça. Vou deixar você sem comer e beber até me dizer onde estão as pedras."

Fez menção de colocar o capuz na minha cabeça.

"Posso lhe pedir um favor?"

"Um favor?"

"Me deixa sem o capuz. Ele fede."

Alcobaça fitou-me. Sorriu, mostrando suas gengivas brancas.

"Está bem."

Saiu, andando lentamente. Ouvi o ruído da porta sendo trancada.

Examinei o porão. Quando era criança, antes de mudarmos para o sobrado em cima da loja de chapéus femininos, morei numa casa que tinha um porão como aquele. Eu passava todo o tempo que podia dentro do porão, olhando os ratos, as lacraias, as aranhas, os escorpiões. Considerava aqueles animais — sim, são animais como nós, não são insetos — os meus únicos e verdadeiros amigos. O porão onde eu estava preso parecia-se muito com o porão da minha infância, o que me deu um certo conforto nostálgico. Suas paredes eram de pedra e o chão, de terra batida, com uma enorme pedra no meio. Era tudo o que existia nele, além da cadeira onde me haviam prendido anteriormente. A porta era de madeira sólida e não se moveu um milímetro sequer quando coloquei todo o meu peso contra ela. Na janela, grossas barras de ferro. Através das grades pude ver um grande descampado pedregoso.

Num canto, um rato correu e sumiu por uma fenda na parede. Também vi, sentindo um aperto melancólico no coração, uma grande e peluda aranha-caranguejeira andando pelo chão. Estas aranhas, andarilhas errantes, não teciam uma teia, como as outras. A picada da caranguejeira era um pouco dolorosa, mas não fazia muito mal. Quando criança eu fora picado várias vezes por indivíduos daquela espécie. Curvei-me para examinar uma lacraia. Lembrei-me do dia em que tentei comprovar se ela teria mesmo cem pernas. Apenas naquela ocasião eu matei um destes animais, por curiosidade, digamos, científica, se é que um leigo ignorante como eu tem licença de usar esse termo solene.

Ao me ver curvado sobre ele, o animal levantou as garras venenosas atrás da cabeça, pronto para lutar. Seu veneno tropical poderia me matar. Dei um grito para assustar a lacraia, não queria feri-la, eu sofreria muito se a matasse. A lacraia continuou parada, en garde. Bati com o pé no chão, e só então ela fugiu, mexendo todas as pernas como se fosse uma geringonça de filme de monstro japonês.

Certamente haveria escorpiões naquele porão. Quando eu era criança, minha mãe, para me afastar do porão de casa, vivia cantando histórias sobre pessoas que morreram picadas pelo aguilhão dos escorpiões. Sempre brinquei com eles de maneira cautelosa, diferente da maneira como brincava com os ratos e as aranhas. Vi muitas fêmeas parirem bebês escorpiões vivos e andarem pelo chão com as costas cheias deles, até que fossem cortados os laços de família e os jovens, já cheios de veneno em seus aguilhões, saíssem pelo mundo solitariamente. Porque o escorpião é um solitário, o mais misantrópico dos animais, só se aproxima do seu semelhante para foder ou para lutar até a morte.

Olhei pelos cantos, à procura deles. As fendas daquelas paredes de pedra eram propícias ao seu desenvolvimento. Afinal encontrei dois escorpiões-pretos, enormes, deviam ter uns vinte centímetros de comprimento e estavam ali para namorar. Eu já vira vários acasalamentos daqueles meus perigosos amigos. O macho, que é mais esbelto e tem uma cauda mais longa, fazia naquele instante sua corte, segurando duas das garras da fêmea e esfregando sua cauda ereta na dela. Então começaram a copular. Eu sabia o que ia acontecer, tão logo a fornicação acabasse. A fêmea mataria o macho, caso ele não conseguisse fugir, o que era muito raro, e depois iria devorá-lo, ou melhor, sugá-lo. Os escorpiões matam sua presa, ferindo-a e inoculando-lhe uma neurotoxina que causa um envenenamento parecido com o da estricnina. Em seguida injetam nos ferimentos que causaram umas enzimas digestivas, que fluidificam o tecido interno da presa. Após o que, sugam-na até deixá-la apenas um invólucro seco.

Meus dois escorpiões estavam imóveis, haviam acabado de copular. Subitamente a fêmea atacou o macho com suas duas grandes garras em forma de pinça e começou a esmagá-lo. Os dois animais se debateram num balé mortífero; a fêmea em sua faina destrutiva usava as duas garras e também suas quelíceras, duas pinças menores, mas muito fortes. O macho lutou o quanto pôde, mas em pouco tempo estava morto.

Enquanto a fêmea punha-se a devorá-lo, a sorvê-lo, eu a olhava fascinado e ela me olhava de volta, eu sabia que me olhava de volta, desde criança eu sabia que os escorpiões me olhavam também, principalmente quando eu lhes falava no porão da minha casa: os escorpiões podem ter até doze — doze! — olhos, e quem tem tantos olhos assim tem que ser muito perspicaz.

A noite não tardaria. Fui até a janela de grades e espiei o mundo lá fora. Sim, anoitecia rapidamente.

Coloquei a calça por dentro das meias, improvisando uma espécie de bota. Dentro em pouco escureceria totalmente e eu não queria sentir um escorpião subindo pela minha perna, era um animal que fazia este tipo de coisa, tinha um caráter imprevisível, isto eu também sabia, e se algum deles fizesse isto eu teria de matá-lo. Lembrei-me da parábola da rã e do escorpião, contada por Orson Welles em *Mr. Arkadim*, em que o escorpião é apresentado como um personagem ignóbil, capaz de muitas traições. Pobres animais. Até inventaram que eles se suicidam quando ameaçados, o que é uma sórdida aleivosia. Sentei-me na cadeira com as pernas cruzadas, como um praticante de ioga, procurando ver os animais que me faziam companhia. Então ficou tão escuro que não vi mais nada.

Eu estava feliz, apesar de algemado, pois amo a escuridão. Ela me traria a paz e a solidão que eu desejava. Quando criança, esperava que todos, em casa, dormissem — mordia os dedos da mão, apertava com força o nervo que fica no ombro, mortificava-me fisicamente para que a dor não me deixasse dormir e eu tivesse caminho livre para ir ao porão com uma lanterna ver meus amigos noturnos. Infelizmente eu não tinha uma lanterna agora.

Duas vezes, durante a noite — uma bela noite de trevas, de tal negrume que de olhos fechados a escuridão ficava menos preta — cochilei e caí da cadeira. De tempos em tempos eu me levantava e batia com os pés no chão; depois batia com a cadeira no chão, tudo com cuidado para não ferir qualquer dos animais. Depois me sentava novamente com as pernas dobradas e entregava-me às reminiscências da época mais feliz da minha vida.

Ouvi galos cantando e o dia começou a raiar, entrando lentamente pela janela de grades de ferro.

Em seguida ouvi um barulho áspero, muito forte, insuportável, que me deixou todo arrepiado. Era um ruído que eu nunca tinha ouvido antes. Que diabo seria aquilo?

A porta do porão foi aberta e o homem da capa entrou.

"Que barulho é esse?"

"É um triturador."

Identifiquei a voz do sujeito que chefiara o sequestro. Lógico que só podia ter sido ele.

"Está triturando o quê?"

"Não sei", ele mentiu, com um sorriso torto. "Você me deu muito trabalho. Custei a te pegar. Onde você se meteu nos últimos dias?"

"Eu estava viajando."

"Ah! logo vi..."

O Homem da Capa não era tão antipático assim, pensei.

"Eu vim dizer que você vai ficar sem comida. Pelo menos até entregar as pedras. Se entregar as pedras mando fazer um leitãozinho bem torradinho para você."

"Muito obrigado."

"Pensa bem. Não se iluda com a aparência do patrão. Ele tem cara de poeta mas é duro, não conheço ninguém tão duro como ele."

"Vou pensar."

Outro sorriso. Widmark fazendo papel de bom-moço.

Não, eu não ia achar simpático o Homem da Capa. Que merda, eu não era nenhum desses idiotas que são sequestrados e depois de algum tempo passam a considerar seus sequestradores uns bons sujeitos só porque não foram mortos ou não tiveram suas unhas e seus dentes arrancados com um alicate. Os escorpiões eram melhores.

Diderot entrou logo que o Homem da Capa saiu.

"Viu em que loucura você se meteu por causa daquela gorda?", ele disse. "Um homem bonito como você... Isso é para suas necessidades."

Era um rolo de papel higiênico.

"Onde é que tem uma privada para eu ir?"

"Não tem. Você é igual ao homem da máscara de ferro, não pode sair da masmorra. O homem da máscara de ferro fazia tudo dentro da masmorra, lá na Bastilha."

"Como é que você sabe?"

"Pesquisei. Quando eu desfilava — você sabia que eu também desfilava, antes de ser empresário? — um dia, de repente, me deu vontade de fazer uma fantasia do homem da máscara de ferro, aí eu fui ler tudo sobre ele. Sabe de uma coisa? Ele não era príncipe, nem duque, nem conde, nem nada. Não era nem francês. Era um italiano, um nobrete. Mas não foi por isto que não me fantasiei de homem da máscara de ferro. Sabe por quê? Porque ele fazia suas necessidades dentro do próprio ergástulo em que estava preso. Uma imundície, uma coisa repugnante. Foi por isto que desisti."

"Ergástulo?"

"Tenho a faculdade de letras. Minha mãe era professora de piano. Um tio meu foi candidato à Academia Brasileira de Letras", ele disse com um sorriso superior.

"Você me arranja um copo d'água?", eu disse.

"Não. Você não pode comer, não pode beber. Não sou eu que vou desafiar o patrão. Ele me mata se eu fizer isso. Aliás ele vai matar você, de fome e de sede, se você não devolver as pedras."

"E se eu devolver as pedras?"

"Isto é com ele."

"Ele me mata se eu devolver as pedras?"

"O que foi que ele disse?"

"Como assim?"

"O que foi que o patrão disse que faria caso você devolvesse as pedras?"

"Ele só me disse o que faria se eu não devolvesse as pedras."

"O patrão é um homem de palavra."

"Me arranja um copo d'água."

"Você é louco", ele disse.

"Uma última coisa: quem é que tem mania de ouvir rock?"

"É o Ulisses. Um bobalhão."

O Ulisses eu ainda não conhecia.

"Que barulho é esse?"

"Você não sabe?"

"Sei. É um triturador. Está triturando o quê?"

"Você não sabe?", Diderot repetiu.

"Não. Diz para mim."

"Eu, hein?"

Saiu.

Quando vejo um filme, penso coisas assim: por que o roteirista colocou na boca do personagem determinada frase? Também quando leio um livro penso a mesma coisa: por que o escritor escreveu isso? Esses sujeitos são profissionais de fabricar frases, devem saber o que estão fazendo. E também presto muita atenção às pessoas conversando na esquina. O Homem da Capa falara em leitãozinho assado. Isto devia ter alguma relevância. Pelo menos me dizia que eu estava num lugar onde comer um leitãozinho assado era motivo de comemoração. Como fora drogado durante a viagem, eu não podia saber ao certo quanto tempo ficara dentro do carro, mas não acreditava que pudesse ter demorado mais de cinco horas. Viajando cinco horas, digamos, num furgão, um veículo não muito veloz, eu podia ter permanecido dentro dos limites do estado do Rio, se meus sequestradores tivessem dado muitas voltas para despistar, o que não era provável, ou chegado a algum lugar de Minas, ou de São Paulo ou do Espírito Santo. Leitãozinho assado era coisa de mineiro ou de paulista? Eu sabia ser uma iguaria caipira. Em alguma grande região do Brasil, que eu não me lembrava qual era, no Natal, as pessoas em vez de comerem peru comiam leitão assado. Sim, e daí? Daí, nada. Aliás não tinha a menor importância em que estado da Federação eu me encontrava. Então o barulho parou.

Neste mesmo dia recebi a visita de Alcobaça. Ele entrou acompanhado de um sujeito grande que carregava uma poltrona. Devia ser Ulisses.

"Pode ir", disse Alcobaça, depois que o sujeito colocou a poltrona no chão.

Ulisses retirou-se e Alcobaça sentou-se na poltrona, de olhos fechados. Estava mais pálido do que nunca.

Ficou uns dois minutos com ar de morto. Depois disse: "Sou dominado por uma estranha patologia, uma ruptura da harmonia interna do meu corpo, de etiologia desconhecida." Uma pausa. "Minha vida daria um filme."

Sempre que ouço isso sei que meu interlocutor quer me contar uma longa história. Ajeitei-me na cadeira. Não custava nada tentar ganhar as boas graças do sujeito que era conhecido como Patrão pelos bandidos que me haviam sequestrado.

Então Alcobaça começou sua história, falando baixinho, como alguém que sofre de enfisema. Até fazer trinta anos fora um homem muito saudável. Então, começou a sentir-se mal, uma fraqueza muito grande, insônia, falta de apetite, dores difusas pelo corpo. Como era de uma família muito rica, pôde consultar os médicos das melhores clínicas do mundo inteiro em busca de um diagnóstico. Foi submetido a todos os exames conhecidos pela medicina moderna, mas não descobriram nenhuma causa para sua doença. Seu estado não podia ser atribuído à hereditariedade, seus pais e avós, os quatro, estavam vivos e gozando de saúde perfeita; nem a uma fisiologia mórbida, todos os seus órgãos e glândulas funcionavam corretamente; nem a parasitismo, traumas, tumores, infecções, vírus, bactérias etc. Seu sistema imunológico não apresentava nenhuma falha.

Mesmo sem se saber do que ele sofria, foram tentadas várias terapias, por alguns médicos, entre os muitos que Alcobaça consultou: terapia química, biológica, diatérmica, radiológica etc. Tomou dezenas de drogas.

Até que alguém sugeriu que ele tentasse a medicina alternativa. Os melhores curandeiros, classicamente, são os aleijados, os cegos, os padres e as virgens histéricas. Recomendaram-lhe um que era, simultaneamente, padre (na verdade défroqué) e corcunda, o que pareceu a Alcobaça uma garantia de idoneidade.

"Você está morrendo", o Corcunda disse a Alcobaça, quando foi visitá-lo.

"Não quero morrer", disse Alcobaça. "Me dá um remédio, tem que haver um remédio."

"Não acredito nas drogas modernas, produzidas pela ganância das multinacionais farmacêuticas", disse o Corcunda. "A cura, como disse Hipócrates, está na Natureza — na Natureza que está dentro e fora do homem."

O Corcunda então desenvolveu uma teoria, baseada na medicina grega milenar de Erasístrato e Galeno, combinada com a antiga medicina chinesa, algo que Alcobaça me resumiu assim: A vida era um vapor, um gás sutil, um sopro, um pneuma, em suma um espírito, que permeava o organismo, alimentando-o e causando seus movimentos. O ser humano era um sistema de veias, artérias, nervos, que juntos faziam o tecido. O sangue e dois tipos de pneuma, um chamado *espírito vital* e outro chamado *espírito animal*, eram as fontes da existência. O sangue transportado pelas veias e o ar que passava do pulmão para o coração transformavam-se no pneuma vital que sustentava o organismo; em seguida eram enviados às várias partes do corpo pelas artérias e ao chegar no cérebro transformavam-se no pneuma animal, que originava o movimento. Esta concepção médica eclética do Corcunda combinava o uso de ervas com minerais, não simultânea e cumulativamente, mas em fases sucessivas.

Primeiro o Corcunda tentou as ervas, sem resultado. Em seguida partiu para os minerais, prescrevendo para Alcobaça o uso do caulim, ou, como dizem os chineses, kaoling, termo que significa colina alta, uma argila branca usada para o tratamento da diarreia e também, na cerâmica, para a produção de porcelanas. Mas, tal como as ervas, o caulim não teve os efeitos terapêuticos que o curandeiro esperava.

O Corcunda havia encarado a doença de Alcobaça como um desafio. Mudara-se para a mansão do paciente para melhor poder acompanhar o tratamento. De uma coisa o Corcunda estava certo: a litoterapia, o uso medicinal das pedras, era o tratamento indicado para aquela doença misteriosa. Resolveu tentar uma pedra que não viesse exclusivamente do reino mineral mas que tivesse uma constituição mais complexa, um mineral concebido no reino animal. A primeira pedra com tal estrutura, que ele sabia existir e prescreveu para Alcobaça, foi a alectória, uma pedra que se forma no fígado, ou nos intestinos, do galo.

"Alektor, em grego, significa galo", disse Alcobaça. Esta pedra era ministrada sob a forma de pó, em pequenas quantidades, como ocorre na medicina homeopática. Milhares de galos foram mortos para ela ser encontrada e colhida em quantidade suficiente para o tratamento, pois eram raros os galináceos que a possuíam. A rica família de Alcobaça chegou a construir uma granja de criação de galos, para suprir as alectórias necessárias.

Durante um ano e dois meses Alcobaça tomou a alectória, fabricada pelo Corcunda, e ficou bem de saúde. Viajou pelo mundo, pois pôde voltar a caminhar sem ter que sentar-se numa cadeira a cada duzentos e vinte passos, como antes.

Mas depois destes quatorze meses o pó de alectória não fez mais efeito. O Corcunda ficou muito preocupado, sem saber o que fazer. Procurou a resposta na alectoromancia, uma forma divinatória que consiste em um galo comer grãos de milho colocados sobre letras. Na adivinhação, o galo bicou primeiro a letra *b*, depois *e*, depois *z*, depois *o*, depois *a* e finalmente a letra *r*. Bezoar. Bezoar! O Corcunda descobrira, através da magia, um novo remédio. A palavra (no original árabe bazahr) identificava uma concreção calcária que se forma nos intestinos e nas vias urinárias dos quadrúpedes e dos homens, tido como antídoto na medicina medieval. Como o Corcunda pudera ter esquecido essa pedra oval — às vezes esférica — tão cheia de propriedades terapêuticas?

O tratamento era parecido com o da alectória, com a diferença de que a pedra bezoar era mais fácil de pulverizar. Durante um ano Alcobaça foi mantido vivo pela administração do pó de bezoar. Até que novamente voltou a definhar, a ficar doente, a ser ameaçado pela morte, pois o pó de bezoar, tal como o de alectória anteriormente, também não mais surtia resultado. O Corcunda, que abandonara todos os outros clientes para se dedicar a Alcobaça, não desanimou. Apesar de ter sido despadrado, ou talvez por isto, ele possuía uma grande fé em seu Deus. Rezou um dia inteiro, e orando obteve a resposta para suas dúvidas: por que não tentava um tratamento mais singelo, a utilização de um elemento puramente mineral, não mais pedras formadas num organismo animal, como a alectória e o bezoar, mas minerais formados nas regiões mais profundas da crosta terrestre, sob grande pressão e alta temperatura. Era assim, o Corcunda soube depois, que se cristalizava o diamante, antes que a erupção da sua rocha-matriz o projetasse para a superfície através das chaminés vulcânicas.

Até o começo do século XIX, continuou Alcobaça, as gemas eram usadas não apenas como amuletos e talismãs, mas também como remédio contra doenças, podendo realizar uma cura de várias maneiras: *a*) com sua mera presença; *b*) sendo colocada na parte doente ou dolorida do corpo; ou *c*) sendo ingerida conforme a litoterapia clássica. Ainda no século XX, no Japão, vendiam-se, com propósitos medicinais, pastilhas cálcicas feitas com pérolas pulverizadas. Mas o Corcunda sabia, por inspiração divina, que somente o diamante serviria para curar seu doente.

Primeiro foi um diamante pequeno, que o Corcunda serviu ao seu cliente pulverizado em pequenas doses. A recuperação de Alcobaça, no fim de quinze dias, foi impressionante. Sua resistência aumentou consideravelmente, ele passou a se alimentar melhor, a dormir bem. No fim de dois meses, ele, que havia estado à beira da morte, voltou até mesmo a andar a cavalo.

"Foi quando resolvi me tornar garimpeiro e comprei este sítio aqui no Mendanha. Minha saúde estava tão boa que eu mesmo destruía, com a marreta, procurando pedras preciosas, os aglomerados que encontrava."

"Aglomerados?"

Alcobaça explicou que aglomerados eram as rochas constituídas por fragmentos vulcânicos angulosos, ligadas randomicamente e facilmente encontráveis na região. Pedras preciosas poderiam estar incrustadas nos aglomerados. Não achou nenhuma gema que valesse alguma coisa, mas sua saúde melhorou com o exercício.

"Sabe que fiquei fascinado com o garimpo? É um jogo fantástico. Comprei este sítio porque ouvira falar que uma empresa da região, a Tijucana, tinha obtido com a mineração dezoito mil quilates de diamantes num único ano. Eu, no entanto, consegui apenas diamantes tão ordinários que nem mesmo pude utilizá-los no meu tratamento. Diziam que no córrego que passa aqui dentro do sítio eu encontraria diamantes e ouro de aluvião e que nas cristas do morro encontraria cangas cheias de diamantes e grupiaras que seriam ouro puro. Ouro não me interessava, mas lamento não ter encontrado os diamantes."

A litoterapia diamantina o livrara da sua misteriosa doença. Era um homem curado. Apenas não podia parar seu tratamento, precisava continuadamente de diamantes de qualidade excelente, pulverizados, para manter-se vivo.

Somente o pó de diamante incolor produzia um efeito benéfico. Diamantes coloridos não faziam qualquer efeito. Outras pedras preciosas pulverizadas, mesmo sendo incolores de brilho adamantino, como a cassiterita, a safira incolor, o zircão, a cerusita, lhe faziam mal.

A pulverização dos diamantes, devido a sua extrema dureza, era feita por uma mó especial, uma engenhoca inventada pelo Corcunda. Primeiro o diamante era triturado, depois moído. O barulho áspero, rascante, que eu ouvira, fora do último diamante de Alcobaça sendo triturado e reduzido a pó.

"Depois de algum tempo gastei toda a fortuna da família. Só me restou esta casa, perdida no meio de lugar nenhum. Como dizem os americanos", continuou Alcobaça. "Um dia, meu fornecedor de pedras preciosas, após se recusar a ceder-me mais uma só que fosse, se eu não pagasse antes o que lhe devia, sugeriu-me que fizesse contrabando para ele. Aceitei a proposta. Eu contrabandeava as pedras e ele me pagava com diamantes incolores, uma coisa parecida com o que acontece com alguns toxicômanos, que trabalham para traficantes recebendo drogas em pagamento. No princípio eu mesmo levava as pedras comigo para o exterior. Depois tive a ideia de contrabandear as pedras nas fantasias carnavalescas. Necessito de uma quantidade cada vez maior de pó para manter-me vivo. Preciso daqueles rubis, safiras, esmeraldas que a Gorda me roubou e que estão com você, para pagar ao meu fornecedor. É a minha vida que está em jogo, entendeu? Eu tenho ainda um diamante, uma pedra de grande pureza e inexcedível beleza, uma herança da família, mas não o quero destruir, só farei isto em último caso. Dentro de trinta dias precisarei preparar outra dose. Espero que você não aguente ficar sem comer esse tempo todo."

Fiquei calado, pensando no que ele me havia dito. Sentia pena de Alcobaça, mas estava disposto a não simpatizar com os meus captores, ou ser por eles amedrontado. Haviam cometido contra mim uma violência imperdoável.

"Vou pensar", eu disse.

"Não tenho muito tempo", disse Alcobaça. "Um mês."

"Onde estamos? Que lugar é este, Mendanha? Já ouvi falar, mas não me lembro."

Alcobaça levantou-se.

"Sua ignorância me assusta", ele disse, saindo e trancando a porta. Mais um que me chamava de ignorante.

4

Um escorpião aguenta um ano sem comer. Uma salamandra siberiana, que tem um tempo médio de vida de dez anos, passou noventa anos congelada, em estado de anabiose, voltando à vida ao ser colocada num recipiente com água fria. Nós, seres humanos, não temos a menor resistência às privações. Não somos, na verdade, um animal com muitos recursos.

Eu estava há cinco dias sem comer e não sentia mais fome. Tinha comigo um cantil de alumínio coberto de feltro verde, como aqueles que usam no Exército, cheio de água, que chegara às minhas mãos inesperadamente.

Ricardo, o Homem da Capa, no segundo dia de total abstinência entrara no porão carregando o cantil.

"O patrão mandou-lhe entregar isto. Ele não quer que você morra por sede. Disse que a morte por sede é horrível." Deu uma gargalhada. "Ele quer que você morra de fome."

Dito isto, tirou minhas algemas e foi embora.

Duas vezes por dia um dos sequestradores trocava o cantil vazio por um cheio de água. Minha urina, que ficara escura e com um odor muito forte, voltou ao normal. Minhas glândulas salivares funcionaram novamente, permitindo que eu cuspisse, o que fiz várias vezes, lembrando-me de um colega de ginásio que costumava andar pelas ruas cuspindo sem parar até sua boca ficar completamente seca de sede e ele poder beber água com maior sofreguidão e prazer.

Eu fizera cocô apenas uma vez, um bolo fecal duro e gretado que sofri muito para expelir. Estranhamente, não tinha cheiro. Anotei mentalmente que diria isto a Diderot.

No quinto dia de abstinência eu sentia a musculatura das paredes do meu tubo digestivo contrair-se em movimentos vermiformes, querendo expulsar para o exterior um conteúdo que não existia. Pobre *ieiunum intestinum*, sem massa para sorver e para impelir, em seu incoercível cacoete peristáltico, em direção ao cu, frustrado por não poder fornecer ao sangue e à linfa o seu quinhão. Pobre corpo, cujas células continuavam a secretar mucos e enzimas para digerir o que não existia, num perturbador automatismo.

O corpo, todavia, tem alguma inteligência, qual um robô sofisticado sob comando de um software requintado. Assim, meu corpo passou a fazer adaptações e ajustamentos muito interessantes, ao perceber a nova situação de extrema abstinência que estava sofrendo. Primeiro reduziu minha massa física, para que, com menos tecido, o metabolismo fosse feito com economia de energia. Minhas calças começaram a cair pelas pernas e tive que aumentar vários furos no cinto. Depois o corpo fez-me sentir uma espécie de letargia, que me forçou a evitar esforços musculares inúteis, como ir à janela ver as árvores, ou ir observar um rato fazendo cocô num canto do porão, ou uma aranha-caranguejeira correndo atarantada pelo chão. Meu pulso batia cada vez mais lentamente. Contei cento e um, cento e dois, cento e três, cento e quatro, cento e cinco, cento e seis e meu pulso bateu quatro vezes nesses seis segundos, o que deu uma pulsação de quarenta batidas por minuto. Lembrei-me de ter lido — ou teria sonhado com isso? — que nos campos de concentração as mulheres submetidas à extrema privação alimentar sofriam de amenorreia, o fluxo menstrual cessava; provavelmente mais uma demonstração da razoável sabedoria do corpo. Lembrei-me do absorvente de Ruth. Onde eu o tinha colocado? Não queria perder aquilo nunca, pensei, com indolência. Por que, mesmo, eu não queria perder aquilo? Uma enorme apatia tomara conta de mim. A única emoção que eu sentia era um enorme desejo por comida.

Os ascetas acreditavam que o jejum prolongado levava ao desenvolvimento da virtude e à perfeição espiritual. Para eles, a fome aguda que eu sentia naquele momento devia ser encarada como uma grande luta travada comigo mesmo, que permitiria a liberação da centelha divina que eu tinha dentro de mim, o domínio dos meus impulsos, a renúncia ao mundo e o aprimoramento da minha alma, preparando-a para a contemplação de Deus. Rememorei os contos de Bábel, enquanto pude. Até que um dia comecei a ter preguiça até mesmo de pensar. Eu não queria renunciar ao mundo, mas o mundo havia se tornado uma coisa cansativa. Estava tão exausto que não tinha forças nem para tirar meleca do nariz. Melhor era dormir.

Em certo momento ouvi uma voz, parecida com a do meu irmão, dizendo "aceite esta privação e este martírio com alegria, você está sendo purificado". Além da voz aborrecida de José, não ouvi mais nada. Não tive visões, não liberei centelha divina; um invencível sono tomava conta de mim. Eu ia morrer porque meu corpo não sabia parar de funcionar em plena carga por um período de tempo, como um urso polar, por exemplo, ou uma salamandra, ou uma boa máquina.

Sonho. Pessoas em silêncio. A moça de gengivas molhadas me lambe com sua boca de dentes de pérola. Outras mulheres, de bustos abundantes e cabelos oxigenados, andam pelo meio da praça dando socos no cadafalso. Faz calor, apesar de inverno. "Ele é apenas um blasfemador", diz uma delas. O nauseante silêncio é quebrado pelo som de ossos partidos e pelos uivos do prisioneiro pedindo para ser logo despachado. As mãos do carrasco são pequenas e brancas. O corpo do condenado está coberto de merda e mijo, que começam a secar. As mulheres olham com asco e atenção, industriosamente. Disciplina, horror, poder, prêmio e punição, assim é o mundo, dizem em coro, tapando o nariz.

Acordei com uma figura em pé, ao meu lado. Um homem enorme — é bem verdade que eu estava deitado no chão e meu ponto de vista aumentava sua estatura — acocorou-se ao meu lado.

"Você é louco", ele disse, "vai morrer de fome estupidamente. Dá as pedras para ele."

Era o Corcunda. Tentei levantar-me do chão. O Corcunda ajudou-me a sentar na cadeira. Ele era alto sim, o corcunda mais alto que eu vira em toda a minha vida.

"Não gosto de ser ameaçado."

"Estou suplicando", disse o Corcunda.

Eu não me lembrava de nenhum corcunda na *Cavalaria Vermelha*. Só vinha à minha cabeça Charles Laughton, gordo, baixo, feio, pedindo "water, water!" (que lhe é dada pela bela Maureen O'Hara) em *The Hunchback of Notre-Dame*, de William Dieterle.

"Água", eu disse.

O Corcunda pegou o cantil que estava no chão e colocou na minha boca. Bebi um pequeno gole.

"Tenho que fazer um filme", eu disse.

"Sim, faça o seu filme. Você ficará livre, se devolver as pedras. Pode fazer um, dois, três filmes, quantos quiser."

Ficamos, eu e o Corcunda, olhando em silêncio um para o outro. Percebi, em seu olhar, que sentia pena de mim.

"Ele morre mesmo?"

"Morre. Ele é um bom homem", disse Corcunda.

"Está bem. Vou devolver. Mas diga-lhe que quero que venha me pedir desculpas."

Falei isto muito lentamente, por causa da preguiça que sentia.

"Ele virá", disse o Corcunda.

Neste instante ouviu-se um estrondo, parecido com um tiro de espingarda. O Corcunda correu em direção à porta e desapareceu.

Ouvi gritos, vozes de comando. Outros tiros. Gritos. Tiros. Passos. Mais tiros. Chegou a minha vez, pensei. Continuei sentado. Fez-se silêncio. Então vozes, mais baixas.

A porta do porão foi aberta e entrou um sujeito. Vestia-se com um terno azul marinho e apontou-me uma espingarda. Tinha chegado a minha vez.

"Quem é você?", perguntou.

Disse o meu nome.

"Levanta. Encosta as duas mãos na parede."

Fiz, com esforço, o que ele mandou. Fui revistado. O sujeito tirou minha carteira do bolso.

"Fica quieto aí. Não dê um passo. Volto já", disse, saindo em seguida.

Cansei de ficar com as mãos na parede e voltei para a cadeira. Se ia ser morto, era melhor que isto acontecesse com algum conforto. Aliás, morrer não era uma ideia dolorosa naquele momento. Quando o sujeito fica muito enfraquecido, como eu, a vida perde o sabor.

Uns três minutos depois o sujeito reapareceu.

"Fica cinco minutos aqui, depois pode ir embora. Se sair antes leva um tiro, está entendendo?"

Continuei sentado na cadeira.

Ouvi os passos das pessoas se afastando.

Um ruído de automóvel, dando a partida. Em seguida baixou sobre o porão um silêncio tão grande que eu tinha a impressão de que ouvia as caranguejeiras andando sobre o chão.

Calculei que os cinco minutos deviam ter passado e saí do porão.

A escada do porão dava para uma copa. No sopé da escada estava caído o Corcunda, com um ferimento mortal na cabeça. Ele tinha um perfil bonito, se não fosse tão corcunda poderia trabalhar de galã num filme romântico. Adiante, num grande salão, mobiliado com móveis escuros de estilo colonial, encontrei o corpo do Homem da Capa. Morrera no seu papel, só lhe faltava um chapéu na cabeça para parecer um protagonista de filme B da Republic; tinha um revólver em cada mão e sua roupa estava empapada de sangue. Logo em seguida deparei com os corpos de Diderot e Ulisses. Os dois haviam morrido abraçados.

"Alcobaça?", gritei.

Ouvi um gemido, que parecia vir da parte superior da casa. Depois outro.

Subi lentamente as escadas, agarrando-me ao corrimão de madeira trabalhada. Os gemidos vinham de um dos muitos cômodos do andar superior, cujas portas davam para um largo corredor, com paredes exibindo retratos pintados a óleo. Abri várias portas até encontrar a pessoa que gemia.

Alcobaça estava recostado numa cama grande, encimada por um dossel. Segurava um lenço de encontro ao peito. Olhou para mim e disse, com melancolia e tristeza: "Ele levou o *Florentino*." Logo em seguida sua cabeça pendeu para a frente. Estava morto.

Desci as escadas em direção à copa. Abri a geladeira. Lá dentro encontrei um vaso de alumínio, um desses recipientes para ferver leite, com tampa de aberturas circulares, cheio de um líquido branco espesso, coberto com uma nata de manchas douradas. Bebi o leite, direto da leiteira, derramando-o no rosto e na roupa. Senti vontade de vomitar.

Levei a leiteira comigo para a sala e deitei-me num sofá. Nas paredes da sala havia outros retratos a óleo, pinturas antigas com molduras douradas descascadas. Quem eram aqueles homens e aquelas mulheres? Parentes de Alcobaça?

A chacina e minhas andanças dentro da casa, para cima e para baixo, haviam me deixado ainda mais cansado. Preciso recuperar minhas forças para dar o fora daqui, pensei. Ultimamente eu não fazia outra coisa senão fugir.

Não sei quanto tempo fiquei deitado, tomando leite. Senti vontade de ir ao banheiro fazer cocô. O leite tivera um efeito purgativo. Tive que subir novamente as escadas, pois não encontrei um banheiro no térreo. Na verdade, o andar inferior estava muito cheio de cadáveres para eu poder circular por ele tranquilamente.

Sentado no vaso sanitário rememorei minha vida nos últimos tempos. Uma mulher que eu amava se matara. Meu pai morrera algum tempo antes, depois de uma longa agonia. Eu me tornara um ladrão. Roubara as pedras preciosas de uma pobre carnavalesca gorda assassinada por gângsteres, que agora estavam mortos. E me tornara um contrabandista de moeda. E daí? Na verdade o que eu queria, naquele instante, era satisfazer minha vontade de fazer cocô.

Depois fiz uma coisa repugnante: revistei os cadáveres à procura de dinheiro. Não encontrei dinheiro, documentos, ou papéis que os identificassem. Os matadores deviam ter feito uma limpeza. A única coisa que consegui encontrar foi um cartão de crédito no bolso de Diderot.

Em frente à casa deparei com um jardim de flores vermelhas e brancas. Virei-me para contemplar a fachada da casa e o meu coração bateu um pouco mais apressado, até onde isto podia acontecer com um faminto que acabara de matar sua ânsia com um pouco de leite. A fachada da casa exibia, "entre duas górgones repulsivas, um ressalto semilunar em que se via gravada a data 1831". Lembrei-me da frase, e de quem a dissera para mim. Vi também as janelas com vitrais coloridos, a porta enorme de madeira e as montanhas de pedras que a cercavam. Ainda bem que minha memória voltara a funcionar.

A paisagem que eu via era pedregosa; para todo lugar que olhasse havia pedras empilhadas, montanhas de pedras. O carro que me transportara até ao sítio havia desaparecido.

Sentei na escada do pórtico da casa e esperei que o leite gordo me desse forças para fugir.

5

Anoitecia quando me senti em condições de fazer uma excursão em volta da casa. Por instantes tive a esperança de achar um automóvel escondido em um dos dois galpões atrás da casa. No primeiro, descobri apenas bateias, marretas e ferramentas desconhecidas. E a mó onde Alcobaça devia pulverizar os diamantes.

Também não encontrei o carro no outro galpão. Mas havia uma carroça para cavalo, duas selas, uma com o cabeçote alto e outra inglesa. Na mesma armação de madeira estava uma cabeçada de rédeas duplas, de freio e bridão. Uma embocadura daquelas não devia ser para nenhum cavaleiro de primeira viagem, para nenhum pangaré. Os cavalos rústicos do interior — eu não sabia onde estava mas era o interior de algum interior, talvez do purgatório, com todas aquelas pedras — usavam apenas freio, não eram difíceis de conduzir. Lembrei-me de uma ocasião, numa fazenda, em que apostei com Ruth que poderia cavalgar um cavalo daqueles usando apenas um buçal.

Saí a procurar o cavalo. Devia ser um animal impetuoso, para precisar de uma embocadura dupla. Estava dentro de uma baia e de longe vi que era um manga-larga grande, de olhos inteligentes e meigos, um tordilho, de pelagem lustrosa e brilhante, significando que era bem-tratado. Fiz uma carícia em sua testa. Estava tão feliz de encontrar um cavalo, um animal de índole tão boa, o que não acontecera nos últimos tempos — não o estava comparando aos escorpiões que me haviam feito companhia no porão, mas sim às pessoas com quem lidara — que dei um beijo nas suas bochechas, sentindo os ossões duros das suas mandíbulas. Afaguei com pancadas leves seu pescoço e sua espádua. Corri a mão pelo seu dorso levemente curvado, até chegar à garupa. Senti vontade de cantar. De chorar. De dançar.

Não fiz nada disso. Com uma corda que encontrei na baia improvisei um buçal. Conduzi o cavalo até o galpão onde estavam as selas. Escolhi a sela com o santantônio, o cabeçote alto, ainda que um cavalo como aquele merecesse ser cavalgado com a sela inglesa. Mas eu estava muito enfraquecido e talvez precisasse me agarrar para não cair se o tordilho fosse muito fogoso.

Enquanto colocava os arreios, usando meu próprio nariz como referência, calculei que a altura do cavalo seria um metro e setenta, da cernelha até o chão. Devia pesar no mínimo seiscentos quilos. Tinha um A marcado na sua anca.

Ao colocar os arreios tive o cuidado de verificar o comprimento dos loros, pois os estribos me pareciam muito altos. Tive que baixar três furos na correia do estribo. Alcobaça era bem mais baixo do que eu, aquele cavalo devia ser montado por ele.

Pronto. Estava na hora de montar. Coloquei o pé esquerdo no estribo mas não tive força para erguer meu corpo.

"Um pouco de paciência, tordilho, o culpado é você que é muito alto", eu disse, afagando o cavalo. Ele me olhou com olhos pacientes.

Levei-o até perto de uma banqueta, onde trepei e passei para a sela.

A sela, apesar do santantônio ser um pouco recuado e bater na minha coxa, era muito confortável. O passo do tordilho era firme e sua marcha mais cômoda do que uma cadeira de balanço.

Segui por um caminho de terra, com marcas de pneus de automóvel, entre morros cobertos de pedras. Logo cheguei a uma estrada, a uma espécie de encruzilhada. Parei, sem saber para onde seguir. Um dos caminhos era plano. O outro subia por um morro de pedras negras. Eu estava perdido. Escolhi o caminho plano e senti uma sutilíssima resistência do cavalo. Afrouxei as rédeas. O cavalo dirigiu-se para o caminho íngreme. Deixei-o conduzir-me.

A escuridão da noite fez a paisagem desaparecer totalmente. Não sei quanto tempo andei sem saber por onde, deixando o cavalo escolher o caminho, sempre subindo. Suas ferraduras batiam com um som metálico nas pedras.

Várias vezes cochilei em cima do cavalo em movimento. Lembrei-me de um conto de Bábel em que um cossaco (Savitski, Vitiagaichenko, Liutov-Bábel?), depois de uma batalha sangrenta, dorme em cima do cavalo. Eu achara que aquilo era um exagero do escritor. Subitamente fui surpreendido por uma cruz luminosa que apareceu no alto, a minha frente. Começo a ver coisas, pensei. À medida que eu me aproximava a cruz ia se tornando mais verossímil, mais real. Afinal cheguei perto das duas grandes traves cruzadas, crivadas de lâmpadas acesas, no alto de um morro. Abaixo, não muito longe, milhares de luzes piscavam. Era uma cidade, que me pareceu enorme.

Que cidade seria aquela? O cruzeiro iluminado não dizia nada; toda cidade que eu conhecia à beira de um morro tinha um cruzeiro no alto dele. Lamentei não conhecer mais geografia para saber onde era o Mendanha. Ou a Mendanha. Eu era mesmo um sujeito muito ignorante.

O cavalo começou a descer em direção à cidade. Eu teria que abandoná-lo em determinado momento, o A marcado em sua anca poderia me denunciar. Eu estava, mais uma vez, em situação difícil. Não podia ir à polícia e contar a história do meu sequestro. Ninguém acreditaria em mim, a verdade era muito absurda. Cenário: Senhor delegado, fui sequestrado pela quadrilha de um contrabandista de pedras preciosas viciado em pó de diamantes de alta pureza. Ah, diz o delegado, viciado em pó de diamantes, interessante, ele cheira ou injeta na veia? Na verdade eu não sei como o pó lhe é administrado, eu digo. Continue, continue, diz o delegado fazendo um gesto críptico para os policiais que estão dentro da delegacia. Um policial se coloca à porta, com a mão no coldre do revólver que tem na cintura; outro vai para a janela e ostensivamente injeta um cartucho na câmara de um rifle 44 papo-amarelo. Aqueles homens me prenderam num porão, com escorpiões, lacraias e aranhas-caranguejeiras, não que isto me incomodasse, já fui mordido mais de cem vezes por aranhas-caranguejeiras, e preso no porão não vi os assassinos chegarem. Ouviram isto, rapazes?, diz o delegado, ele já foi mordido mais de cem vezes por aranhas-caranguejeiras. Seu filha da puta, diz o policial do papo-amarelo batendo com a coronha do rifle na minha cabeça, está pensando que somos caipiras? Sabemos de todas as maldades que você fez aqui na região, diz o delegado, vamos enterrá-lo vivo debaixo de um monte de pedra.

Este cenário me deixou preocupado. Saltei do cavalo, tirei os arreios. Dei um beijo no focinho do cavalo. "Vai pra casa, tordilho!", gritei dando-lhe um tapa na garupa, em cima do A. O cavalo saiu galopando. Peguei os arreios e joguei por uma ribanceira abaixo. Depois sentei-me e esperei o dia raiar; eu não ia entrar tarde da noite numa cidade como aquela. Um estranho a pé só pode aparecer na hora de chegada de algum ônibus. Normalmente os ônibus chegam de manhã cedo, as viagens noturnas, em trajetos mais longos, eram muito comuns e apesar de ter sido dopado quando me sequestraram, eu sabia que minha viagem fora muito demorada.

Soprava um vento frio, conquanto fosse verão. Curvei-me abraçando o próprio corpo. Mesmo sentindo frio, cochilei um pouco. Acordei quando o dia começava a raiar. Um sol muito vermelho apareceu ao longe, iluminando colinas de pedras negras, que se estendiam infindavelmente. O monte onde eu estava era todo coberto por enormes pedras de formas estranhas e variadas, de tamanhos diversos, algumas imensas, polidas, corroídas, esculpidas pelo vento. Das fendas das rochas brotava uma vegetação rala, amarelada. Era um cenário (real) de extrema aridez. Um caminho de terra escura e de cascalho, que calculei ter uns cinco quilômetros, descia até o sopé do morro.

Caminhei lentamente em direção à cidade, enquanto o sol inundava de luz aquele aglomerado de casas coloniais e igrejas cortado por ladeiras pavimentadas com grandes pedras escuras; parecia, em seu barroquismo, com Ouro Preto, mas aquela cidade mineira eu conhecia, tinha outra topografia. Em que diabo de cidade eu estava?

Afinal terminei minha descida. Olhei para trás e vi a montanha que acabara de atravessar, uma tenebrosa muralha cinzenta de pedra. Comecei a encontrar casas e um homem passou por mim sem demonstrar curiosidade, o que me tranquilizou.

Perguntei a uma mulher que passava: "Que rua é esta?"

"Rua do Areião."

Toda cidade pequena tem uma praça com a igreja matriz: "Como é que eu vou para a praça da Matriz?"

"Praça da Matriz... Olha, vai por aqui, pega a rua do Rio Grande, depois a rua do Burgalhau... depois sobe até a praça Barão de Guaicuí, aí entra por uma rua estreitinha, fica assim à direita, então o senhor sobe e vê logo a Matriz."

Sentia um enorme cansaço. O certo seria me hospedar num hotel, telefonar para Liliana, descansar um pouco. Eu não tinha dinheiro, mas carregava comigo o cartão de crédito do Diderot.

Comecei a subir a rua do Burgalhau, calçada com aquelas largas pedras cinza-escuro que agora, de perto, eu via, tinham formato irregular. Ouvi o ronco de um motor, um ruído igual ao do carro onde eu viajara sequestrado com os olhos vendados. Olhei assustado para trás e vi subindo a ladeira, em minha direção, um furgão negro de vidros escuros. Eram eles, os assassinos, não adiantava fugir, pensei. O carro veio se aproximando. Encostei-me na parede de pedra de uma casa. Abri os braços, entregando-me.

O furgão passou por mim. Dentro, um homem com chapéu de vaqueiro, que nem olhou na minha direção. Na placa do carro estava escrito Turmalina. Seria aquele o nome da cidade, Turmalina? Que coincidência engraçada. Continuei minha caminhada pelas íngremes ruas estreitas. Drogaria Paratodos, Caixa Econômica Estadual. Outro carro, placa de Gouveia. Mais outro carro, placa de Datas. Porra, Turmalina, Gouveia, Datas, em que raio de lugar eu estava? Cenário: Entro na Casa Jove e pergunto, por favor, onde é que eu estou? Um momento, diz um rapaz. Um guarda vem lá de dentro...

Neste momento, no meio do meu angustiante cenário, vi um carro da polícia, um camburão, cinza e branco, com uma seta vermelha em forma de raio pintada na porta, os dizeres Rádio Patrulha, PMMG, passando lentamente pela rua onde eu estava. Meu coração bate apressado, mas o carro passou por mim e sumiu.

Afinal cheguei à praça da Matriz. Meu cansaço aumentara. Toda cidade tem uma praça da Matriz e um hotel Metrópole.

Parei uma mulher na rua. Era sempre melhor falar com mulheres.

"Onde é o hotel Metrópole?"

"Sobe esta rua aqui, entra à esquerda. Depois sobe. É a rua da Quitanda. Logo o senhor vê o hotel Metrópole."

Sempre subindo, uma cidade de ladeiras. Na rua da Quitanda vários carros passaram por mim com placa de Diamantina. Afinal eu sabia onde estava: em Minas Gerais, Diamantina, uma cidade de casas barrocas e chão de pedra. Outro carro com chapa de Diamantina. Eu não mais me sentia perdido. Alcobaça tinha o seu sítio em Diamantina, a cidade que recebera aquele nome pela fartura de diamantes nela encontrados, a cidade ideal para um homem que comia diamantes. Elementar.

Entrei no hotel Metrópole subindo os degraus de uma pequena escada, com dois lances. Havia um pequeno pátio, com três carros, placa de Belo Horizonte, e uma enorme buganvília cheia de flores escarlates.

O centro do vestíbulo do hotel era ocupado por um efebo de madeira, vestindo uma túnica grega, com as mãos para o alto, tendo na cabeça uma samambaia dentro de um xaxim. Nos cantos, duas pequenas colunas de madeira, de fuste espiralado, sustentavam cache-pots de prata com arranjos de flores. Num canto estava, servindo de apoio para um vaso de flores, uma peça de madeira que parecia um tocheiro de igreja. Havia flor para tudo quanto era lado. Também quadros nas paredes: um batedor com uma gamela de madeira cheia de cascalho nas mãos, procurando diamantes num rio; dois homens e duas mulheres fazendo um piquenique, numa composição parecida com o *Le Déjeuner sur l'Herbe*, sem a mulher nua e sem os homens de preto; telhados coloniais de Diamantina.

Um rapaz na portaria, atrás do balcão, se levantou quando entrei.

"Eu quero um quarto. Vocês aceitam cartão de crédito?"

"Aceitamos. Com banheiro?"

"Com banheiro."

O rapaz colocou uma ficha a minha frente. Eu pusera o cartão de crédito no bolso e não sabia o nome todo do Diderot.

Tirei o cartão do bolso.

"Quer que ponha o número do cartão de crédito?", perguntei enquanto lia o nome inteiro do Diderot. Diderot de Souza.

"Não, não precisa."

Preenchi a ficha, Diderot de Souza, nacionalidade brasileira, professor, casado, residente à rua Barata Ribeiro 242, ap. 101. Fiquei impressionado com minha astúcia, ao forjar, sem titubeio, aqueles dados, e com minha tranquilidade ardilosa. De fato, para mim seria fácil passar por professor secundário de português, certamente não encontraria, num hotel, ninguém que me fizesse perguntas embaraçosas sobre o nosso idioma. A rua Barata Ribeiro tinha centenas de prédios. Ser casado inspiraria maior confiança. O único problema seria se o cartão estivesse na lista negra. Mas eu não acreditava nesta hipótese, Diderot não era o tipo de pessoa que deixasse de pagar suas contas.

"E a sua mala?", ele perguntou.

"Perdi", eu disse.

"Perdeu?"

"Em Belo Horizonte. Quando saltei para trocar de ônibus."

Acrescentei uma longa história, contada em parte com a ajuda dele mesmo. Soube, assim, o nome de uma companhia de ônibus que poderia ter-me levado a BH e de outra que daquela cidade me trouxera a Diamantina.

"O pior é que dentro da mala estava todo o meu dinheiro. Você me arranjaria um aparelho de barbear?"

"Levo para o senhor daqui a pouco. Sua chave. O apartamento fica no primeiro andar."

Peguei a chave. Comecei a subir a escada, coberta por uma passadeira vermelha, que levava ao andar superior.

"O café só é servido até as dez horas da manhã", ele disse.

"Vou só tomar banho e dar uma descansadinha. Onde fica o Mendanha?"

"Fica atrás daquele morro onde tem o cruzeiro."

Não havia telefone no quarto. Abri a janela. Pude ver os telhados coloniais da cidade gastos pelo tempo, iluminados pelo sol da manhã e a colina de pedra por onde eu viera, com o cruzeiro no alto. Lá atrás o Mendanha, o Sítio Velho com seus mortos.

O aparelho de barbear que o porteiro me trouxe tinha uma lâmina quase cega de tanto ter sido utilizada, mas mesmo assim consegui fazer a barba. Minha cara agora estava melhor. Tomei banho e deitei-me para descansar, sabendo que não podia dormir. Quanto mais depressa eu saísse dali, melhor. Os mortos do sítio de Alcobaça poderiam ser descobertos a qualquer momento e a polícia certamente iria se interessar por pessoas como eu. Depois de tomar café eu iria dedicar-me à tarefa de encontrar uma maneira de conseguir uma passagem de ônibus para Belo Horizonte.

Sonho com um túnel vertical, uma espécie de chaminé, por onde me aprofundo lentamente, planando, numa espécie de levitação inversa. O túnel é todo de pedra negra, mas os diamantes nele incrustados iluminam meu caminho com cintilações, à medida que desço, flutuando. Estou vendo os diamantes, eu penso, no sonho. Isso me emociona tanto que acordo.

Quantas horas eu havia dormido? Levantei-me, sobressaltado, e abri a janela. Vi, mais tranquilo, os telhados coloniais recebendo a mesma luz matutina do sol. Certamente ainda não eram dez horas da manhã. Eu devia ter dormido no máximo uma hora. E no entanto aquela cochilada me deixara completamente recuperado. Sentia fome.

Desci e fui para o salão onde serviam o café.

No salão de café havia muito mais flores do que no vestíbulo do hotel. Dava para sentir o odor forte que elas desprendiam.

No salão havia apenas uma mesa ocupada, por um homem.

A mesa do café estava posta com grande esmero. A baixela parecia de prata. Havia pãezinhos, biscoitinhos, geleias, torradas. Queijo e presunto. Um copo com suco roxo de beterraba. E um arranjo de flores, no centro. Flores, por todo lado. Antúrios, rododendros, copos-de-leite, dálias, crisântemos, margaridas.

Um homem se aproximou.

"Meu nome é Odilon. Sou o dono do hotel. Posso me sentar?"

Sentou-se.

"Vi na sua ficha que você é professor."

"Sim. Sou professor de português. E de história. Estou fazendo uma pesquisa histórica aqui em Diamantina. Tirei férias do português."

O homem que tomava café na mesa próxima levantou-se e aproximou-se de nós.

"Anda, senta aqui, Gaspar, não foge não", disse Odilon.

"Quando você chegou a Diamantina?", perguntou Gaspar, sentando-se a nossa mesa.

"Hoje de manhã", eu disse.

"Hoje não, ontem", disse Odilon.

"Hoje", eu disse.

"Ontem. Você dormiu vinte e quatro horas. João, o rapaz da portaria, disse que você subiu para o quarto ontem às oito e meia da manhã e só saiu hoje."

Senti o sangue sair do meu rosto.

"O que foi?", perguntou Gaspar.

"Eu não podia ter dormido tanto."

"Por quê?"

"Tinha que ter dado um telefonema para o Rio. Eu estou sem dinheiro. O rapaz não lhe falou que perdi minha mala, e..."

"João me contou. Botar dinheiro dentro da mala! Onde é que você estava com a cabeça? ", disse Odilon.

"Pois é, quero ver se me mandam dinheiro."

"Então vai ligar, vai ligar."

Eu teria que ligar da portaria. João, atrás do balcão, me olhou com um sorriso. Fiz a discagem direta, a cobrar, para Liliana.

"Diga seu nome e a cidade onde está", disse a gravação.

"Diderot, de Diamantina", eu disse. Tinha que dar o nome do registro no hotel, João ouvindo.

Esperei um pouco. Ouvi a voz de Liliana, "Quem?", depois o ruído do telefone batendo no gancho. Claro, Liliana não conhecia nenhum Diderot.

"Ninguém atende", eu disse para João. "Vou tentar mais tarde." Olhei em torno. Havia uma sala, ao lado, com uma televisão, dois sofás e algumas poltronas.

"O senhor vai almoçar no hotel?"

"Vou", respondi. "Onde é a rodoviária?"

"O senhor não sabe?"

"Claro, claro, não sei onde está minha cabeça, ah, ah! Foi onde eu cheguei, claro, ah, ah."

Teria o rapaz desconfiado de alguma coisa? Ou me olhava daquele jeito apenas por pensar que eu era um cretino?

Saí.

Depois de andar algum tempo perguntei a uma mulher que passava onde era a rodoviária.

"Vai por aqui, pega a rua das Mercês e vai subindo sempre", ela me disse. Aquela não era uma cidade para ser visitada por um sujeito em estado de inanição.

Fiz o que a mulher mandou. Afinal cheguei à rodoviária, um ponto de ônibus com alguns bancos, uma banca de jornais e um guichê.

"O senhor aceita cartão de crédito?", perguntei.

"O quê?"

"O senhor aceita cartão de crédito?"

"Para quê?"

"Para pagar a passagem."

"Pagar a passagem?"

Mostrei o cartão. Ele esticou a mão. Enfiei o cartão por baixo do guichê. Pegou o cartão e olhou, olhou.

"Um momentinho", disse, saindo de sua cadeira.

Voltou logo, com o cartão na mão. Sorriu, mostrando uma cárie entre os dois incisivos manchados de nicotina.

"Não aceitamos não", ele disse.

Fiz outro caminho, de volta, descendo pela rua Francisco Sá, que fazia uma curva e me deixou na travessa A. Nelson, perto da rua da Quitanda. Como é que ia sair daquela maldita cidade? Eu tinha que ir embora, rápido. Pedindo? Roubando? Pedir ao Odilon. Parei ante minha imagem no espelho de uma farmácia. Eu estava todo amassado, minha camisa rasgada. Imaginei-me como o Oscar Wilde arruinado, andrajoso, encontrando a cantora de ópera Nellie Melba numa rua de Paris, e dizendo: "Madame Melba, não sabe quem sou? Sou o famoso escritor e vou lhe dizer uma coisa horrível..." Não, minha fisionomia não era de um pedinte, era mais a de um assassino. Seria melhor assaltar alguém para conseguir o dinheiro da passagem.

Subi a rua da Quitanda em direção ao hotel, imaginando qual seria o local mais adequado para perpetrar meu assalto. Escolhi uma ruela estreita, à esquerda de quem subia para o hotel, com alguns desvãos que serviriam de esconderijo. Eu tinha um plano nefando, que seria incapaz de realizar. A alternativa era ligar para Liliana numa hora que não tivesse ninguém na portaria. Mendigar, nunca.

Parei numa loja que aceitava cartão de crédito e comprei uma calça jeans, duas cuecas, duas camisas e um relógio vagabundo, barganhando mesquinhamente com o mineiro que me atendeu, para ele não desconfiar que meu cartão era roubado. Pedi a nota fiscal. Meu objetivo era, depois, reembolsá-lo, mas o burro não quis me dar nota, dizendo que já fizera um grande abatimento no preço das mercadorias.

"Diderot? Nome danado de esquisito", ele disse.

"Era um filósofo", eu disse.

"Igual ao Sócrates?"

"Mais ou menos. Só que era francês. O primeiro nome dele era Denis."

"Denis é mais bonito, não é?"

"Eu também acho."

"Por que seu pai não chamou você de Denis?"

O cara queria conversa. Conversei o quanto ele quis. Contei minha história do professor que tinha perdido as malas etc.

Eram onze horas da manhã. Fui para o hotel, subi para o quarto, tomei banho e mudei de roupa. Sentia fome. Desci, mas o salão estava fechado, o almoço era servido a partir do meio-dia. Fui para a sala de televisão que ficava ao lado da portaria.

A televisão estava ligada. Havia três homens na sala. Sentei-me desconsolado, sorumbático. Subitamente senti que alguém olhava para mim. Na sala havia três homens, mas nenhum deles olhava para mim (nem para a televisão), olhavam para uma mulher morena de pernas cruzadas. Quem olhava para mim era a mulher. Fumava um cigarro, só vi isto, pois logo desviei meu olhar do dela.

O rapaz da portaria entrou na sala e disse que o almoço ia ser servido.

Levantei-me e, olhando para o chão, caminhei em direção às escadas que conduziam ao restaurante.

Sentei-me a uma das mesas, tão cuidadosamente ornamentada quanto a do café da manhã. Um vulto parou ao meu lado. Levantei os olhos.

Era a mulher. Notei que era muito alta.

"Posso sentar aqui?"

"Claro", eu disse levantando-me e puxando a cadeira para ela.

Sentou-se.

"Eu estava na sala de televisão, sendo olhada por aqueles homens desagradáveis quando você entrou. Vi logo que era uma pessoa sensível e triste. Cortou meu coração. Tão diferente dos outros."

Neste instante os homens que estavam na sala de TV entraram na sala do restaurante. Ficaram surpresos ao ver a mulher na mesma mesa que eu. Olharam acintosamente na nossa direção. Tinham um aspecto agressivo. Seriam os assassinos do Sítio Velho?

"Eu conheço este tipo de homem", disse a mulher, olhando as costas dos homens depois de eles passarem, "você nem sabe como. Você de onde é?"

"Rio."

"Meu nome é Dália. Eu sou de Curvelo." Pausa. Irônica: "O coração de Minas."

Odilon apareceu à porta do salão. Sorriu para Dália, disse qualquer coisa ao garçom e veio pressuroso em nossa direção.

"Vocês já se conheceram? Que bom, acho que têm tudo a ver."

"Conhecemo-nos neste instante", eu disse.

"Sabe o que esta gata já foi?"

"Para com isso, Odilon."

"Foi miss Curvelo. E não foi miss Minas Gerais porque não quis. Na verdade por culpa daquele cachorro."

"Vamos mudar de assunto", pediu Dália.

"Está bem. Mas não fica zangada comigo não, uma mulher bonita como você não tem razão para ficar zangada nunca. A coisa que eu gosto nela sabe o que é? O cuidado com ela mesma, Dália está sempre cheirosa, elegante." Esticou o nariz e cheirou Dália. "Hum... Sabe, eu também sou assim. Antes de me deitar, por exemplo, me visto como se fosse para uma festa. Ponho pijama de seda — pode ser de cetim, depende dos lençóis, meu pijama sempre combina com os lençóis — escovo os cabelos, me perfumo, e deito e me espreguiço todo e, nos dias em que faço os pés, fico esfregando um pé no outro... é tão bom. Eu gosto tanto de mim. Eu amo a mim mesmo."

"Por que você esfrega um pé no outro?"

"Quando faço os pés eles ficam lisinhos, é tão gostoso passar um pé lisinho no outro..."

Um homem de terno e gravata apareceu à porta do salão. Olhou, uma a uma, as pessoas que estavam nas mesas e entrou lentamente.

"Delegado, que prazer, veio almoçar com a gente?"

O delegado não respondeu. Sentou-se. Encarou-me.

"Este é o professor Diderot, do Rio, está fazendo uma pesquisa histórica em nossa cidade. A Dália o senhor conhece."

"Quero ver as fichas daqueles homens", disse o delegado com voz baixa e dura, mostrando os sujeitos que antes estavam na sala de TV. "Agora."

Odilon levantou-se com um ar indignado. Não devia ter gostado do tom do delegado.

O delegado foi atrás dele.

"Você está sentindo alguma coisa?", perguntou a ex-miss Curvelo.

"Não. Eu não ando bem. Perdi minha mala."

"Eu sei quando uma pessoa está sofrendo", disse Dália. "Passei por isso. Estou passando por isso."

Pedi ao garçom quiabo com frango, um dos pratos que constava no menu. Dália escolheu costeleta de porco, com tutu, farofa e couve.

Dália talvez tivesse notado algo em meu rosto, mas eu devia tomar cuidado com o delegado, não com ela. Dália não estava interessada em mim. Era uma pessoa envolvida nos seus próprios problemas e queria apenas alguém que ouvisse suas confidências.

Fiz a pergunta que ela queria ouvir: "Sofrendo por quê?"

"Ah!, prefiro nem falar." E começou sua história. Em menos de dois minutos eu sabia tudo. A ex-miss Curvelo era amante do homem mais rico da cidade, um sujeito casado. A mulher descobrira — um bilhete idiota esquecido no bolso — e obrigara o marido a romper a ligação.

"Não esperava isso dele", disse Dália, prestes a chorar. "Você vive com um homem dois anos e de repente descobre quem ele realmente é: um rato. Ele não precisa do dinheiro dela, por que continua casado com aquela vaca?"

"Pois é", eu disse.

"Eu podia ter sido miss Minas Gerais, mas ele não deixou. Eu era a concorrente mais forte. Pode perguntar a qualquer um, em Curvelo, Belo Horizonte, Juiz de Fora. A menina de Belô era bonitinha mas comparada a mim, modéstia à parte, parecia um mico perto de uma pantera. Era assim que me chamavam: a pantera de Minas. Esse nome me foi dado quando eu ganhei o concurso Miss Verão no Rio."

Dália começou a comer com prazer, agora que se aliviara um pouco. Cortava um pedacinho de costeleta, misturava com um pouco de tutu, um pitada de farofa, um montinho de couve, em quantidades que pareciam rigorosamente iguais, e punha na boca. Mastigava vigorosamente. Seus dentes eram grandes.

"Depois de ser miss Minas eu seria miss Brasil facilmente. Faltavam dois dias para o concurso e a imprensa toda em cima de mim, televisão me chamando para ser garota do Fantástico, rádio, as revistas, só se falava no meu nome e ele ficou com ciúme e me obrigou a desistir. Se eu tivesse sido miss Minas Gerais já estaria encaminhada numa carreira artística, seria no mínimo modelo, mas não, ele não deixou, me queria subjugada, dependente. Eu me sacrifiquei por ele e foi isso que recebi em paga."

Odilon voltou para a mesa.

"Vocês viram que homem mais rude? Só porque é o delegado acha que pode tratar os outros com brutalidade. Me deu até vontade de chorar, mas eu me controlei. Imagina, chorar por causa de um policial grosseiro. Só choro por amor. E quando choro, minha filha, as lágrimas saem aos borbotões, com tanta força que batem na parede."

"Eu também choro assim", disse Dália, "pingos grossos que espirram longe."

"E você?", perguntou Odilon.

"Não choro nunca", respondi.

"Não sabe o que perde, não é, Dália? Chorar é bom, alivia."

"O que o delegado queria?"

"Não sei se conto... Ele pediu para não falar nada a ninguém, antes de interrogar os suspeitos."

"Suspeitos?!"

"Não precisa ficar nervoso. Depois que confirmou que você era professor no Rio, o delegado perdeu o interesse em você. Ele acha que os assassinos são ladrões de pedras preciosas."

"Assassinos?", perguntou Dália.

"Ah! Meu Deus, eu não devia contar."

"Como foi que o delegado confirmou que eu era professor no Rio?"

"Eu disse a ele que conhecia você há muito tempo, que você sempre vinha a Diamantina fazer seus estudos. Você não tem cara de assassino e eu quis livrar você daquele brutamontes."

"Assassino?", exclamou novamente Dália.

"Linguarudo", disse Odilon, dando três tapinhas na própria boca.

"Alguém foi morto?", perguntei, tentando fazer uma voz desinteressada.

"Vocês têm que jurar que não contam para ninguém."

"Anda, Odilon, conta logo para a gente."

"Já que vocês insistem... Lá pros lados do Mendanha, um distrito aqui de Diamantina, num lugar conhecido como Sítio Velho, houve uma chacina, mataram cinco homens. Há muitos anos que não acontece uma coisa assim por estas bandas."

Odilon contou tudo o que o delegado lhe dissera, o que não era muito.

"Acho que quem fez essa maldade toda já está longe. Mas o delegado não pensa assim."

Tentei comer, sem conseguir. Fingi colocar uma garfada na boca.

"Não está gostando do frango com quiabo?", perguntou Odilon.

"É que estou com muita dor de cabeça", eu disse.

"Eu tenho um remédio muito bom para dor de cabeça", disse Dália.

"Obrigado, eu tenho analgésico no meu quarto. Se eu deitar um pouquinho isso passa."

Deitei sem tirar a roupa. Sentia uma ansiedade, uma inquietação que chegavam a me tirar o ar. E se identificassem o Diderot? Logo chegariam a mim. O nome não era muito comum, nem mesmo na França. Fugir, eu tinha de fugir: Bábel me esperava!

Dormi.

Sonho: Ardendo em chamas, afogado em sangue onde balouçam pétalas de rosas sob uma inesperada luz roxa da manhã, ela (quem?) me diz: "O fogo é melhor do que o mofo." "Espere", grito, "não se deixe consumir antes da minha resposta."

6

Acordei sobressaltado com uma batida à porta.

"Quem é?", perguntei.

"Dália."

Abri a porta. Ela havia mudado de roupa.

"Melhorou?"

"Sim. Obrigado."

"Você não quer dar uma volta? Esta cidade de noite também é muito bonita. É por isso que tem tanto boêmio, tanto seresteiro."

Hesitei.

"Espero lá embaixo", ela disse.

Ela devia ter percebido que eu acabara de acordar e supunha que gostaria de me arrumar antes de sair. Arrumar o quê? "Vamos", eu disse apanhando a chave do quarto e fechando a porta.

Enquanto descíamos as escadas de passadeiras vermelhas eu pensava. Madame Dália, não sabe quem sou? Sou Diderot e vou fazer uma coisa horrível — vou pedir-lhe dinheiro.

"Quando fico nervosa me dá uma fome danada", disse Dália. "Só penso em comer. Aquele desgraçado ainda por cima vai me deixar obesa. Você é assim?"

"Assim como?"

"Preocupação e tristeza te dão fome?'"

"Tiram."

"Então você está triste e preocupado."

"Mais ou menos."

"Você se incomoda de me acompanhar no jantar?"

"Claro que não. Será um prazer." Madame Dália, não sabe quem sou? Sou Diderot e vou fazer uma coisa horrível — vou pedir-lhe dinheiro. Fiquei remoendo isto enquanto caminhávamos, os saltos dos sapatos de Dália batendo ruidosamente nas pedras do calçamento.

Não havia quase ninguém na rua. Os boêmios que Dália mencionara deviam estar em casa, vendo televisão.

A cantina ficava numa rua próxima, o beco do Mota. Subimos uma escada, observados por um garçom negro no patamar superior. O salão de refeições estava vazio.

Comida mineira é para quem tem muita fome. Dália ficou estudando o menu, em dúvida sobre o que escolher. Afinal reduziu suas opções ao frango ao molho pardo e ao angu com taioba e torresmo. Pedimos o frango ao molho pardo. Eu estava faminto.

Antes da comida ser servida, Dália tomou dois cálices de cachaça.

"Ando tão nervosa que tenho de me controlar para não pedir também o angu com torresmo. Vê o que esse desgraçado está fazendo comigo. Tenho cinquenta centímetros de cintura e peso sessenta quilos, o que para uma mulher de um metro e oitenta é muito bom. Mas daqui a um ano estarei gordíssima! Tudo por causa daquele desgraçado."

Dália disse isto enquanto segurava a coxa do frango com as mãos para chupar o escuro líquido sanguinolento que ficara nos restos de cartilagem que não conseguira tirar com o garfo e a faca. Logo encheu a boca com uma garfada de arroz saturado de molho, marrom-escuro de sangue. Lembrei-me das mulheres alemãs comendo no quiosque, em Berlim. O desembaraço cândido de Dália era falta de pudor ou estaria ela fazendo uma cena?

"Eu e Odilon somos muito amigos, sabe, apesar de nos conhecermos há relativamente pouco tempo, desde que fui eleita miss Curvelo. Ele foi a Curvelo no dia do desfile e fomos apresentados e de repente descobrimos que tanto eu quanto ele tivemos que superar obstáculos tremendos para vencer na vida. Ele começou a trabalhar aos doze anos, foi operário de uma fábrica de tecidos, onde chegou a gerente. Minha vida foi ainda mais difícil do que a dele. Odilon tinha mãe, que enquanto viva foi o seu ídolo. Eu era órfã de pai e mãe. Duvido que saiba qual era o emprego que eu tinha. Duvido."

"Operária."

"Quem me dera ser operária. Anda, vê se descobre."

Enquanto eu pensava, Dália limpou o prato com um pedaço de pão. Parecia que tinha sido lambido por um gato, de tão limpo. Eu não estava interessado em Dália. A única coisa que eu queria era chegar ao Rio, sentar com Gurian e ouvir o velho ler para mim o romance de Bábel.

"Desiste?"

"Lixeira?"

"Pior. Sabe o que vou pedir de sobremesa? Doce de mamão espelhado. Você já comeu?"

"Pior que lixeira?"

"Quando você veio para cá o teu ônibus parou na churrascaria Caverna de Maquiné, não parou?"

"Não me lembro..."

"Claro que parou. É parada obrigatória. Fica um pouco antes da entrada para Cordisburgo."

"Ah, sim, estou lembrando agora..." .

"Você foi ao banheiro?"

"Ah... não."

"Lá tem um banheiro de homens e outro de mulheres. Eu tomava conta do banheiro das mulheres. Tinha dez anos. Mas não ganhava salário não. Vivia das gorjetas, das moedinhas que as mijonas me davam. Quando o ônibus chegava eu corria para dentro do banheiro e me sentava na porta, com uma caixa com algumas moedas dentro, para ver se as pessoas se tocavam, porque não era pagamento obrigatório, dava quem queria. Perdi meu olfato para o cheiro de urina, sabia? Desculpe dizer isto numa mesa de refeições, mas aquele banheiro, quanto mais eu o limpasse, mais ele fedia. Até que um dia parou de feder — pro meu nariz."

Pedimos o mamão espelhado com queijo de Minas.

"Como foi que você saiu do banheiro?"

"Uma senhora aqui de Diamantina gostou de mim e me levou para a casa dela, para ser babá dos filhos. Foi outro sofrimento. Ela batia em mim por qualquer coisa, se eu comia um biscoito sem pedir, e se pedisse ela não me dava, se eu tomasse um guaraná, se risse, está rindo por quê, menina?, se chorasse, está chorando por quê, menina? — e lá vinha couro, ela batia de palmatória na minha mão, uma palmatória velha que devia ser do tempo da fundação da cidade, usada para bater nos negros fujões. E eu acabei virando uma negra fujona. Levei a palmatória comigo, só de sacanagem. Tenho até hoje. Quando fraquejo pego a palmatória e eu mesma bato na minha mão. Fui a pé até Curvelo, andei um dia e uma noite. Lá arranjei um emprego de empacotadora de supermercado." Fez uma pausa. "Você me olhava de uma maneira esquisita, quando eu estava comendo. O que foi?"

"Comer é um ato absconso. Mas não para você. Você não tem vergonha de comer."

"Por que eu deveria ter vergonha de comer?"

"É uma teoria sem muito fundamento."

"Não tenho vergonha de nada. Sabe que fui puta, antes de ser miss? Eu não era qualquer uma, fiz programa até com governador, ministro. Nessa época eu estava morando em Belo Horizonte. Quando ganhei muito dinheiro voltei a Curvelo."

"A visita da velha senhora." Uma história do Durrenmatt estragada por Bernhard Wicki.

"Eu não era tão velha assim. Tenho trinta anos."

"Eu estava brincando."

"Em Curvelo eu não fiz vida não. Abri uma butique, só de coisas do Rio ou importadas, de Paris, Nova York... Eu ditava a moda em Curvelo... As matronas baixotinhas gordas varicosas da cidade morriam de inveja de mim. E de raiva, porque os maridinhos delas se derretiam igual manteiga quando me viam. Eu não dava confiança para ninguém, levava uma vida séria, não saía de casa. Os homens todos ficavam desesperados, até o padre se apaixonou por mim e tentou suicídio, porque eu não quis dar pra ele. Foi nessa época que comecei a me inscrever nos concursos de beleza. O ódio das mulheres aumentou ainda mais, mas elas não tinham coragem de me enfrentar, sequer de me olhar nos olhos. Fui eleita miss Curvelo. Então conheci o cachorro. O resto você já sabe."

"Dá um filme", eu disse.

"Isto eu sei", ela disse.

Dália tomou mais uma cachaça.

"Eu é que tinha de fazer tudo — se é que você está me entendendo... Túlio ficava parado igual a um paxá, eu é que tinha de me virar para lhe dar prazer... Filho da puta. Eu fui a pessoa mais fiel que ele encontrou na vida, enquanto estive com ele não dei para ninguém, nem para o padre! E o dinheiro nem era dele, era do pai... Mas eu não preciso do dinheiro do Túlio, tenho muito guardado, ações, dólares, caderneta de poupança, um prédio inteiro em Belô." Fez uma pausa. A cachaça começava a fazer efeito. Me agarrou com força no braço: "Anda, me leva para o hotel e me fode."

Madame Dália, a senhora me conhece? Eu sou... Diderot e vou lhe dizer uma coisa horrível — vou lhe pedir dinheiro.

"O que você está esperando? Tem gente que daria a vida para dar uma trepadinha comigo."

Madame Dália, a senhora não me conhece, eu não sou Diderot e vou lhe dizer uma coisa horrível, vou lhe pedir dinheiro.

Saímos, ela com o braço enfiado no meu, se apoiando.

Quando chegamos ao hotel, Odilon e Gaspar estavam na portaria, cochichando, uma atmosfera de conluio entre eles.

"Ah... nosso professor foi fisgado... O que foi mesmo, Gasparito, que o marido da Elizabeth Taylor disse sobre a beleza das mulheres de Diamantina?"

"Não é o marido da atriz", disse Gaspar, calmamente. "É um sujeito com o mesmo nome, um viajante que visitou nossa cidade no século passado. Ele disse que os homens eram os mais francos" (neste instante Gaspar olhou nos olhos de Odilon e os dois sorriram) "e as mulheres as mais bonitas e as mais amáveis que havia encontrado no Brasil."

Madame Dália vou lhe dizer uma coisa horrível.

"Odilon, pede ao João para levar uma garrafa de vinho no meu quarto", disse Dália.

Subimos as escadas de passadeira vermelha. Ouvi Gaspar e Odilon cochichando, entre risinhos, às nossas costas.

Madame Dália vou lhe dizer uma coisa horrível, vou lhe pedir dinheiro e gostaria de dizer isso depois de comê-la, mas estou tão cansado que tenho medo de fazer o papel deplorável do pobre Pasqualino, que não consegue comer a Shirley Stoler no filme da Wertmuller.

Da janela do quarto via-se a torre da igreja matriz, iluminada.

"Se há uma pessoa que eu deteste", disse Dália tirando a roupa, "além daquele desgraçado do Túlio, é um antigo bispo de Diamantina, dom Joaquim. Ele mandou destruir a antiga igreja, que era linda, eu vi as fotografias, para construir essa porcaria."

Dália ficou nua.

"Meu nariz não está menor?", perguntou, "Quando fico com raiva meu nariz diminui, sinto um aperto na asa do nariz e ele se contrai todo. Quando você vir que o meu nariz ficou pequenininho, cuidado comigo!"

Seu corpo era bonito, fez-me sentir um aperto nas vísceras. Não seria difícil administrar minha libido.

Bateram à porta.

"Você atende", disse Dália, escondendo-se no banheiro.

Odilon entregou-me uma garrafa de vinho branco com dois copos.

"É por conta de casa", ele disse. "Um conselho: não bebe muito, deixa ela beber. Mulher funciona bem bêbada, pra homem é mais difícil. Vai por mim, sei o que estou dizendo."

Fechou a porta delicadamente.

Bati à porta do banheiro.

"Você preferia mesmo a igreja antiga?", perguntei quando Dália saiu.

"O que me irrita é terem derrubado a igreja antiga. Dom Joaquim podia ter construído uma igreja nova para sua glória, mas para que derrubar a antiga?"

Aquilo que ela disse me deu algum tesão. Minha sorte era gostar de gente.

Dália encheu dois copos de vinho. Emborcou o copo num trago. Eu molhei os lábios.

"Deita aí", ela disse.

O álcool a tornava exaltada, e ela estava se vingando. De vez em quando Dália parava para beber. A garrafa ficou vazia. O ardor dela aumentava cada vez mais e eu comecei a fingir, afinal eu tinha problemas imensos para resolver, tinha sofrido privações físicas nos últimos tempos e estava cansado. E Bábel me esperava!

"Preciso dizer a você uma coisa muito séria."

"No meio da nossa trepada?", ela perguntou.

"Não estamos no meio. Estamos mais para o fim."

"Para mim está no meio", ela disse.

"Mas é uma coisa muito séria."

"De vida ou morte?"

"De morte."

"Está bem. Mas primeiro vou ao banheiro."

Um galo cantou no meio da noite. Que significa isso?, pensei.

Dália voltou do banheiro com uma camisola branca de renda, aberta dos lados. Deitou-se na cama ao meu lado.

"Meu nome não é Diderot", comecei. Contei a história condensada do meu sequestro, sem mencionar as pedras preciosas, dizendo ignorar a razão daquilo tudo, e a morte dos meus sequestradores por pessoas desconhecidas.

"Isto também dá um filme", disse ela.

"Agora vou lhe dizer uma coisa horrível."

"Diga."

"Vou lhe pedir dinheiro."

"Já ouvi isto antes."

"Eu pago depois."

"Também já ouvi isto antes. É a primeira vez que quem paga sou eu. Quanto?"

"O preço da passagem Diamantina—Rio."

"Você não tem nem pra isso?"

"Saímos da cantina sem pagar!", lembrei-me subitamente.

"Deixa isso pra lá. Você não tem dinheiro nem para a passagem de ônibus?"

"Não tenho um níquel para dar pro menino que toma conta do banheiro do restaurante da beira de estrada."

Ela me abraçou, comovida. "Anda, vem, mais um pouquinho. Eu pago o avião Belô—Rio." Tirou os lábios dos meus para dizer: "Daqui só sai ônibus."

Não consegui dormir um segundo. Logo que Dália começou a ressonar eu me desvencilhei dos braços dela, levantei-me e fui olhar a montanha de pedras lá fora. A montanha exibia marcas de vários tons escuros, buracos negros, estrias, fendas causadas pelo vento de muitos e muitos séculos.

Esperei, à janela, o dia raiar. Era a segunda vez em Diamantina que eu via a aurora. Estaria alguém acordado como eu, angustiado como eu, vendo o sol aparecer?

A luz entrou no quarto. Sentei-me na cadeira e fiquei vendo Dália dormir. Senti muita vergonha de fazer isto, invadir o recato dela, uma pessoa dormindo deve ser respeitada em sua vulnerabilidade. Juntei os polegares, os dedos indicadores levantados e os outros dedos fechados, e enquadrei numa câmera hipotética o corpo seminu de Dália. Eu nunca tivera a coragem, a dureza necessária, para fazer isso com Ruth, eu sempre tirava os olhos da fraqueza secreta da sua carne nos momentos em que ela se revelava para mim.

Dália acordou se espreguiçando.

"Você está me olhando como se eu roncasse durante a noite."

"Não me deixou dormir", eu disse.

"Mentira. Nunca ninguém me disse que eu roncava." Pausa. "Você gosta de mim?"

"Gosto."

"Muito?"

"Muito... considerando o pouco tempo que a gente se conhece."

"Resolvi que vou para o Rio com você."

"Eu tenho coisa demais para fazer no Rio." Senti que minha voz tremia. "Coisas infernais, não poderia dar atenção a você."

"Nem de noite?"

"Nem de noite. Hora nenhuma."

"O que você tem de fazer que é tão importante?"

"Ler um livro", eu disse.

Dália saiu da cama. Me encarou.

"Teu nariz está deste tamanho", brinquei, mostrando a ponta da unha do dedo mínimo.

Na verdade ela parecia que ia chorar.

"Eu volto aqui, para te levar comigo."

"Também já ouvi isto antes. Já ouvi todas as frases que um homem pode dizer a uma mulher."

Abracei Dália. Ela começou a chorar, seu corpo tremendo em silêncio.

"Eu volto sim, você vai ver. Seja de onde for, eu volto para apanhar você." O choro dela me deixara tão triste e infeliz que cheguei a acreditar na mentira que estava dizendo. Ela também, sentindo que eu dizia a verdade, parou de chorar.

"Quero ver se pego o primeiro ônibus."

"O primeiro ônibus já partiu. De qualquer forma temos que esperar o banco abrir para eu apanhar o dinheiro."

Tive que ser muito persuasivo para que Dália se vestisse com alguma presteza e pudéssemos sair do hotel às dez horas. Ela não deixou que eu pagasse minha conta com o cartão falso.

"Não dá o cano no Odilon, ele é boa gente. Deixa que eu pago tua conta."

Numa agência do Bradesco, Dália apanhou dinheiro.

"Aqui tem dinheiro para a passagem aérea, pro táxi, restaurante. Não quero meu homem desguarnecido."

Senti meu rosto queimando. Não disse nada, peguei o maço grosso de notas. Anotei o número da conta bancária de Dália.

Dália insistiu em levar-me até a rodoviária. O ônibus para Belo Horizonte sairia às 10:45.

Dei um beijo no rosto dela.

"Até breve", eu disse.

"Vou esperar o ônibus com você."

"Não precisa."

"Eu quero", disse ela, sentando-se num banco.

Sentei-me ao seu lado. Meu coração batia apressado. Faltavam poucos minutos para eu sair daquele lugar, afastar-me dos cadáveres do sítio de Alcobaça, da polícia, do medo.

Um Fiat pintado de cinza e branco, as palavras Rádio Patrulha e uma flecha vermelha em forma de raio pintadas na porta, passou lentamente. De dentro do carro os patrulheiros olharam em nossa direção gelando meu coração.

"Que praça é esta aqui?", perguntei, como se estivesse muito à vontade, "Que prédio é aquele lá?"

"Praça Sagrado Coração. Aquilo é o seminário. Você não sabe ler?"

"Não digo aquele azul desbotado. Falo do outro, aquele cor de burro quando foge, com as duas colunas jônicas na frente."

"'Tudo isso é o seminário."

"E aquela antena de televisão?"

"Seminarista também vê televisão, padre vê televisão, todo mundo vê televisão."

O carro da polícia tinha desaparecido.

Um padre magro, de cabelos grisalhos, de batina muito negra, bem-passada a ferro, surgiu na praça. Quem será que passava a batina do padre com tanto cuidado? Ele podia ter saído do seminário ou então da igreja com a rosácea no centro e um insólito alto-falante na torre do sino. Só não podia ter saído do corpo de bombeiros, que era um dos outros prédios da praça, ou de um galpão em ruínas em cujas paredes estava escrito DORMITÓRIO DO PESSOAL DE TRAÇÃO. Aliás o corpo de bombeiros estava instalado na antiga estação ferroviária.

Dália segurou minha mão, nossos dedos entrelaçados.

O carro da polícia voltou, passou lentamente a nossa frente, os policiais olhando em minha direção — onde estava aquele maldito ônibus!? — e parou mais adiante.

Um policial saltou e veio em nossa direção. Era melhor mesmo aquilo tudo acabar logo de uma vez.

Cenário: Na delegacia de Diamantina o delegado dá uma entrevista à televisão. "O acusado", diz ele, "que escondia sob uma fachada respeitável de artista uma alma torpe e conturbada, matou primeiro a carnavalesca-contrabandista Angélica Gorda, para roubar pedras preciosas; depois, sabendo que os sócios celerados de Angélica tinham mais gemas no sítio do Mendanha, para cá se dirigiu, acompanhado de sicários que pretendemos prender nas próximas horas, assassinando cinco homens, a maior chacina da história de Diamantina, horror que não se via por estas bandas desde que o execrável marquês de Pombal criou a famigerada Real Intendência no século XVIII"; a televisão mostra trechos de *A Guerra Santa*; Plessner é entrevistado em Berlim e diz "Ich sah sofort dass er ein übler Ganove war und wies ihn aus der Bundesrepublik Deutschland aus", que tinha visto logo que eu era um ladrão ordinário e me fizera expulsar da Alemanha Federal.

O policial passou perto de nós e continuou. Entrou numa porta onde estava escrito HOMENS. O desgraçado apenas ia ao banheiro.

Afinal o ônibus chegou, grande, com oito rodas, ostentando os dizeres PÁSSARO VERDE.

"É o teu ônibus", disse Dália.

"Para onde eu telefono?", perguntei.

"Pro Metrópole. Vai ser a minha casa até você me levar para o Rio."

Entrei no ônibus. Da plataforma, Dália acenou para mim.

Na saída da cidade vi um enorme cartaz BEM-VINDO A DIAMANTINA — A JOIA DO NORDESTE DE MINAS. Adeus, Diamantina, adeus, Dália, adeus, cadáveres, montanhas de pedras, tordilho de olhos meigos, adeus, delegado, adeus, barroco. Estava tão eufórico que me levantei da poltrona e andei de um lado para o outro. Ainda nas cercanias da cidade, vi casas luxuosas, muitas sendo construídas, mas logo fomos cercados pelas montanhas cinzentas de pedras, com pequenos intervalos de vegetação raquítica num solo malhado de itacolomitos. Os montes de pedras adquiriam formatos singulares, um parecia um camelo, outro, a cara de um homem, outro, um toutiço de zebu. Uma paisagem árida e inquietante, assustadora e fascinante.

Às onze horas e vinte e seis minutos entramos em Gouveia. O ônibus parou para saltarem alguns passageiros e entrarem outros. O ônibus parou apenas quinze minutos mas aquilo me pareceu uma eternidade.

A paisagem de pedras continuava. Em certos trechos havia largas fendas mostrando lajes e lençóis de itacolomito branco. Ouvi um sujeito falando alto, atrás de mim: "Não existe uma estatística confiável." O ônibus parou novamente, num povoado. Uma seta indicava a estrada para Presidente Juscelino. Ouvi mais nitidamente a voz do meu vizinho de trás: "Mas sabe-se, com relativa certeza, que entre 1770 e 1821, foram retirados do solo em torno do arraial do Tejuco, por conta do rei de Portugal, um milhão, trezentos e vinte mil quilates de diamantes."

A voz do outro: "Diamante pra caralho!"

Faltavam quatro minutos para uma hora da tarde quando o ônibus entrou em Curvelo, o coração de Minas Gerais. Eu ainda teria pela frente umas quatro horas de viagem. O motorista avisou que faríamos uma parada de dez minutos. Saltei para tomar um café. Eu voltara a ter, como nos últimos tempos, os bolsos cheios de dinheiro, ainda que agora fosse uma moeda desvalorizada a que eu carregava.

Da estação rodoviária não dava para ver que tipo de cidade era aquela onde Dália vivera momentos tão emocionantes, mas à medida que o ônibus saía de Curvelo atravessando suas ruas, pude ver que era uma povoação próspera, com ruas largas e limpas e casas confortáveis.

Passamos pelo motel Raros, às treze horas e trinta minutos. Ali devia ter começado o romance de Dália e Túlio. Às duas horas e dez minutos passamos por Paraopeba, felizmente sem parar. A viagem parecia que não ia terminar nunca. No meio da estrada comecei a ver cartazes dizendo TEMOS MINHOCUÇU. Estes anúncios se repetiam inúmeras vezes. Alguns diziam "Temos Minhocuçu DIA E NOITE". Fosse lá o que fosse esse minhocuçu, tinha gente que acordava de noite para comer, beber ou montar naquela coisa.

Eram quatorze horas e vinte minutos e as pessoas dormiam dentro do ônibus, quando a minha euforia começou a passar. Vi a placa de Cordisburgo, um lugar onde nascem pessoas importantes, mas essa não foi a razão. Cordisburgo só poderia me alegrar. Minha tristeza começou quando o ônibus parou na churrascaria Caverna de Maquiné e me lembrei de Dália.

"Dez minutos", disse o motorista.

Saltei e fui até a porta do banheiro das mulheres. Uma mulher ia entrando e eu lhe disse: "Quer fazer o favor de pedir à moça que está aí dentro para vir aqui?"

Uma mulatinha magra chegou timidamente à porta.

"O senhor quer falar comigo?"

"Uma moça que trabalhou aqui mandou isto para você."

Dei à menina metade do dinheiro que Dália me havia dado.

Ela ficou com o dinheiro na mão, perplexa.

"Este dinheiro é teu, está entendendo? Teu. Não é de ninguém. É teu."

Às quatorze horas e cinquenta minutos — eu sabia o tempo porque olhava para o relógio o tempo todo, esperando o momento de encontrar Bábel! — comecei a ver à beira da estrada imensos galpões negros fumegantes que pareciam ter saído do *Metropolis* do Fritz Lang: Itaminas, Interlagos, siderúrgicas de ferro-gusa jogando fumaça para o mundo.

Passamos por Esmeraldas.

Houve um momento em que dormi.

Sonho:

Sei que estou sonhando, e resolvo ver-me a me ver sonhar. "Aquele sou eu", digo, ante uma tela, tela negra. Isto se repete, e se repete. Várias vezes.

Acordei às quinze e trinta e cinco, já perto de Belo Horizonte, e os motéis começaram a aparecer, Status, Le Premier, e os conjuntos habitacionais.

Logo que chegamos, perguntei a um sujeito onde poderia pegar um táxi para o aeroporto.

"Um táxi? Vai custar uma fortuna. Pega um ônibus da viação São Jorge, que sai daqui da rodoviária mesmo."

Chegamos ao aeroporto de Confins, do extremo longínquo, um nome digno de Minas, em menos de uma hora.

Às oito da noite o avião pousou no aeroporto do Rio. Eu esperava ansioso o momento de voltar a ter Bábel nas minhas mãos. E havia também outro assunto importante para resolver.

7

Do aeroporto fui direto à casa de Gurian.

Uma mulher abriu a porta.

“O seu Gurian está?”

“Seu o quê?”

“O dono da casa. Quem é você?”

“Sou a faxineira.”

“Você é a faxineira e não sabe quem é o dono da casa?”

“Dona Sara foi quem mandou eu fazer a limpeza. Vou lhe dizer uma coisa, nunca vi uma casa tão suja na minha vida.”

Empurrei a mulher e entrei.

O manuscrito de Bábel estava espalhado sobre a mesa da sala, as páginas cheias de anotações a lápis vermelho, uns rabiscos ininteligíveis, provavelmente em cirílico. Aquele velho maluco...

Juntei as páginas, com as mãos trêmulas. Apertei depois o manuscrito de encontro ao peito, com força, feliz. A faxineira olhava para mim, sem saber o que fazer. Olhei de volta, fazendo uma cara feia, para ela ficar com medo e não me chatear com perguntas. Não podia perder tempo com explicações, eu tinha muita coisa para fazer.

Fui até a estante, procurei o *Mahabharata*. Apanhei a caixa de pedras e a enfiei no bolso. Coloquei o manuscrito, cuidadosamente, entre o *Mahabharata* e as *Les Fleurs du Mal*.

Liguei para Sara.

Ela me disse que Gurian havia sido internado novamente.

"Ele não pode beber, ele sabe que não pode beber", disse Sara.

"Estou na casa dele. Apanhei umas coisas minhas que estavam aqui", eu disse. "Ele lhe falou alguma coisa sobre um manuscrito que estava examinando para mim, do escritor Bábel?"

"Foi você quem trouxe esses papéis para ele? Você é culpado de Boris ter tido uma recaída."

"Como?"

"Não são umas folhas de papel em russo?"

"Sim, é isso mesmo."

"Pois eu passei na casa dele um dia e Boris estava bêbado, como sempre — esse infeliz vai beber até morrer — lendo esses papéis e fazendo anotações e eu perguntei: 'Boris, você voltou a beber?' e ele disse, sacudindo os papéis na minha cara, 'isto aqui exige muito mais bebida ainda'. Você é culpado, por dar essas coisas para ele ler."

"São papéis muito importantes."

"Não é nada de espionagem, é? Boris está muito velho para se envolver em aventuras. Não fale mais com ele, está ouvindo? Você é uma influência ruim."

Gurian estava no hospital Santa Matilde, que só permitia visitas às quintas-feiras. Era terça-feira, eu não queria esperar mais dois dias para vê-lo. Eu tinha outra coisa muito importante para fazer, mas primeiro queria ver Gurian.

Cheguei ao Santa Matilde. Na portaria estava uma moça de uniforme.

"O senhor Boris Gurian está internado aqui?"

Ela consultou um fichário à sua frente.

"Está."

"Sou primo dele. Cheguei da Alemanha ontem. Será que eu poderia vê-lo um segundo apenas?"

"Infelizmente não. Ele está no CTI."

"Trinta segundos."

"O Santa Matilde tem regulamentos rígidos, para o bem do paciente."

"Mas eu sou médico."

A mulher pensou um pouco. Pegou o telefone. "Doutor Paulino, está aqui um médico que é primo de um paciente do hospital. Ele quer visitar o paciente."

Enquanto a recepcionista falava ao telefone notei um segurança postado no hall dos elevadores.

"O doutor Paulino já vem."

Havia um espelho na portaria. Olhei minha imagem. Eu tinha cara de tudo, menos de médico.

O dr. Paulino era um homem de uns cinquenta anos, bem-conservado, simpático. Cumprimentou-me, chamando-me de colega.

Mas não era bobo: "Tive uma primeira impressão de tê-lo reconhecido, de que tínhamos sido contemporâneos na universidade, mas o colega é bem mais moço."

"Estudei em Campinas", eu disse.

"Ah, Campinas. Eles têm uma boa escola de medicina. E a sua especialidade? Talvez seja a mesma que a minha."

Ele não tinha coragem de pedir para ver minha carteira, antes de ter certeza de que eu era um impostor. Fosse qual fosse a especialidade escolhida por mim, Paulino certamente me faria perguntas embaraçosas. Mas a minha vontade de ver Gurian era tão grande que eu não me importava de ser desmascarado. Afinal, qual das máscaras me seria tirada? Valia a pena arriscar.

"Acho difícil", eu disse.

"O quê?"

"O colega ter a mesma especialidade que eu. É uma carreira nova, que por enquanto só existe em Campinas."

"Qual é?"

"Litoterapia. Na Alemanha já é ministrada em várias universidades, como a de Berlim, por exemplo. Bela cidade, Berlim, estive lá recentemente. Berlim foi a primeira, mas Campinas foi a segunda no mundo a criar uma cadeira dedicada à litoterapia."

"Litoterapia..."

"O uso de pedras para fins medicinais, como o nome indica."

"Interessante. Fale mais sobre isto, por favor."

"Começamos usando o bezoar, depois a alectória, de alektor, galo, em grego, como o colega sabe. Mais recentemente estivemos testando certos minerais expelidos pelas chaminés vulcânicas." Eu disse isso tropeçando nas palavras, pois já não me lembrava muito bem do que Alcobaça me havia contado.

"Posso ver sua carteira?", ele disse, gentilmente. O segurança se aproximou. Paulino devia ter feito algum sinal para ele.

"Eu preciso falar com o senhor Gurian. Um minuto, por favor."

"É melhor o senhor ir embora", disse o dr. Paulino, persuasivo. Devia achar que eu era um doido. Os loucos gostam muito de fingir que são médicos.

Havia um espelho no vestíbulo do hospital. Olhei minha imagem e a imagem de Paulino. Paulino parecia um médico de filme americano, limpo, bonito, confiável. Eu parecia mesmo um maluco, de filme francês, em que o limite entre excentricidade e loucura não está bem-definido.

O segurança levou-me até a porta. Olhei para trás e vi o médico olhar para mim e dizer qualquer coisa à recepcionista. Os dois riram.

De uma cabine telefônica na rua liguei para a casa de Maurício e disse que passaria na Florentino dentro de meia hora.

"Agora à noite?"

Bati o telefone sem responder.

Fui recebido imediatamente. Um sujeito me esperava na portaria e me conduziu por corredores vazios diretamente à sala de Maurício.

"Onde você andou?", ele perguntou.

"Você sabe onde andei."

"Eu?"

Ficamos nos olhando. Como eu representaria esta cena num filme? Tensos ambos, e curiosos? Um certo desgosto no meu olhar? E também no dele, por que não? E cansaço, no rosto dos dois.

"Você fez um serviço sujo, ou mandou fazer, no Sítio Velho do Mendanha", eu disse.

"Não sei do que você está falando." Cansado, cansado.

"Você e seus assassinos foram ao sítio matar Alcobaça."

"Você está sonhando."

"Você cometeu um erro. Se esqueceu de que me havia descrito a casa do Sítio Velho. As górgones, a inscrição de 1831..."

Maurício suspirou. Cansado, resignado, desgostoso.

"Você me havia falado do *Florentino*. O Alcobaça, agonizando, infeliz, disse que você havia levado o diamante."

"Agonizando infeliz?" Cansado, resignado, desgostoso, curioso. Uma cena difícil.

"Vocês fizeram um trabalho de açougueiro porco. Deixaram-no sofrendo, antes de morrer."

Ficamos calados.

"Por que você o matou, seu filho da puta?" Desgosto na voz, tristeza, sem gritar.

"Alcobaça ia pulverizar o *Florentino* para ingeri-lo, pensando que assim ficaria bom da sua doença", disse Maurício, com um suspiro.

"Ele só faria isto em último caso. Ele tinha orgulho de possuir o *Florentino*."

"Eu sei. Mas queria sobreviver, mais do que tudo. Eu lhe peço que me deixe contar a história do princípio. Sente-se, por favor."

Maurício afastou um quadro da parede. De um cofre, retirou uma caixa preta de veludo. Colocou a caixa preta sobre a mesa. Ficamos de frente, tendo a mesa entre nós.

"O avô de Alcobaça, o comendador, que era um homem muito rico", começou Maurício, "comprou o *Florentino* na Europa, provavelmente na Áustria ou na Hungria, em algum momento dos anos vinte. Alcobaça foi criado na Europa, um menino mimado que nunca trabalhou em sua vida. Aliás, o pai dele também nunca fez nada. A burguesia brasileira daquela época achava o trabalho uma coisa aviltante. O pai de Alcobaça passou a vida tendo aventuras com mulheres espertas em várias partes do mundo, que o ajudaram a acabar com parte substancial do dinheiro que o avô havia amealhado. O certo é que, por prodigalidade, incompetência, negligência, a fortuna da família foi acabando. O jovem Alcobaça, o nosso, não era um estroina, mas em compensação sofria de uma doença grave que os médicos não conseguiam diagnosticar e que acabou se tornando muito dispendiosa."

"Ele me contou tudo sobre a doença", eu disse. "Pode pular isto."

"Alguns anos atrás o Corcunda, uma espécie de guru-curandeiro, me procurou a fim de comprar diamantes para Alcobaça. Falou-me da doença e do estranho tratamento do seu cliente. Interessei-me pelo assunto e acabei conhecendo Alcobaça pessoalmente. Ele me falou do *Florentino*. Eu já conhecia a história misteriosa dessa gema e quando a vi fiquei perdidamente apaixonado por ela, cheguei a mudar o nome da minha firma para Florentino. Eu sonhava constantemente com essa pedra, creio que já lhe disse isso. Para ficar próximo dela me tornei amigo de Alcobaça. Às vezes eu ia a sua casa só para ele me mostrar a gema.

"A doença do Alcobaça exigia um número cada vez maior de diamantes de grande pureza. Ele comprou o sítio no Mendanha para ver se encontrava os diamantes, mas encontrou apenas quartzo, itacolomito e carbonato, aquilo que os franceses chamam de diamant concretionné, que vale muito pouco e de nada lhe servia como medicamento. Eu fornecia os diamantes para Alcobaça mas ele não me pegava. Deixei a dívida crescer de propósito e um dia fiz-lhe uma proposta: se me desse o *Florentino* eu lhe forneceria os diamantes necessários ao seu tratamento durante o resto da sua vida. Ele concordou. Mas não me entregava o *Florentino*, apesar de eu continuar a lhe dar todos os diamantes que o Corcunda pedia. Alcobaça inventava sempre uma desculpa. Afinal, resolvi ir apanhar a gema. Sabia que ele vivia cercado de capangas perigosos e fui acompanhado de alguns seguranças da minha firma. Ao chegarmos lá eles nos atacaram e fomos obrigados a nos defender. É tudo. Lamento muito que as coisas terminassem dessa maneira."

Maurício abriu a caixa preta de veludo que estava a sua frente. Enfiou a mão na caixa e lá de dentro, presa entre os dedos indicador e polegar, tirou uma enorme pedra rutilante. Ao movimentar a mão a gema faiscou intensamente.

"Veja, o *Florentino* brilha como se o sol do meio-dia estivesse aprisionado dentro dele... Mesmo à noite, no mais absoluto dos escuros ele não para de cintilar...", disse Maurício, colocando o diamante entre o meu rosto e o dele.

"Você é um mentiroso escroto", eu disse. "Alcobaça era um inválido e foi morto na cama. O Corcunda também não faria mal a ninguém. Os dois não precisavam ter sido mortos. Nem o Diderot. Você fez uma queima de arquivo."

Impassível, Maurício guardou o *Florentino* dentro da caixa, cuidadosamente. Depois levantou-se, abriu o cofre e recolocou o diamante lá dentro.

"Vem cá, seu puto, que eu ainda não acabei de falar com você!", gritei.

"Controle-se", ele disse.

Tirei a caixa de pedras preciosas que apanhara na casa de Gurian, sacudi-a na cara de Maurício como se fosse um chocalho. Depois abri a caixa e, com as pedras aparecendo, esfreguei-a em sua cara, fazendo duas delas caírem ao chão.

Ele afastou o rosto, dando dois passos para trás.

"Quando o Alcobaça não pôde mais pagar, você lhe sugeriu fazer o contrabando de pedras preciosas", eu disse. "E tudo ia muito bem até que Angélica, a Gorda, resolveu roubar vocês e um capanga de Alcobaça a matou. Você ficou preocupado. Isso poderia chamar a atenção da polícia, despertar suspeitas."

"Não, não. Pode ficar com essas pedras para você. Tudo aconteceu porque Alcobaça não cumpriu o prometido. Ele ia pulverizar o *Florentino*." Maurício agarrou meu braço com força: "Ninguém pode destruir uma obra-prima da Natureza para salvar sua própria pele nojenta!"

"Por causa de um diamante você matou cinco pessoas."

"Mataria mil pelo *Florentino*!"

"Você está louco."

"Poupei você, não poupei?"

Lembrei-me de Maurício, aos oito anos, brincando com bonecas e nós, os outros meninos, fazendo pouco dele. Por instantes fiquei com a caixa de pedras na mão, sem saber o que fazer. Depois fechei-a e coloquei-a no bolso.

Andei em direção à porta. Saí para o corredor.

Maurício veio atrás de mim: "Você precisa entender... o *Florentino* é o diamante de maior clareza e brilho que já existiu... É inclassificável, está muito acima do máximo da tabela HRD, excepcional white plus...".

O hospital estava vazio.

Havia um sujeito na portaria. Fui até ele, tirei a caixa.

"Isto aqui é uma água-marinha. Não sei quanto vale, certamente uma fortuna. É sua, se me deixar visitar o senhor Gurian internado no CTI."

O sujeito pegou a pedra na mão e olhou-a contra a luz.

"Vou perder o meu emprego."

"Ninguém saberá de nada. Diga que sou médico. Diga o que quiser. Vire-se."

"Venha", disse ele colocando a pedra no bolso.

Subimos pelo elevador, saímos num corredor vazio. Chegamos a uma porta. CTI — ENTRADA PROIBIDA.

"É aqui", disse ele, "tenho que voltar para o meu posto."

Gurian tinha um tubo na traqueia, uma agulha no braço com soro. Estava de olhos abertos e sorriu tristemente ao me ver. Fez um gesto para que me aproximasse. Disse qualquer coisa que não entendi. Curvei a cabeça e encostei o ouvido perto da sua boca.

"Desta eu não escapo", ele disse com voz rouca, falando um pouco pela boca, um pouco pelo buraco da traqueia. "Onde você andou?"

Eu não podia perder tempo.

"E o manuscrito de Bábel?", perguntei.

Gurian deu uma gargalhada que saiu toda pela traqueia.

"O manuscrito não é de Bábel", ele disse. "Perdi a vontade de viver."

Segurei-me na cama para não cair no chão.

Com imensa dificuldade Gurian disse que o livro era de um escritor iniciante, A. Kulikov, um amigo de Bábel, mais jovem do que ele, e que provavelmente teria entregue o livro a Bábel para que este lhe desse sua opinião de escritor consagrado. No fim do livro havia a assinatura de Kulikov e um bilhete em que pedia a "opinião do grande mestre autor da *Cavalaria Vermelha*".

"Você tem certeza?!", gritei no ouvido de Gurian.

"Absoluta", ele disse, fechando os olhos.

Dei um beijo na testa do velho e saí. Fiquei andando pela rua, atravessei o túnel e assisti ao dia raiar no Leme, deitado na areia. Pensava em muitas coisas, nas pedras preciosas — o que fazer com elas: venderia para fazer meu filme? que filme? eu ainda queria fazer um filme? jogaria no mar — pensava em Ruth, no meu pai, em Liliana, na minha vida. Pensei em Ivan: será que ele sabia que o manuscrito não era de Bábel e enganou Plessner?

Decidi que iria à casa de Gurian pegar o manuscrito de Kulikov, fazer dele um pacote e mandar pelo correio para Plessner em Berlim. Ele devia estar muito infeliz pensando que lhe haviam tirado o manuscrito de Bábel. Mas antes eu tinha uma coisa importante para fazer.

Os banhistas começaram a chegar com suas barracas. O sol esquentou. Levantei-me, tirei com as mãos a areia que grudara na minha camisa suada.

De um orelhão liguei para Liliana.

"Seu maluco, onde foi que você se meteu?" Senti que ela estava alegre e aliviada de ouvir a minha voz.

"Daqui a pouco chego aí e te conto tudo. Tenho que fazer uma visita antes."

Peguei um táxi na avenida Atlântica e mandei seguir para a Tijuca.

Eu ainda me lembrava do prédio e do número do apartamento.

Toquei a campainha.

Mildred abriu a porta.

"Lembra de mim?", perguntei.

"Sim, o senhor sumiu, entra, entra."

"O Negromonte está?"

"Ele está tomando banho."

"E o carnaval?"

"Já estamos fazendo a fantasia. Vai ser uma beleza. Olha só." Com um gesto mostrou Marijó que à mesa bordava um enorme manto.

Dei a caixinha com as pedras preciosas para ela.

"São umas pedras para a fantasia de Negromonte."

"Muito obrigada", disse Mildred pegando a caixinha e despejando as pedras em uma caixa grande cheia de miçangas, paetês, canutilhos e pedrarias coloridas. "Não quer mesmo entrar e tomar um cafezinho?"

"Não posso. Diz ao Negromonte que eu deixo um grande abraço para ele."

Saí. Ao chegar à esquina parei e segurei num poste de ferro, como se ele fosse uma árvore cheia de flores.

Tudo era fantasia, um sonho, um mundo de vastas emoções e pensamentos imperfeitos.

Intriga internacional

Sérgio Augusto

Seu título soava como uma paródia de Milan Kundera, mas antes mesmo de *Vastas emoções e pensamentos imperfeitos* chegar às livrarias, em novembro de 1988, já se sabia que o quarto romance de Rubem Fonseca tinha mais a ver com Freud do que com o autor de *A insustentável leveza do ser*. Inspirado numa definição do sonho como "um mundo arcaico de vastas emoções e pensamentos imperfeitos", o romance é uma das obras mais cinematográficas do autor; menos por sua narrativa ágil e elíptica, como a de um thriller, do que pelas referências diretas e indiretas ao cinema que nela se acumulam.

Seu narrador-protagonista é um cineasta cujos sonhos, estranhamente, não têm imagens, somente ideias, "uma associação viciosa e irregular das ideias". Esta birra com sonhos sem imagens é uma piada privada; ou melhor, um paradoxo privado. Rubem Fonseca se diz incapaz de conceber um livro em termos de ideias e palavras. Tudo o que escreve aparece primeiro sob a forma de imagens: imagens de ação, com os movimentos dos personagens e a exata disposição dos objetos em cena. Só depois então ele pensa no que os personagens vão dizer.

Vastas emoções e pensamentos imperfeitos foi traduzido para sete idiomas. Nesta página, capas das edições publicadas em Portugal, França, México, Itália, Estados Unidos, Inglaterra, Polônia, República Tcheca e Alemanha.

Um pesadelo engole o cineasta de *Vastas emoções* logo nas primeiras páginas, tornando-o o epicentro de uma intriga alimentada pelas atribulações de uma produção cinematográfica internacional (com base no escritor russo Isaac Bábel, a mais sutil inspiração de "A caminho de Assunção", um dos contos da coletânea *O Cobrador*) e por uma vertiginosa teia de crimes e perseguições, sob o comando de uma quadrilha de contrabandistas de pedras preciosas. Seu molde são os falsos culpados que Hitchcock manipulou, com requintes de perversidade, em *Intriga internacional* e *Cortina rasgada*.

Mencionado duas vezes ao longo da narrativa, Hitchcock exerce sobre ela muito mais influência do que Bábel. É à maneira de Hitchcock que Rubem Fonseca livra seus personagens de algumas situações periclitantes; nenhuma de forma tão explícita como na tumultuada

Evening Standard / Stringer/Getty Images / Hulton Archive

Gotor / Contributor / Cover/Getty Images / Hulton Archive

O cineasta que protagoniza o romance busca em Goya (abaixo) a referência para retratar Isaac Bábel (ao lado): "Já ia quase desistindo quando vi um livro com pinturas de Goya. Ali estava a pessoa parecida com Bábel que eu queria encontrar — o próprio Goya, num autorretrato feito em 1787, que está no Museu de Belas-Artes de Castres."

fuga do protagonista e sua namorada de um restaurante da zona sul do Rio, no final do oitavo capítulo. Encurralado por um bandido, o casal apela para o estratagema que deu certo para Cary Grant na sequência do leilão em *Intriga internacional*.

Dificilmente haverá entre nós escritor mais cinéfilo que Rubem Fonseca, atraído pelas vastas emoções do cinema desde os dois anos, quando assistiu ao seu primeiro filme, num poeira de Juiz de Fora, levado pela babá, que não pagava ingresso por ser namorada do bilheteiro. Por coincidência, é daquela época (1927) um dos filmes mais

Keystone / Staff / Getty Images / Hulton Archive

São abundantes as discussões sobre cinema em *Vastas emoções e pensamentos imperfeitos*, como aquela em que é citada a suposta ignorância de Orson Welles ao filmar *Cidadão Kane* (ao lado, cena do filme).

admirados pelo escritor: *Aurora*, de F.W. Murnau, não citado no livro, ao contrário do número um de sua lista de favoritos, *Cidadão Kane*, de Orson Welles, invocado no meio de uma controvérsia sobre a relativa importância do *know-how* técnico na criação de um grande filme.

Quando publicou este romance, Rubem Fonseca também incluía entre os seus filmes favoritos *Blade Runner*, de Ridley Scott, e a telessérie *Berlin Alexanderplatz*, de Rainer Werner Fassbinder, a cujas catorze horas de duração assistira de uma sentada, já que, para ele, a maior prova de apreço que se pode dar a um filme é vê-lo do começo ao fim, sem interrupções. Claro que a Alexanderplatz, pela qual pas-

Outra referência clara é Alfred Hitchcock. Acima, cena de *Cortina rasgada*, de 1966, e, abaixo, de *Intriga internacional*, filme de 1959.

JORNAL DO BRASIL

Idéias

O QUE RECOMENDAM

Marina Colassanti *(Rio), escritora:*

A educação dos sentidos, de Peter Gay, ensaio revelador do crescente interesse por aquilo que era visto como a pequena história, a do cotidiano; **Eu, Sarah Bernhardt**, autobiografia da atriz; e **Japan, the history of a nation**, de Edwin O. Reischauer.

Bruno Barreto *(Rio), cineasta:*

Vastas emoções e pensamentos imperfeitos, de José Rubem Fonseca. Sem dúvida, Rubem Fonseca é um dos maiores romancistas contemporâneos, e não só do Brasil: se escrevesse em inglês seria certamente um grande sucesso mundial.

Guilherme Figueiredo *(Rio), escritor:*

Eu, Sarah Bernhardt e **Sarah Bernhardt, o riso indomável**, a autobiografia e biografia da atriz por Françoise Sagan. Nesta, D. Pedro II é surpreendentemente incluído em sua lista de quase 300 amantes. Fica faltando um terceiro volume sobre Sarah Bernhardt no Brasil.

OS MAIS VENDIDOS

FICÇÃO

1. **Vastas emoções e pensamentos imperfeitos**, de José Rubem Fonseca (Companhia das Letras, 288 p.) (1/1). O narrador é um cineasta obcecado em conseguir os originais de um romance desconhecido do escritor russo Isaac Bábel; para isso, ingressa numa aventura pontuada por citações e reflexões sobre grandes diretores de cinema.
2. **Operação Cavalo de Tróia: segunda viagem**, de J. J. Benitez (Mercuryo, 949 p.) (2/7). Em sua segunda viagem no tempo, major americano leva Jasão e Eliseu de volta ao ano 30, ao encontro de Nazaré, e presencia os fatos ocorridos após a ressureição do Mestre.
3. **O sumiço da santa**, de Jorge Amado (Record, 438 p.) (4/5). Neste seu trigésimo livro, Jorge Amado conta a história do desaparecimento misterioso de uma imagem de Santa Bárbara, a do Trovão, levada de Santo Amaro da Purificação para uma exposição no Museu de Arte Sacra de Salvador.
4. **As areias do tempo**, de Sidney Sheldon (Record, 376 p.) (3/1). Nos dias que se seguem à morte de Franco, a Espanha assiste à perseguição de minorias nacionais pelo Exército, que acaba invadindo um convento de freiras à procura de militantes bascos refugiados.
5. **O lado fatal**, de Lya Luft (Rocco, 98 p.) (6/2). Em versos catárticos, a tradutora, cronista, poeta e romancista Lya Luft enfrenta a dor pela morte súbita de seu companheiro, o psicanalista Hélio Pellegrino.
6. **A fogueira das vaidades**, de Tom Wolfe (Rocco, 916 p.) (5/15). Em seu primeiro romance, Tom Wolfe dá uma panorâmica da Nova Iorque hostil do final do século XX, um caos urbano que vai das ambições em Wall Strest aos modismos dos socialites. Prefácio de Paulo Francis.
7. **O ano da morte de Ricardo Reis**, de José Saramago (Companhia das Letras, 416 p.) (7/7). No conturbado ano de 1936, Fernando Pessoa volta à vida para confrontar-se com Ricardo Reis, o heterônimo mais clássico e conservador inventado pelo poeta.
8. **Eva Luna**, de Isabel Allende (Bertrand Brasil, 324 p.) (9/14). Perambulando sua miséria por um vago país latino, Eva Luna decide escrever a história de sua vida, o que resulta no próprio romance de Isabel Allende — autora de **A casa dos Espíritos**.
9. **Operação Cavalo de Tróia**, de J.J. Benitez (Mercuryo, 558 p.) (10/36). Militar americano revela experiência que lhe permitiu voltar no tempo quase dois mil anos e ser testemunha ocular e participante dos últimos dias de Jesus Cristo na Terra.
10. **Acima de qualquer suspeita**, Scott Turow (Record, 420 p.) (8/19). Investigando o assassinato de sua amante, o advogado Rusty Sabich acaba por ser apontado como o culpado do crime e passa à condição de réu.

Na lista dos livros mais vendidos do *Jornal do Brasil* logo após seu lançamento, o romance de Rubem Fonseca aparecia em primeiro lugar na categoria ficção, acima de nomes importantes como Jorge Amado, José Saramago e Isabel Allende.

sava quase todos os dias quando morou em Berlim, nos anos 1980, faz parte do roteiro de aventuras de seu cineasta *à clef*, que, diga-se, nada tem a ver com qualquer um dos nossos, nem com qualquer um dos outros — é um retrato sublimado do autor: inteligente, culto, meio pernóstico, cosmopolita, cético, irreverente. E, consoante à tradição noir, um garanhão. As mulheres caem a seus pés como despencavam aos *gumshoes* de Philip Marlowe, o irresistível *private eye* sublimado pelo romancista Raymond Chandler, por sinal destacado como exemplo de bom roteirista, quase ao final do sétimo capítulo.

'Tour' vira literatura em 'Vastas Emoções'

FEDERICO MENGOZZI
Da Redação

Éramos seis, como no romance da senhora Leandro Dupré. Uma dessas incríveis armadas brancaleone jornalístico-literárias, ou etílico-dionisíacas, que costumam comparecer à Feira do Livro de Frankfurt e, invariavelmente, testemunhar a indigência da representação brasileira.

Rubem Fonseca já era o nome que é hoje, o que não o impedia de conviver em total igualdade com seus colegas —em poucos dias enfatizava na palavra amigos— de norte a sul do Brasil nessa maratona da boa vontade. Nossa e dos anfitriões alemães.

Submetia-se a uma viagem cansativa sem o menor sinal de arrogância, com paciência oriental. De Frankfurt fomos a Berlim —o Muro estava em pé e a passagem para o lado oriental lembrava as histórias de Le Carré—, depois a Bonn e Colônia, para finalizar em Munique, passando por quatro cicerones e dezenas de encontros.

No dia-a-dia, dava lições de sabedoria, que é a arte de viver em paz, se possível com um bom charuto a tiracolo. Não perdia a paciência nem diante de um copo de vinho húngaro mal servido num bar desconfortável na hostil Berlim Oriental. Valia mais o prazer de estar com seus amigos, ainda que os conhecesse há pouco.

Tanto que adiou sua ida a Berlim —era o detentor do prêmio Goethe de Literatura no Brasil de 1985 e ficaria dois meses na cidade dividida— para seguir os passos do grupo. Cumpria o roteiro programado e, saberíamos depois, quando da publicação de "Vastas Emoções e Pensamentos Imperfeitos", estava atento para a matéria com a qual poderia plasmar a sua grande arte, a literatura.

Fomos à casa natal de Goethe, em Frankfurt. Depois de subir e descer aquelas escadas estreitas e brincar um pouco com os testemunhos domésticos do século 18, como a bomba de água na cozinha, fez questão de tirar uma foto na porta da casa do patrono de seu prêmio.

Ainda em Frankfurt, torceu para que o grupo aceitasse a ida ao jardim botânico, o Palmengarten. Estava no paraíso entre aqueles exemplares da flora de todo o mundo, dizia invejar quem plantara a floresta da Tijuca, no Rio, e que só aceitaria mais um cargo na vida, o de diretor de parques e jardins.

No Stadelsches Kunstinstitut, descobriu a arte sombria de Alessandro Magnasco, de afinidades evidentes com a violenta temática de seus contos. Aproveitava para frisar que suas histórias eram violentas para que o mundo não o fosse e manifestava dúvidas sobre o valor da liberdade de expressão em países em que prevalecia a miséria social.

Mostrava-se preocupado com seus livros, brigava ao admitir ser um escritor profissional, maravilhava-se com a possibilidade de ser traduzido para o alemão e garantia que a partir de "Bufo & Spallanzani" as capas de seus livros seriam apenas gráficas. Depois, a capa de "Vastas Emoções" reviu essa posição.

Em Berlim, fomos ao gigantesco magazine KDW e, no lado oriental, à Alexanderplatz, enorme e à sombra da torre de televisão, e ao Pergamon Museum, com seus relevos mesopotâmicos. Em Munique, ao palácio Nymphenburg, para ver a galeria das beldades de Ludwig 1º, onde está um retrato da bailarina, e amante do rei, Lola Montez. Ele, atento.

E lá está, na parte alemã de "Vastas Emoções", com a devida licença literária, episódios que se passam no magazine, na Alexanderplatz, no Pergamon e no Nymphenburg. "As beldades de Ludwig 1º estavam na parede, em quadros de tamanho uniforme. Procuramos a Lola Montez entre as inúmeras mulheres lindas da coleção..." O que é literatura, o que é vida, perguntaria o escritor.

Rubem Fonseca seguia sempre com sua caixa de papelão repleta de livros e procurava manter a média alucinante de um volume por dia. Dormia pouco, metia-se na banheira e devorava suas páginas. Mas tinha espaço para atividades menos cerebrais, como a folia coletiva numa cervejaria de Munique.

Era ele, o prêmio Goethe, um dos mais animados.

Federico Mengozzi

O escritor Rubem Fonseca na porta da casa de Goethe, Frankfurt

Em texto publicado na *Folha de S. Paulo*, em 1989, o jornalista e crítico Federico Mengozzi conta a gênese da parte do romance passada na Alemanha.

Em *Vastas emoções* não só há rubricas cinematográficas ("uma pan pela sala") e indicações sobre o comportamento dos personagens que o aproximam de um script, como também frequentes digressões sobre cinema e literatura que o aproximam de uma "ficção teorizante". Com um sábio judeu, chamado Boris Gurian, especialista em literatura russa e tão amigo de Bábel quanto Max Brod foi de Kafka, o protagonista discute as diferenças básicas entre o filme e o romance — uma delas demonstrada no capítulo de abertura, em que o leitor só fica sabendo como Angélica é fisicamente nos parágrafos finais, suspense só possível na tela se a câmara se abstivesse de enquadrá-la até o final da sequência.

A certa altura, o cineasta tenta convencer uma irredutível roteirista alemã, chamada Veronika (outra homenagem a Fassbinder), de que bons diretores também podem ser bons roteiristas. Mais adiante, o produtor alemão que o convidou para dirigir *Cavalaria Vermelha* submete ao seu juízo a tese de que os escritores sofrem menos constrangimentos na hora de criar, até porque lidam com personagens que trabalham de graça, não adoecem e fazem coisas que os atores não sabem ou se recusam a fazer. O cineasta não responde. Seu silêncio é eloquente. E talvez explique, em parte, por que o cinéfilo Rubem Fonseca, em vez de canalizar seu talento para o cinema, optou pela arte que, como ressalta o produtor, consome apenas "papel e tempo". Azar do cinema, sorte da literatura.

O autor

Contista, romancista, ensaísta, roteirista e "cineasta frustrado", Rubem Fonseca precisou publicar apenas dois ou três livros para ser consagrado como um dos mais originais prosadores brasileiros contemporâneos. Com suas narrativas velozes e sofisticadamente cosmopolitas, cheias de violência, erotismo, irreverência e construídas em estilo contido, elíptico, cinematográfico, reinventou entre nós uma literatura noir ao mesmo tempo clássica e pop, brutalista e sutil — a forma perfeita para quem escreve sobre "pessoas empilhadas na cidade enquanto os tecnocratas afiam o arame farpado".

Carioca desde os oito anos, Rubem Fonseca nasceu em Juiz de Fora, em 11 de maio de 1925. Leitor precoce porém atípico, não descobriu a literatura (ou apenas o prazer de ler) no *Sítio do Pica-Pau Amarelo*, como é ou era de praxe entre nós, mas devorando autores de romances de aventura e policiais de variada categoria: de Rafael Sabatini a Edgar Allan Poe, passando por Emilio Salgari, Michel Zevaco, Ponson du Terrail, Karl May, Julio Verne e Edgard

Wallace. Era ainda adolescente quando se aproximou dos primeiros clássicos (Homero, Virgílio, Dante, Shakespeare, Cervantes) e dos primeiros modernos (Dostoiévski, Maupassant, Proust). Nunca deixou de ser um leitor voraz e ecumênico, sobretudo da literatura americana, sua mais visível influência.

Por pouco não fez de tudo na vida. Foi office boy, escriturário, nadador, revisor de jornal, comissário de polícia — até que se formou em Direito, virou professor da Escola Brasileira de Administração Pública da Fundação Getúlio Vargas e, por fim, executivo da Light do Rio de Janeiro. Escritor publicamente exposto, só no início dos anos 1960, quando as revistas *O Cruzeiro* e *Senhor* publicaram dois contos de sua autoria.

Em 1963, a primeira coletânea de contos, *Os prisioneiros*, foi imediatamente reconhecida pela crítica como a obra mais criativa da literatura brasileira em muitos anos; seguida, dois anos depois, de outra, *A coleira do cão*, a prova definitiva de que a ficção urbana encontrara seu mais audacioso e incisivo cronista. Com a terceira coletânea, *Lúcia McCartney*, tornou-se um best-seller e ganhou o maior prêmio para narrativas curtas do país.

Já era considerado o maior contista brasileiro quando, em 1973, publicou seu primeiro romance, *O caso Morel*, um dos mais vendidos daquele ano, depois traduzido para o francês e acolhido com entusiasmo pela crítica europeia. Sua carreira internacional estava apenas começando. Em 2003, ganhou o Prêmio Juan Rulfo e o Prêmio Camões, o mais importante da língua portuguesa. Com várias de suas histórias adaptadas ao cinema, ao teatro e à televisão, Rubem Fonseca já publicou 12 coletâneas de contos e 11 romances, sendo o último deles *O seminarista* (Agir, 2009).

Este livro foi composto em Minion Pro 10,5/15 e
impresso pela Ediouro Gráfica sobre papel pólen
soft $70g/m^2$ para a Agir em maio de 2010.